光文社古典新訳文庫

千霊一霊物語

アレクサンドル・デュマ

前山 悠訳

kobunsha classics

光文社

Title : LES MILLE ET UN FANTÔMES
1849
Author : Alexandre Dumas

千霊一霊物語　目次

千霊一霊物語

＊＊＊氏[1]へ

親愛なる友よ。今ではすっかり稀《まれ》になってしまいましたが、以前開いていた夜会では、各々が胸の内の夢想を語り、思いつくまま気まぐれに話し、ためこんでいた思い出を惜しみなく打ち明けながら、心ゆくまでおしゃべりをしたものでしたね。あなたはそこで、よく私に言っていました。シェヘラザード[2]以来、そしてノディエ[3]の後、私はあなたにとって最も面白い話し手の一人であると。

そうして今、あなたからいただいた手紙によれば、私の長編小説——つまり私にありがちな、ひとつの世紀を収めるほどに果てしなく長い小説——を待つ間に、あなたは二巻か四巻か、多くとも六巻に収まるくらいの短編集を求めていらっしゃる。[4]私の庭から貧相な花々を集めるだけでも、ブールジュ裁判[5]から五月の選挙[6]へと続いた当節の政治不安の中では、多少の彩りになるだろうと考えておられる。

ああ、友よ、時代は悲しく、そして私の書く物語は——予告しておきますが——陽気なものとはならないでしょう。現実世界での日々の出来事に嫌気のさした私が、想像の世界に物語を探し求めることをどうか許してください。ああ、昨今においては、少しでも気高く、少しでも政治に関心があり、少しでも夢見がちな人間であれば、私と同じようにならざるをえないのではないでしょうか。理想という、神が我々に残した、現実からの唯一の避難所を求めて。

私は摂政時代の物語[7]をひとつ書き上げたところで、今も私の周りには、それに用い

1　この書簡形式の序文は、当初、本作の連載先である「コンスチチュショネル」紙の経営者ルイ＝デジレ・ヴェロン（一七九八―一八六七年）に宛てられていたが、単行本刊行時にその宛て名は伏せられた。
2　『千夜一夜物語』に登場する、数々の物語の語り手。
3　シャルル・ノディエ（一七八〇―一八四四年）。デュマの前の世代を代表する作家。
4　当時の小説は、各巻が短めの分冊で出版されることが多かった。
5　一八四九年三月にブールジュで開かれた裁判。前年五月に起こった労働者・社会主義派による議会乱入・占拠事件を受け、その指導者たちが内乱罪などで裁かれた。
6　一八四九年五月の国民議会（下院）選挙。労働者・急進共和派などの左派勢力の議席数が低迷する中、王党派・反共和主義派が圧勝した。

た五十冊もの本が開かれたまま置かれています。もし納得いただけるなら、世の母親たちが自分の娘らにその物語を読ませないよう諭していただきたい。お願いできますね。申したように、私は開いたままの書物に囲まれ、そしてあなたにこの手紙を書きながら、私の目はダルジャンソン侯爵の回想録の一ページに釘付けになっています。そこには、「昔の会話と今の会話について」[8]という言葉に続き、次のように書かれています。

「私は確信している。ランブイエ邸が上流の社交の範を示していた時代[9]には、人々はよく相手の話を聞き、より良い議論をしていた。人々はそこで自らの趣味と精神を培っていた。そうした会話の模範は、私が付き合いのあった宮廷の老人たちにはまだ見出すことができた。彼らは的確な知識と、力強さと優雅さを備え、いくらか対照の修辞を好む癖はあったが、意味を生き生きとさせる形容詞を持ち合わせていた。気取りのない深み、悪意のない快活さがあったのだ」

私は今この文章を、本の余白にも書き写してみています。ダルジャンソン侯爵がこれを書いたのはちょうど百年前のことで、今の我々と同じくらいの年齢の時でした。そして親愛なる友よ、我々もまた、彼と同じことを言うことができるでしょう——私たちはもはや、自らが知る老人たちとは、つまり上流の社交を知る人たちとは、異なるものとなってしまった。

我々はそうした老人を知っていますが、我々の息子たちは彼らに会うことができません。大した価値を持たぬ我々が、それでも息子たちより価値あるものであるとしたら、その点によってなのです。

私たちが日々、自由・平等・博愛へと一歩ずつ歩みを進めているのは確かでしょう。この三つの偉大なる言葉は、ご存じのように、九三年の革命が――すなわち先立つ大革命の余波が――現代社会に放ったものです。[10] あたかも、羊の皮を被った虎とライオ

---

7 『摂政時代の年代記』（一八四九年）。オルレアン公フィリップによるルイ十五世幼少期の摂政時代（一七一五―一七二三年）を主題とした物語。

8 一六九四―一七五七年。

9 ランブイエ侯爵夫人（一五八八―一六六五年）が貴族・文人を招き開いていたサロンは、フランスの社交文化の基礎を形作り、言葉づかい・マナー・風俗などに多大なる影響を及ぼした。

10 一七八九年に始まったフランス革命で絶対王政が倒された後、一七九三年に急進共和派のジャコバン派が実権を握り、独裁・恐怖政治を行った。この一七九三年以降、共和派のスローガンとして定着したのが、「自由・平等・博愛」だった。

ンと熊を放つかのように。六月、弾丸で穴だらけにされた歴史的建造物から立ちのぼる煙の背景にあったのは、不幸にも空疎なその三つの言葉でした。[11]

他の者たちと同じく、私は前に進んでいくでしょう。私はこの動きについていくでしょう。私が不動の教えなど説き始めぬよう、神が見張っていてくれますように！　不動というのは、死と同じです。しかしながら、私はダンテが語る者たちのように進んでいくでしょう。つまり、足は確かに前へと進めつつも、顔は踵《かかと》のほうへと振り向きながら。

私が特に探し求めているもの、私が何より惜しんでいるもの、私の懐古的なまなざしが過去に追い求めているもの、それは、霧散し失われゆく社会なのです。その社会は、私がこれからあなたに語ろうとしている物語の中の亡霊たちのように、消え去っていこうとしています。

麗しい生活、雅《みや》びな生活、つまりは生きられるだけの価値があった、あの生活（文法の乱れ[12]をお許しください、私はアカデミー[13]の人間ではないので、この種の過ちも犯しうるのです）——そうした生活をもたらしていたあの社会は、死んでしまったのでしょうか。あるいは、我々が殺してしまったのでしょうか？

私は今、モンテッソン侯爵夫人のことを思い出しています。まだほんの小さい頃、私は父に連れられて、彼女の家に行ったことがあります。彼女は貴婦人で、まったくもって前の世紀に生きた女性でした。彼女はその時九十歳で、ルイ＝フィリップ王の祖父であるオルレアン公との結婚から六十年以上も経っていました。ショセ＝ダンタンにある巨大で豪奢な邸宅に住む彼女に、ナポレオンは年に十万エキュもの給付金を与えていました。

ルイ十六世の後に実権を握った彼の出納帳に、この年金がどのような秘密の名目で記載されていたかご存じですか？　ご存じない。いいでしょう。モンテッソン侯爵夫人が皇帝から十万エキュもの年金を受けていた理由は、彼女が自らのサロンで、、、、、、ルイ十

11　この序文が書かれている年の前年にあたる一八四八年六月に起きた労働者による暴動、いわゆる六月蜂起を指している。

12　直前の表現である「生きられるだけの価値があった、あの生活」のこと。「～な生活を生きる」という表現は古くからフランス語にあったが、それを受動態で「～な生活が生きられる」あるいは「生きられる～な生活」とするのは、当時では誤用とされた。

13　フランス最古の国立学士院である、アカデミー・フランセーズのこと。フランス語規則の統一と維持を役割とする。

四世およびルイ十五世の時代における上流社会の伝統を維持していたからなのです。今日では、国民議会がナポレオン三世にその二倍もの額を与え、彼の伯父が残そうとしたものをフランスの記憶から消し去るために使わせています。

信じていただけないかもしれませんが、親愛なる友よ、いま迂闊《うかつ》にも口にした言葉、国民議会は、私をただちにダルジャンソン侯爵の回想録へと連れ戻すのです。

どういうことかって?

それは今からおわかりになるでしょう。

「嘆かわしいことに」と彼は書いています。「今のフランスにおいては、もはや会話などありはしない。私にはその理由がよくわかっている。我々の時代の人間たちは、人の話に耳を傾ける忍耐力を日に日に失っているのだ。人々は話をぞんざいに聞くか、あるいは全く聞かなくなった。このことに気づいたのは、私が付き合いのある中で最も上流の社交の場においてだった」

さて、親愛なる友よ、ならば私たちの時代においては、付き合いを持ちうる最も上流の社交の場とはどこのことになるでしょうか。それは間違いなく、八百万の有権者がフランスの利益と意見と特質とを代弁するにふさわしいと判断したあの一同の集う場、すなわち国民議会なのです。

いつ何時《なんどき》でもかまいませんから、お好きなときに国民議会を見に行ってごらんなさい。賭けてもいいですが、そこでは壇上でしゃべる者とともに、議席で話を聞くどころか遮《さえぎ》ろうとする人間を五、六百人は見ることができるでしょう。そのような状況であるからこそ、一八四八年憲法には、演説の妨害を禁止する条文が盛り込まれることになったのです。

それでは、その憲法を制定した国民議会が召集されてからの約一年間、どれだけの数の平手打ちと拳骨《げんこつ》がそこで飛び交ったでしょうか。数えきれる量ではありません！そうしたことがすべて、ご承知のとおり、自由と平等と博愛の名のもとに行われているのです。

だから友よ、申したように、私が多くの失われた物事に思いを馳せるのも理解していただけるでしょう。確かに、すでに人生の半分を過ぎた身ではあります——が、もう去ってしまった、あるいは去っていこうとしているすべての物事の中で、私が何よりも懐かしく思うのは、ダルジャンソン侯爵が百年も先立って懐かしんでいたものでもあります。それはすなわち、雅びなのです。

ただし、ダルジャンソン侯爵の時代にはまだ、お互いを市民《シトワイヤン》と呼び合うなどという考えはありませんでした。[14] 後のことはお察しください。

ダルジャンソン侯爵があの文章を書いていた時代に行き、もし彼に次のようなことを伝えたとしたら――。

「フランスで我々がたどり着いたのは、このような現状です。幕は下り、あらゆる舞台は閉じられました。聞こえるのは野次の口笛だけです。我々はもうすぐ、社交場における優雅な語り手も、芸術も、絵画も、築かれた宮殿も失い、そしてあらゆるものを妬み呪う人間たちがいたるところにはびこることでしょう」

ダルジャンソン侯爵があの文章を書いていた時代に行き、人々は、少なくとも私は、あなたの時代をうらやむに至ったと伝えたなら、悲しげな侯爵もたいそう仰天するのではないでしょうか。そうして今、私がなすべきことは何でしょうか？　私は、この世を去っていった者たちと多くを共にし、そしてこの国を逃れていった者たちとも少しを共にし、生きていきます。息絶えた社会を、いなくなった人間たちを、葉巻ではなく竜涎香《りゅうぜんこう》の香りを嗅いでいた者たちを、拳ではなく剣を交えていた者たちを、蘇らせたいと思っています。

だからこそ友よ——あなたがしょっちゅう驚くように——私は語る時、もはや話されなくなった言葉で話すのです。だからこそ、あなたは私のことを面白い話し手だと言うのです。だからこそ、これほどまでに話を聞かぬ当世においても、過去からのこだまである私の声には、耳が傾けられるのです。

結局のところ申せるのは、奢侈《しゃし》禁止令[15]によってウールとブール地以外の服を禁じられた十八世紀のヴェネツィア人と同じく、我々は今でも、絹とビロードと紋織物とが眼前に広がるのを欲するということでしょう。かつての王政が、それらの美しき生地で我々の父たちの衣服を仕立てていたように。

心を込めて

アレクサンドル・デュマ

14 フランス革命以後、「市民 citoyen」という語は、貴族制度・階級社会を打倒した近代社会の公民という概念で用いられた。

15 贅沢を禁止する法令。

第1章　フォントネ＝オ＝ローズ市、ディアヌ通り

一八三一年九月一日、私は王室財産管理局長を務める古い友人に招かれ、彼の息子とともにフォントネ＝オ＝ローズでその年の狩り開きを行うことになった。

その頃の私は、狩猟をこよなく愛好していた。そしてひとかどの狩猟家としては、毎年どの地域で狩り開きを行うかという選択は重大事項だった。

例年であれば、義弟の友人である農夫のところに行っていた。私がニムロド[1]とエルゼアール・ブラーズ[2]の分野に初めて足を踏み入れ、野ウサギを一羽しとめたのは、この農夫のところでだった。彼の農場はコンピエーニュの森とヴィレール＝コトレの森の間にあり、モリヤンヴァルの美しい村落から半リュー[3]、ピエールフォンの壮麗な旧跡から一リューの場所に位置していた。

彼の農地である二千から三千アルパン[4]の土地は、周りをぐるりと森に囲まれた広大

な平野となっており、その中央付近は美しい谷によって切り裂かれている。谷底には、緑地と色とりどりの木々の合間に、人家の群れが見える。その姿はなかば葉むらに紛れているけれども、立ちのぼる青白い煙までは隠せない。取り囲む山々に守られ、煙ははじめ空に向かって垂直に上昇する。だが大気の上層に達した時、ヤシの木の梢《こずえ》のように広がりながら、風のままにたなびいていく。

その谷間の上の平野に、狩りの獲物となる野生動物たちは現れる。二つの森から出てきた彼らは、まるでその平野が中立地帯であるかのように、じゃれ合いはしゃぎ回る。

かくしてこのブラソワール平野では、あらゆる獲物を見つけ出すことができる。木々に沿って子鹿やキジが、高台には野ウサギが、斜面にはアナウサギが、農舎の付近にはヤマウズラがいる。そのようなわけで、モケ氏（それがこの農夫の名だ）もま

1　旧約聖書に登場する狩猟の名人。
2　フランスの作家で、狩猟に関する多くの著作を持つ。
3　一リューは約四キロメートル。
4　一アルパンは約五千平方メートル。

た、我々が訪ねてくるのは当然のこととして考えていた。我々は毎回、日がな一日狩りを行い、翌日の二時ごろにはパリへ戻った。四、五人で百五十匹はしとめたものだが、この家主はそのうちの一匹たりとも受け取ろうとはしなかった。

だがその年、私はモケ氏に対する道義に背き、かつての仕事仲間の執拗な誘いに屈した。ローマ[5]学院の優等生である彼の息子が送ってきた一枚の絵に、魅了されてしまったのだ。そこにはフォントネ＝オ＝ローズの平野の眺望が、野ウサギのひそむ刈り株とヤマウズラが群れ集うウマゴヤシとともに描き出されていた。私ほどパリ近郊に疎い者はいないと言っていい。私がフォントネ＝オ＝ローズに行ったことは一度もなかった。私が市門の外に出る時は[6]、ほとんどいつでも五百か六百リューの道のりを行くためだった。したがって近場への移動においては、何もかもが好奇心をうずかせることになる。

夕方六時に、私はフォントネに向けて出発した。いつものように、移動中は馬車の外に顔を出していた。アンフェール門を出て、トンブ＝イソワール通りを左手に見ながら、オルレアン街道に入っていった。

イソワールというのは、ユリアヌス帝の時代にルテティア[7]へと向かう旅人たちを狙った追い剝ぎの名だ。この男は当然、縛り首になった――と私は思っているが、ともあれ彼は今のカタコンブの入り口付近に埋められ、その場所が今日ではイソワールの名を引き継いでいる。[8]

　プティ＝モンルージュの入り口に広がる平野は、奇妙な外観を呈している。人工牧草地と人参畑とビート菜園に囲まれた中央に、白い石で築かれた四角い要塞のようなものが切り立っている。そしてひときわ高く、巨大な歯車がそれを見下ろすようにそびえる。その姿は、回転花火が燃え尽きて残した骨組みを思わせる。歯車の周縁には横木がついており、一人の男が交互の足でそれを順に踏んで動かしている。明らかに過酷な運動でありながらも定位置から動くことのない、この回し車の中のリスのような労働によって、歯車の軸から垂れた綱が巻き上がり、採石場の奥で切り出された石

5　芸術学校である在ローマ・フランス・アカデミーの通称。

6　当時のパリは壁に取り囲まれ、市門を通じてのみ出入りが可能だった。後出のアンフェール門はそのうちのひとつ。

7　古代ローマにおけるパリの呼び名。

8　通りの名である「トンブ＝イソワール」は「イソワールの墓」を意味する。

材がゆっくりと地表に引き上げられ、顔を出す。

上げられた石は鉤《かぎ》を使って穴のふちに出され、後はローラーに乗ってしかるべき場所まで運ばれる。そして綱は再び地下深くまで下ろされ、次の重荷へと向かう。その間、現代のイクシオン[9]に束の間の休息が与えられる。だが、すぐさま号令が告げられ、新たな石材を淵源《えんげん》から引きずり出すための労苦が再開する。同じ行為の再開につぐ再開、それが延々と続いていく。

夕刻までに、その男は場所を変えずに十リュー分足を動かすことになる。もし彼が横木を踏むのと同じ進度で一段ずつ上に登っていったとすれば、二十三年後には月へと到達しているだろう。

ちょうど私がプティ＝モンルージュとグラン＝モンルージュを分ける平野を渡ろうとしていた夕刻の時分には、果てしなく運動を繰り返す歯車が、燃えさかる夕焼けに力強く浮かび上がり、その風景はいっそう幻想的な様相を呈す。それはゴヤの銅版画を思い出させる――縄で首を吊られた死体から歯をもぎ取ろうとする者が描き出された、あの半濃淡の情景を。

七時ごろ、歯車は動きを止める。そして一日の仕事が終わる。

積まれた切り石は、幅五十から六十ピエ[10]、高さ六から八ピエの巨大な四角形を形成している。それは大地からもぎ取られ、未来のパリを作ることになる。地下採石場はそうした石材を送り出しながら、日を追うごとに拡張していく。出発点となったのは、過去のパリの石材を送り出したカタコンブだった[11]。以後、この地下世界の中心部は、絶えず自らの外壁を切り開き、領地の円周を広げ続けている。モンルージュの草原を歩く時、我々は深淵の上を歩いているのだ。地表のところどころに窪地《くぼち》や谷間や亀裂やらが見られるが、それは地下の採石場の支えがもろくなり、石膏《せっこう》の天井が割れてしまっていることを意味する。裂け目が生まれれば岩窟《がんくつ》に水が流れ込み、水の流れとともに地盤も引きずり込まれる。そのようにして大地は揺らぎ、落盤と呼ばれる現象が起こる。

もしこういったことを何も知らなければ、もしあなたを呼ぶ美しい緑の大地の層が実は何にも支えられていないということを理解していなければ、アルプスのモンタン

9　ギリシャ神話の登場人物。ゼウスの怒りを買い、永遠に回転する火炎車に縛りつけられた。
10　一ピエは約三十二・五センチメートル。
11　現在では地下納骨堂として知られるカタコンブは、中世から地下採石場として開発されていた。

ヴェール氷河で起こるように、ひび割れの上に足を踏み入れ姿を消すことになるかもしれない。

地下洞に生きる人々は、その生活と同じく、特有の性質と容貌を持つ。暗闇で生息する彼らには、いくらか夜行性動物に似た本性が備わっている。つまり、彼らは物静かで残忍なのだ。しばしば事故の話を聞く。支えが崩れた、綱が切れた、人が潰れたのと。地上の世界では、それが不運によるものだと思われている。三十ピエ下の人間たちは、それが殺人であると知っている。

石切夫たちの姿は、概して不気味に見える。日なたに出てきた彼らの目はしきりにまばたきを繰り返し、外気の下での彼らの声は不明瞭にくぐもっている。べったりと張りついた髪が、眉まで垂れ下がっている。髭に剃刀があてられるのは日曜の朝だけだ。灰色の粗悪な生地の袖がのぞくヴェスト、石に擦れて白くなった革の前掛け、青地のズボン。二つ折りにして片方の肩にかけられた上着、その上に担がれたつるはしや石切斧。その道具で、週の六日が石を掘るのに費やされる。

何らかの暴動が起きる時、ここに描き出した者たちが参加しないということは滅多にない。誰かがアンフェール門の近くで「モンルージュの石切夫どもが来たぞ！」と叫べば、近くの通りの住民は首を振って戸じまりをする。

昼と夜を分ける九月の夕暮れに私が見たもの、私に見えていたものは、そのような者たちの風景だった。そして夜が訪れ、私は車の中に顔を引っ込めた。私に見えていたものは、中にいる仲間たちの誰にも見えていなかっただろう。あらゆる物事においてそうなのだ。多くの人が何がしかを見ているが、何かが見えている人はあまりに少ない。

八時半ごろ、私たちはフォントネに着いた。素晴らしい夕食が私たちを待っており、食事の後には庭の散歩となった。

イタリアのソレントがオレンジの森であるならば、フォントネはバラの木立だ。各々の家が、木枠で育てたバラの壁庭を持っている。バラの木は一定の高さまで伸びると、巨大な扇形に広がり花を咲かせる。あたりの空気に香りが移り、風がそよげば花びらが舞い散る。それは子供らが聖体祭でバラの花びらをまく光景と同じように、神の祝祭を思わせる。

私たちは庭の端に来ていた。昼であれば広大な眺めを見渡すことができただろう。空間にちりばめられた光だけが、ソーやバニュー、シャティヨン、そしてモンルージュの村落をしるしづけていた。その奥では赤みがかった帯が広がり、リヴァイアサンの息吹のごとき鈍いざわめきを発していた。それがパリの息づかいだった。

私たちは子供のように急かされながらようやく寝床についた。香りのよい微風がそよぐ、星々に飾られたこの夜空の下でなら、そのまま喜んで夜明けまで待ってしまったかもしれない。

翌朝の五時、私たちはその家の息子の案内で狩猟を開始した。家の主人はあらかじめ私たちに夢のような収穫を請け合い、言うなれば、自分の領地がどれほど豊穣に獲物を提供するかを長々と自慢していた。あとはそのしつこさに見合う成果さえ伴えば、言うことはなかった。

正午の時点で、私たちが目にしたのはウサギ一羽とヤマウズラ四羽だった。ウサギは右にいた仲間が獲りそこない、ヤマウズラの一羽は左にいた仲間が獲りそこなった。ヤマウズラの残り三羽のうち、二羽は私がしとめた。

これがブラソワールだったら、正午までにウサギなら三、四羽、ヤマウズラなら十五から二十羽は農舎に届けることができていたはずだった。

私は狩りは好きだが、散歩は嫌いだった。とりわけ、野原を行く散歩は。そのようなわけで、私は左方の端にあるウマゴヤシの草むらを探索してみるという口実で、そこに何かが見つかるはずもないと確信していながらも、一行から抜け出し離れることにした。

ただ、二時間以上も前から心を占めていた脱走への願いの中で、私はその草むらから一本の道が土手に沿って延びているのに気づいていた。その道は他の狩猟仲間たちの目から逃れつつ、ソー街道を経て、私をまっすぐにフォントネ=オ=ローズの町へと戻らせてくれるにちがいなかった。

私は間違っていなかった。一時を告げる教会の鐘の音が聞こえ、私は集落の最初の家並みにたどり着いた。

いかにも見事な邸宅を守っていそうな壁に沿って進み、ディアヌ通りからグランド通りへとつながる場所にさしかかった時、教会のほうから一人の男が近づいてくるのを見た。その男のあまりに不穏な様子に、私は立ち止まり、自己防衛の意識のみに突き動かされながら、本能で二発の弾を銃に込めた。

青白く、髪が逆立ち、目をぎょろりと見開き、衣服が乱れ、両手が血まみれになったその男は、ところが私には目もくれずに通り過ぎた。そのまなざしは、何かを見すえながらも重く濁っていた。足どりは勾配の急すぎる山道を下りていく者のようにせわしなく、それでも彼のあえぐような息づかいは、疲れよりもむしろ怯《おび》えの色を強く示していた。

二つの通りの分岐点で、男はグランド通りからディアヌ通りに入り込んだ。そこには、私が七、八分のあいだ壁づたいに歩いてきた邸宅の入り口があった。私の目はただちに、二番地の標識をかかげたその緑色の門に釘付けになった。男の手は、まだまったく届きもしないうちからすでに、呼び鈴に向かって伸ばされていた。ようやくそれに触れ、荒々しく鳴り響かせると、彼はほとんど間をおかずに振り返った。そして門を守るかのように置かれていた二つの標石のひとつを選び、その上に座り込んだ。一度身を置くと、両手をだらりと垂れてうなだれたまま、動かなくなった。

私は来た道を引き返し、その場に近づいた。彼が何らかの知られざる深刻な惨劇の渦中にあることは、もう充分にわかっていた。

私と同じ印象を受けたと思われる者たちが家から通りに出てきて、私と同じような動揺の目で背後から彼を見つめていた。

荒々しく響き渡った呼び鈴の音に、門の近くの小さな扉が開き、四十歳から四十五歳ほどの女が現れた。

「まあ、あなただったのね、ジャックマン」と女は言った。「どうしたのかしら？」

呼びかけられた男は、くぐもった声で、「市長さんは中にいるかい？」と尋ねた。

「ええ」

「ああそうか、アントワーヌおばさん、それなら市長さんのところに行って伝えてくれるかい。俺は自分の女房を殺して、捕まえてもらいに来たところだと」

アントワーヌおばさんの上げた悲鳴に、その恐ろしい告白を聞くべく近寄っていた者たちの戦慄の叫びが共鳴した。

私は一歩後ずさり、ぶつかった菩提樹にそのままもたれかかった。

声の聞こえる範囲にいた他の者たちは皆、立ちすくんだままだった。

殺人を告白した男は、座っていた標石から地面にずり落ちていた。あたかも、運命の言葉を発して力尽きたかのように。

アントワーヌおばさんはその間に、扉を開けたまま姿を消していた。ジャックマンから託された言づけを果たしに主人のもとへ行ったのは明らかだった。

五分が経ち、探していた人物が扉の敷居に現れた。

彼の後ろには、他に二人の男がついてきていた。

今でも私の目には、その時の光景がありありと浮かんでくる。ジャックマンは、依然として地面にずり落ちたままだった。アントワーヌおばさんが探してきたフォントネ＝オ＝ローズ市長は、男の近くに立ち、その高い背丈で直立したまま、彼を見下ろしていた。扉の入り口に駆けつけた他二人の男については、後で詳しく語ることになるだろう。グランド通りに植えられた菩提樹の幹に寄りかかりながら、私の視線はディアヌ通りから離れなかった。私の左側には男一人と女一人と子供一人からなる集団がいて、子供は母親が抱きかかえてくれるのを求めて泣きわめいていた。この集団の後ろにあるパン屋では、主人が二階の窓から顔をのぞかせ、下にいる見習いと話していた。「ありゃあ石切夫のジャックマンか。さっき走り去っていったのもあいつだったんじゃないか」という声が聞こえた。そして最後に、一人の蹄鉄工が作業場の戸口に出てきた。その姿の正面は黒ずんでいたが、背後は弟子がふいごで風を送り続ける炉の光によって照らされていた。

それがグランド通りの状況だった。

ディアヌ通りでは、先に述べた主要人物たちを除いて、人がいなくなっていた。ただ、通りの端から、鉄砲所持の巡回検問を終えて平野から戻ってきた二人の憲兵が姿を現そうとしていた。彼らは自らを待ち受ける任務などつゆ知らず、馬をゆったりと進めつつ我々のいる場所に近づいていた。

一時十五分の鐘が鳴り響いていた。

第2章　セルジャン小路

鐘の音の最後の響きに、市長の口にした最初の言葉が音を重ねた。

「ジャックマン」と彼は言った。「うちのアントワーヌがおかしくなったのだと思いたいが。彼女はお前からの伝言として、お前の女房が死んだと、そして殺したのはお前だと言っている」

「どこにも間違いはないよ、市長さん」ジャックマンは答えた。「だから俺を牢屋に入れて、さっさと裁いてくれないか」

そう言いながら、ジャックマンは肘を標石にかけて起き上がろうとした。だが力を入れた矢先、両足の骨が砕けてしまったかのように再びくずおれた。

「どうやら、頭がおかしいのはお前のほうか」市長は言った。

「手を見てくれよ」ジャックマンは答えた。

彼は血塗られた両手を上げた。その指は、鉤爪《かぎづめ》のような形で固くこわばっていた。事実、左手は手首の上まで、そして右手は肘まで赤く染まっていた。よく見れば、右手からは新たな血が流れ出し、親指をつたってしたたり続けていた。その傷はおそらく、もがく被害者がこの殺人犯に残したものなのだろう。

この間に、二人の憲兵は間近まで来ていた。そして場の主役から十歩ほど離れた場所に立ち止まり、馬上から見下ろしていた。

市長は彼らに合図をした。彼らは馬から降り、軍学校の生徒らしき警察帽をかぶった少年に手綱を投げ渡した。

そしてジャックマンに近寄り、腕を担いでその体を持ち上げた。

彼はされるがままだった。いかなる抵抗もせず、何らかの考えに沈みきっているかのような弛緩《しかん》の只中《ただなか》にいた。

その時、警視と医師が到着した。彼らは今しがた事態を聞かされたところだった。

「ああ、ロベールさん、クザンさん。よくぞお越しで」と市長は言った。

ロベール氏が医師で、クザン氏が警視だった。

「どうぞこちらに。ちょうどあなた方を探しにやろうとしていたところです」

「いやはや、いったい何事ですかね？」医師が尋ねた。彼はそこにいる者たちの中で最も嬉々《きき》とした様子だった。「なにやら殺人と聞いていますがね」

ジャックマンは何も答えなかった。

「ねえ親父さん」医師は再びジャックマンに言った。「あんたが自分の女房を殺したというのは、本当なのかね？」

ジャックマンはただの一言も発しなかった。

「少なくとも、この男はそのように自首してきたところです」市長は言った。「ただ、錯乱からそう言っているだけで、実際の犯罪によるものではないと願いたいですが」

「ジャックマン」と警視は言った。「答えなさい。妻を殺害したというのは本当なのか？」

同様の沈黙が続いた。

「どうあれ、見に行くことにしましょうか」ロベール医師は言った。「彼はセルジャン小路に住んでいるんだったかな？」

「そのとおりです」二人の憲兵が答えた。

「よろしい、ではルドリュさん」医師は市長に向かって言った。「セルジャン小路に行こうじゃありませんか」

「行かない！　俺は行かないぞ！」ジャックマンが叫び出し、憲兵の手を乱暴に振りほどこうとした。もしその激しさのまま逃げ出していたなら、追いかけようという考えが誰かに生じる前に百歩も先まで行っていたに違いない。

「どうして行きたくないんだ？」市長は尋ねた。

「俺が行く必要なんてどこにあるんだ？　ぜんぶ白状してるっていうのに。この手で女房を殺したんだって言ってるじゃないか。使ったのはこういうでかい両手持ちの剣で、兵器博物館から去年盗んだやつだ。[1]さあ、牢屋に連れていってくれよ。戻ってすることなんかないんだ。牢屋に連れていってくれ！」

　医師とルドリュ氏は目を見合わせた。

「いいかい」警視は言った。彼はルドリュ氏と同じく、ジャックマンが何らかの一時的な精神錯乱をきたしているだけだという希望をまだ捨てないでいたのだ……。

1　後述にあるとおり、ジャックマンが剣を盗んだのは一八三〇年七月二十九日とされ、これは「栄光の三日間」と称されるフランス七月革命の最後の日にあたる。この革命に際し、蜂起した市民らによる店や博物館からの武器の強奪が各地で起きた。

「いいかい、検証は急を要する。そして司法手続きのために、あなたはそこに立ちあって案内しなければならない」

「どうして案内されないと司法手続きができないんだ？」ジャックマンは言った。「死体は地下倉にあって、死体のそばの石膏嚢《せっこうのう》の中に頭が入ってる。俺のことは、牢屋に連れていってくれ」

「あなたが来なくてはならない」警視は言った。

「ああ！　ちくしょう！　ちくしょう！」おののくまでの恐怖の極まりに、ジャックマンは叫んだ。「ああ！　ちくしょう！　ちくしょう！　こんなことになるとわかってたら……」

「どうしていた？」警視は尋ねた。

「自殺しておけばよかった」

ルドリュ氏は首を振り、そして警視に目くばせをした。何かが裏にある、と言いたいようだった。

「ジャックマン」ルドリュ氏は殺人犯に言った。「どうだろう、それを説明してくれないか、私に」

「ああ、あんたになら、いくらでも話すよ、ルドリュさん。何でも訊いてくれ。話すから」

「よくわからないんだが、殺人を犯す度胸を持ち合わせているお前が、なぜ被害者にもう一度直面する度胸は持てないのだろう？　まだ我々に言っていない何かがあったということか？」

「ああ、ああ、恐ろしいことが」

「そうか。じゃあ、それを話してくれるか」

「いや駄目だ、きっとあんたは嘘だと言う。俺の頭がおかしいって言うんだ」

「大丈夫だ。何があった？　私に話してくれ」

「それなら話すが、あんたにだけだ」

ジャックマンはルドリュ氏に近づいた。

二人の憲兵は彼を取り押さえたままにしておきたかったが、市長の指示によって、罪人の好きにさせることにした。

もっとも、彼が逃げ出そうとしたところで、それはもはや不可能となっていた。今やフォントネ＝オ＝ローズの人口の半数が集まり、ディアヌ通りとグランド通りを塞いでいた。

そしてジャックマンはルドリュ氏の耳に顔を寄せた。

「ルドリュさん、あんたは」ジャックマンは声をひそめて尋ねた。「生首がしゃべったと言ったら信じてくれるか？　いったん体から離れた首がだ」

ルドリュ氏は叫びに似た声を漏らし、みるみる青ざめていった。

「信じてくれるか？　言ってくれ」ジャックマンは繰り返した。

ルドリュ氏は気力を振り絞って答えた。

「ああ、信じる」

「そうか……そうか……確かにしゃべったんだ」

「誰が？」

「首が……ジャンヌの首が」

「なんだって？」

「だから――生首の目が開いて唇が動いたんだよ。俺のほうを見たんだよ。こっちを見ながら俺のことを呼んだんだよ。『この人殺し！』って」

ルドリュ氏だけに聞かせるつもりが、ジャックマンの恐ろしい話は皆の耳にも届いていた。

「いやあ、たいした冗談だ！」医者が笑いながら声を上げた。「切られた首がしゃべったと。けっこうけっこう、こいつはいい！」

ジャックマンは振り向いた。

「本当だって言ってるじゃないか！」

「だとすれば」警視は言った。「なおさら犯行現場に行かねばならなくなった。憲兵、犯人を連れていくぞ」

ジャックマンは身をよじってわめいた。

「やめてくれ、なんなら八つ裂きにしてくれたっていい。でもあそこに行くのだけは嫌だ」

「来てくれ、ジャックマン」ルドリュ氏は言った。「もし君の自白した恐ろしい罪が本当なら、これも罪滅ぼしのひとつなんだ。それに」彼は小声になって続けた。「抵抗しても駄目なんだ。もし自分の意志で来なければ、力ずくで連れていかれるだけだ」

「ああ……そうか、だったら」ジャックマンは言った。「自分から行くことにする。

でも、ひとつ約束してくれ、ルドリュさん」

「何だ？」

「地下倉にいるあいだ、俺から離れないでいてくれるか？」

「離れない」

「あんたの手を握っていてもかまわないか？」

「かまわない」

「よかった」とジャックマンは言った。「行こう」

彼はポケットから格子縞《こうしじま》のハンカチを引っ張り出し、汗に濡れた額を拭った。

一行はセルジャン小路へと出発した。

警視と医師が先頭を歩き、ジャックマンと二人の憲兵が続いた。

その後ろにルドリュ氏、そして彼とともに戸口に現れた例の男二人がついていった。

さらに続いて、波打ちざわめく渓流のごとく、私を含む群衆が押し寄せていった。

一分ほどで、私たちはセルジャン小路に着いた。グランド通りの左側に位置する小さな路地で、下りていった先の行き止まりに木製の朽ちた門があった。その巨大な両開きの門は、片方の内側が小扉として開くようになっていた。

小扉は、一個の蝶番《ちょうつがい》のみで支えられていた。一見して、その屋内の不穏さを伝えるものなど何ひとつなかった。扉にバラの木が花を開かせ、そのそばの石のベンチでは、大きな赤茶色の猫が満ち足りた様子で日なたぼっこをしていた。

こちらの人の群れに気づき、そのざわめきを聞き取ると、猫は怯《おび》えて逃げ出し、地下倉の天窓のほうへと姿を隠した。

先に述べた門の前で、ジャックマンは立ち止まった。

憲兵たちが強引に中に入らせようとした。

「ルドリュさん」振り返って、ジャックマンは言った。「ルドリュさん、約束どおり、離れないでいてくれるかい」

「大丈夫だ、私がついているよ」市長は答えた。

「腕を、腕を貸してくれ！」

ジャックマンはよろめき、今にもくずおれんばかりだった。

ルドリュ氏は近寄り、憲兵に罪人を放してやるよう指示して、腕を貸してやった。

「私が見ているから」と彼は言った。

この時のルドリュ氏は明らかに、もはや犯罪の処罰を追及する自治体の長ではなく、未知なるものの領域を探求する哲学者となっていた。ただ、今回の一風変わった探求においては、案内役が殺人犯であるというだけのことだった。

最初に医師と警視が、次いでルドリュ氏とジャックマンが入っていった。その後に二人の憲兵、さらに私を含む何人かの特権者が続いた。私はあらかじめ憲兵諸氏と接触を持っていたおかげで——つまりは平野にいた際に彼らの目に留まり、鉄砲所持許可証を呈示させられるという栄誉にあずかっていたおかげで——もはや知らぬ顔ではなかったというわけだ。

それで門は閉め切られ、外に残された群衆は轟々《ごうごう》たるうなりを上げ続けていた。

我々はその小さな家の扉へと進んでいった。

そこで凄惨な事件が起きたとは思えなかった。何もかもがしかるべき場所に留まっていた。緑色の綾織りのベッドが部屋のくぼみに収まっていた。ベッドの頭部には黒い木製の十字架が掛けられ、復活祭のツゲの枝が干からびたまま挿さっていた。暖炉の上には花々に包まれて眠る幼いキリストの蠟人形が掲げられ、その左右には、かつては銀色に輝いていたであろうルイ十六世様式の燭台《しょくだい》が並んでいた。壁には、世界の四つの州を表現した四枚の彩色版画が、黒い木の額縁に入れて飾ってあった。テーブルの上には食器がそろい、暖炉でポトフが煮えたぎっていた。一時半を告げる鳩時計の近くに、パンの入った箱が開いていた。

「はてさて」医師が相変わらずの陽気な調子で言った。「今のところ、何も見当たりませんな」

「右の扉を入ってくれ」ジャックマンがくぐもった声でつぶやいた。

我々は罪人の指示に従って進み、貯蔵室らしき部屋に入った。その隅で、揚げ床の板戸が開いていた。ほのかな光が地下から漏れている。

「そこ、そこ」ジャックマンは声を絞り出しながらルドリュ氏の腕にしがみつき、もう一方の手で、その地下倉への入り口を指差した。

「おやおや」医師は警視にささやいた。何にも心が動かされず、何も信じようとしない人間たちが見せるおぞましい笑みを浮かべながら。「どうやら御婦人はアダム親方の教えどおりになったというわけか」医師はそう言って口ずさみ始めた。

あたしが死んだら埋めておくれよ
地下倉に……

2

「うるさい！」ジャックマンが遮《さえぎ》った。その顔は青ざめ、髪は逆立ち、額に汗が浮かんでいた。「ここで歌わないでくれ！」

その声の勢いにひるみ、医師は黙った。

だがほどなくして、階段にさしかかった時、彼は再び声を発した。

「何だ、これは？」

医師は身をかがめ、刃渡りの広い一本の剣を拾い上げた。

それはジャックマンの言っていた、一八三〇年七月二十九日に彼が兵器博物館で盗んだという両手持ちの剣だった。その刀身は血に染まっていた。

警視は医師の手から剣を取った。

「この剣に見覚えは？」彼はジャックマンに訊いた。

「ああ」とジャックマンは答えた。「さあ行ってくれ！　さっさと片をつけよう」

その剣は、我々が最初に見た殺人の痕跡だった。

我々は先ほどと同じ順番で地下室に下りていった。最初に医師と警視、次いでルドリュ氏とジャックマン、その後にルドリュ氏の家にいた二人の人物、そして憲兵と、私を含む何人かの特権者。

階段の七段目を下りた時、私の視線は地下室の内部へと放たれ、これからご覧に入れようとする地獄絵図の全貌をとらえた。

最初に目に留まった物体は、樽《たる》のそばに横たわる首のない死体だった。半開きになった樽の蛇口からはワインがかぼそく漏れ出し続け、小川となって樽台の下に流れ込んでいた。

亡骸は上半身だけがねじくれていた。まるで臨終の身悶《みもだ》えが脚まで届かず事切れたかのようだった。ワンピースの片側はガーターが見えるまでめくれ上がっていた。見たところ被害者は、樽の前に膝をついて、瓶にワインを注《つ》ぎ始めた矢先に憂《う》き目に遭ったらしく、手から落ちた瓶がすぐそばに転がっていた。

2　『円卓の騎士』と題される酔いどれ歌の一節で、死後にワイン蔵へ埋葬されることを望む女が歌われる。その歌詞は、別の酔いどれ歌である『アダム親方の歌』をもとにしているとされる。

死体の上部は、血だまりに浸《つ》かりきっていた。

そして私たちは、壁際に置かれた石膏嚢の上に、円柱の台座に乗った胸像のごとく、髪の毛に覆われた頭部が直立しているのを見た。あるいはより正確には、おそらくそこにあるものが頭部なのだろうと推察するに留めた。血液の赤い一筋が、石膏嚢の半ばまで垂れていた。

医師と警視はすでに遺体の確認を済ませ、階段の前に戻っていた。ルドリュ氏の二人の友人と何人かの物好きは、地下室の中央付近に詰め寄っていた。ジャックマンは階段を最後まで下りたところで、頑としてそれ以上中に入ろうとしなかった。憲兵二人はジャックマンの背後に留まっていた。

さらに後ろの階段上に、私を含む他の五、六人がひとかたまりで残っていた。死の影が降りるこの空間を、ワインの漏れ出す樽の上に置かれた蠟燭《ろうそく》の光が照らし出していた。その炎の揺らめきのまさしく正面に、ジャックマン夫人の屍《しかばね》が横たわっていた。

「机と椅子を」と警視は言った。「調書を書くとしましょう」

第3章　調書

指示された家具が警視のもとに運ばれた。彼は机がぐらつかぬように確認してから、その前に座り、蠟燭《ろうそく》を求め、医師が死体をまたいで持ってきたそれを受け取ると、ポケットからインク壺《つぼ》とペンと紙を取り出し、調書の作成を開始した。

警視が前書きを埋めていると、医師は気まぐれに、石膏嚢《せっこうのう》の上の生首に近寄ろうとした。だが警視がそれを制止した。

「どうか触らないように」彼は言った。「決まりというものがありますから」

「これはごもっとも」医師はそう言って元の場所に戻った。

数分の沈黙があった。その間、警視のペンが官製のざらつく紙をきしませる音だけが響き、物書きが慣れた文句を並べるような速度でみるみる行が書き連ねられていった。

そのようにして何行かが埋まった後、警視は顔を上げて周りを見渡した。

「どなたに証人をお願いしましょうか」彼は市長を見て尋ねた。

「それではまず、こちらの二人に」ルドリュ氏はそう言って、警視の近くに陣取っていた自身の友人二人を示した。

「いいでしょう」

そしてルドリュ氏は私のほうに向き直った。

「それから、あちらの方にも。もし御自身の名前が調書に載っても差し支えなければですが」

「いいえ、お引き受けします」と私は答えた。

「では、そちらから下りてきていただきましょうか」と警視が言った。

私は死体に近づくことにあまり乗り気ではなかった。いくつかの細部は、ここからなら全く目に入らないというわけではないにせよ、まだそれほど醜悪に見えずに済んだ。薄暗闇に紛れ、おぞましさは詩情のヴェールによって包み込まれていた。

「どうしても必要ですか？」私は尋ねた。

「何が？」

「私が下りていくことです」

「いいえ。そのままでも結構。もしそちらのほうが居心地がよいならば」

私はうなずき、今の場に留まる意向を示した。

警視はルドリュ氏の二人の友人のうち、より近くにいたほうに顔を向けた。

「あなたの氏名、年齢、身分、職業、住所を」この手の質問に慣れきったなめらかな口調で、彼は尋ねた。

「吾輩《わがはい》はジャン゠ルイ・アリエット」訊かれた男はそう答えた。「別名エッテイラ。アナグラムでね[1]。文人。住所はアンシエンヌ゠コメディ通りの二十番地」

「年齢を言うのをお忘れです」と警視は言った。

「それは吾輩がこれまでに生きてきた年数でいいのかね、それとも何歳とされているかを言ったほうがいいのかな」

「実年齢を言ってください、馬鹿げたことは言わずに。人間の年齢は二つありません」

1　文字の順序を入れ替えて別の語句を作る言葉遊び。Etteilla（エッテイラ）はAlliette（アリエット）のアナグラム。

「ところが警視さん、そういう人間もチョットは存在するものなのだよ。例を挙げるに、カリオストロしかり、サン＝ジェルマン伯爵しかり、さまよえるユダヤ人しかり[2]……」

「つまり、あなたは自分がカリオストロか、サン＝ジェルマン伯爵か、あるいはさまよえるユダヤ人だと？」警視はそう言って眉をひそめた。たちの悪い冗談だと思っているのだろう。

「否。吾輩が言わんとするのは……」

「七十五歳」ルドリュ氏が言った。「七十五歳と書いておいてください、クザンさん」

「いいとしましょう」警視は言った。

七十五歳、と彼は記した。

「次に、あなたは？」彼はルドリュ氏のもう一人の友人を見た。

そして一人目とまったく同じ質問を繰り返した。

「ピエール＝ジョゼフ・ムールと申します。年齢は六十一歳で、サン＝シュルピス教会の司祭をしております。セルヴァンドーニ通りの十一番地に住んでおります」その返答の声は穏やかだった。

「次、あなたは?」警視は私を見て尋ねた。

「アレクサンドル・デュマ、劇作家、二十七歳。パリ、ユニヴェルシテ通り、二十一番地」と私は答えた。

ルドリュ氏は私のほうを向いて、優しく会釈をした。可能な限り同様の印象が与えられるように努めながら、私も会釈を返した。

「できました」と警視は言った。「皆さん、これでいいかご確認を。所見があれば申し出てください」

そして彼は、お役人の専売特許である鼻にかかった抑揚のない声で読み上げた。

『本日一八三一年九月一日午後二時ごろ、本職は、先立つ通報により、フォントネ=オ=ローズ市にて、マリー=ジャンヌ・デュクドレーなる人物が、その夫ピエール・

2　カリオストロ（本名ジョゼフ・バルサモ）は十八世紀の錬金術師。若返りの薬を所有していると主張した。サン=ジェルマン伯爵は、同じく長寿の秘義を知ると噂された、様々な不老不死伝説を有する人物。「さまよえるユダヤ人」は、刑場に向かうイエスを罵った罰として、最後の審判の日まで死ぬこともできずに放浪することを課せられた伝説上の人物。

ジャックマンによって殺害され、また、右殺人犯が、前記フォントネ＝オ＝ローズ市の市長であるジャン＝ピエール・ルドリュ氏の住居に赴き、自らの意志により、右犯罪の犯人として名乗り出たとの知らせを受け、直ちに、同ジャン＝ピエール・ルドリュ氏の住居の存するディアヌ通り一番地に急行した。本職が、同住居に、前記フォントネ＝オ＝ローズ市在住の医師であるセバスチヤン・ロベール氏を同伴して到着したところ、前記ピエール・ジャックマンが、既に憲兵隊によって取り押さえられているのが見られ、同人は、本職の前で、自身が自らの妻を殺害した犯人であると繰り返し供述した。同供述に基づき、本職は、同人に、殺人の現場である家屋へ同行するように命じ、同人は初めこれを拒否したが、直後に、市長からの勧告によって受諾するに至り、本職らは、ピエール・ジャックマン氏の住所にあたる家屋の存するセルジャン小路に赴いた。同家屋に到着し、見物人らが立ち入るのを防ぐ目的で、入り口の扉を閉め切ったのち、まず、最初の部屋に入ったが、殺人の事実を裏付けるいかなる痕跡も見られないことが確認され、次に、前記ジャックマン自身による申し出に従い、最初の部屋から第二の部屋へと移動し、その一角に階段へ続く揚げ床が開いているのを認めた。右階段は、被害者の遺体が置かれた地下室に通じるとして提示されたものであるが、同階段を下り始めるや、最初の数段において、前記医師が、十字形の柄をした刃渡りの広い鋭利な刀剣を発見し、前記ジャックマンは、同刀剣を、自らが七月革命の際に兵器博物館から盗難し、右殺人の遂行に用いたものとして供述した。しかるのち、地下室の床上において、ジャックマン夫人の遺体が、うつ伏せに倒れ、かつ多量の血液に浸っているのが見つかり、その頭部は胴体から切断されていたが、同頭部は壁に立てかけられた石膏嚢の上に直立しているのが確認され、前記ジャックマンは、同遺体ならびに同頭部が確かに自身の妻のものであることを、同所に立ち会っていたフォントネ＝オ＝ローズ市長ジャン＝ピエール・ルドリュ氏、同フォントネ＝オ＝ローズ市在住の医師セバスチヤン・ロベール氏、アンシエンヌ＝コメディ通り二十番地パリ在住の文人ジャン＝ルイ・アリエット別名エッテイラ氏七十五歳、セルヴァンドーニ通り十一番地パリ在住のサン＝シュルピス教会司祭ピエール＝ジョゼフ・ムール氏六十一歳、ユニヴェルシテ通り二十一番地パリ在住の劇作家アレクサンドル・デュマ氏二十七歳の面前で認め、よって本職は、次の通り、被疑者の尋問を行った』

「このとおりでよろしいですか？　皆さん《メッシュー》」我々のほうへ向き直り、警視は尋ねた。

その表情はさも満足げだった。

「よろしいと思います、ムッシュー」私たちは口をそろえた。

「結構、では被疑者の尋問に入るとしましょう」

そう言って今度は、今なされた朗読の間、ずっと息切れしたようにあえいでいた犯人の方へと向き直った。

「被疑者に尋ねます」警視は言った。「あなたの氏名、年齢、住所、職業は？」

「そいつもまた長くなるのか？」疲れ果てた様子で犯人は訊いた。

「答えたまえ。まず氏名」

「ピエール・ジャックマン」

「年齢」

「四十一歳」

「住所」

「訊く必要ないだろ、今あんたらがいる場所だよ」

「関係ない。この質問への回答は、法によって義務づけられている」

「セルジャン小路」

「職業」

「石切り」

「自らを当殺人事件の犯人として認めるか？」

「ああ」

「あなたが殺人を犯した動機、ならびに、殺人が犯された状況を述べなさい」

「殺人を犯した動機ね……聞くだけ無駄だよ。俺とそこの女だけの秘密さね」

「だが原因のない結果はない」

「その原因は、あんた方の知るところじゃないってことだよ。あとは状況ってのを聞きたいんだったか？」

「ええ」

「じゃあ、それを話そう。俺たちみたいに地下で働いてるとね、なにせ暗い中だからさ、なんやかやと気がめいるのも仕方がないような気がして、自分の心を駄目にしちまうものなんだ。そうやってさ、わかるだろ、ろくでもない考えも浮かんでくるってものさ」

「ほう」警視が口をはさんだ。「すると犯行の計画性を認めるということか？」

「最初から全部認めてるっていうのに、まだなにか足りないのか？」

「いや、続けなさい」

「そうだな、それで俺に浮かんだろくでもない考えってのは、ジャンヌを殺すことだった。それがひと月以上も心にちらついて、情が頭を押さえつけていたところを、仲間の一人に言われた一言で……俺の迷いは消えた」

「何を言われた？」

「それもあんたらには関係のないことに入る。それで、今日の朝、俺はジャンヌに言ったんだ。

『俺は今日は仕事に行かない。祝日ってことにして楽しみたいんだ。今から仲間と球遊《ブール》[3]びをしにいく。ちゃんとした昼飯も食べたいから、一時に用意しておいてな』

『でも……』

『いいんだ、意見はいらない。一時に昼飯、わかったか？』

『わかったわ』とジャンヌは言った。それであいつはポトフの材料を探しに外へ出た。

その間、ブールには行かずに、俺はそこの剣を手に取った。石でそれを研いだ。地下に下りて、樽《たる》の後ろに隠れた。あいつはワインを注《つ》ぎに下りてくるに違いない、それで事は運ぶ、そう思ったのさ。まっすぐ立ち並んだワイン樽の後ろでうずくまっている間、俺は……さあ、どうだったかな。熱っぽくなって、心臓の音が響いて、暗闇の中でふつふつと怒りが湧き上がってくるのを感じていた気がする。仲間に昨日言われたことが、内にも外にも聞こえ続けていた」

「だから、いったい何を言われた？」警視は食いさがった。

「聞くだけ無駄。さっきも言ったが、あんたらがそれを知ることは絶対にない。そうして、衣擦《きぬず》れの音が耳に入り、足音が近づいてくるのが聞こえた。光が揺れるのが目に入り、下りてくる脚が見えた。次に胴体、そして顔……ちゃんと目に入ったよ、あいつの顔が……。手に蠟燭を持っていた。

さあ、これでいい、俺はそう思った。そして仲間に言われた言葉を、声をひそめて繰り返した。同時に、あいつが近づいてきた。誓って言うが、あいつは何かまずいこ

3 球技のひとつ。金属球を目標物に向かって投げるか転がすかし、得点を競う。同様の競技であるペタンクの原型。

とが進んでいると勘ぐっているふうだった。怖がっていたよ。あちこち見回していた。それでも俺は見つからずに、身動きせず隠れていた。そうしてあいつは樽の前に膝をつき、瓶を近づけ、蛇口をひねった。俺は立ち上がった。そう、あいつは膝をついていた。瓶にワインが流れ込む音で、他の音はかき消された。もっとも、音は立てなかったけどね。あいつの格好は罪人がひざまずいているみたいだったな、処刑を待ってるみたいだった。俺は剣を上げて、それで……えいやっとね……。あいつから声が上がったかどうかもわからんね、ただ、頭が転がった。

この時、俺はまだ死にたくなかった。逃げのびてやろうと思っていた。地下に穴を掘って、あいつを埋めるつもりだった。胴体が倒れ込むが早いか、俺は転がった首に飛びついた。血を隠そうと、石膏を一袋用意していた。そうして首を捕まえたんだ。そしたら――こっちが捕まえられた。見てくれ」

彼は右手を見せた。その親指には、大きく抉《えぐ》られた傷があった。

「なんとまあ！　首のほうから捕まえにきたと」と医師は言った。「それでいったい、どうなったというのかな？」

「見てのとおり、がぶりと嚙みつかれたんだよ。あいつは俺を放そうとしなかった。

石膏嚢の上に首を置いて、左手で壁に押しつけながら、右手を引き抜こうとした。でもそうこうしているうちに、歯のほうがひとりでに緩んだ。それで俺は手を引っ込めた。なあ、俺がおかしいのかもしれない、でもきっと、あの首はまだ生きていたんだ。両目がかっと開いているのも見た。樽の上に蠟燭があったから、俺にはちゃんと見えていたんだ。あとは、唇が……唇が動き出して……震えながらしゃべりだしたんだ――『こ、この人殺し！　あたしは何もしていない、い、いない！』って」

この供述が、他の者にどのような作用を及ぼしたかはわからない。だが、私自身についてはわかる。私の額からは、汗がしたたり落ちていた。

「まったく、いい加減にしてくれないかね」医師が声を荒らげた。「目が見つめてきただの、口がしゃべりだしただの」

「なあ先生、あんたは医者だから何も信じない、当然のことだ。だが言ってるように、あんた方がそこで見ている首は――よく聞いてくれ――その首は、本当に俺に嚙みついたんだ。本当に俺に言ったんだ、『こ、この人殺し、あ、あ、あたしは何もしていない、い、いない』と。しゃべったっていう証拠か？　いいかい、俺はあいつを――ジャンヌを殺した後は、もともと逃げる気でいたんだ。でも逃げ出すかわりに、市長さんのところに走って自首した。そうだろう市長さん、そうだよな？　答えてくれ」

「ああ」ルドリュ氏はくもりなき誠意の込もった声で答えた。「ああ、ジャックマン。そのとおりだ」

「ロベールさん、遺体頭部の検分をお願いします」警視が医師に言った。

「俺が行ってからにしてくれよ！」ジャックマンは叫んだ。「ロベールさん、俺がいなくなってからにしてくれ」

「生首がまたしゃべりだすとでも言うのかね、馬鹿者が！」医師はそう言って、明かりを手に石膏嚢へと近づいた。

「ルドリュさん、助けてくれ！」ジャックマンは言った。「後生だから、俺をもう行かせてくれるように言ってくれ、頼むよ、お願いだ！」

「皆さん」と市長は言い、仕草で医師を止めた。「この哀れなる者からこれ以上聞き出すべきことは何もないはずです。彼を牢に送らせるのをお許しください。立会いによる現場検証が法で定められているとはいえ、被疑者がそれに耐えうる状態であることが前提となっているのですから」

「しかし、調書は？」と警視が言った。

「もうほとんど終わっているでしょう」

「被疑者の署名が必要ですが」

「牢屋で署名すればいい」

「そうだ、そうだ！」ジャックマンが喚声を上げた。「牢屋の中でいいなら、なんにだって署名させてもらうさ」

「いいでしょう」警視は言った。

「憲兵！　この男を連行してくれ！」ルドリュ氏は言った。

「ああ、ありがとう、ルドリュさん、ありがとう」深い感謝の念を込めて、ジャックマンは言った。

そして自ら憲兵たちの腕をつかみ、人間離れした力で彼らを階段の上まで引っ張っていった。

その男が退場し、それとともに惨劇は幕引きとなった。あとの地下室には、見るにたえない物だけが二つ残った。首のない死体と、胴体のない首と。

今度は自分が動く番と、私はルドリュ氏に向かって身をかがめた。

「ムッシュー」私は彼に言った。「そろそろ私もおいとましていいでしょうか。調書に署名はさせていただくつもりですが」

「ええ、しかし、ひとつ条件があります」

「何でしょう?」

「私の家にいらしてくれますか。そこで調書にサインを願います」

「ええもちろん、喜んで。でも、いつがいいでしょうか?」

「一時間ほど後に。家の中をお見せしますよ。元はスカロン[4]の住んでいたものですから、興味を持っていただけると思います」

「わかりました、一時間後に伺います」

そうして挨拶をし、自分も階段を上っていった。最上段まで来て、私は地下室に最後の一瞥《いちべつ》を送った。

ロベール医師が蠟燭を片手に、生首の髪を掻《か》き分けていた。こうして見る限り、それは今なお美しさを覚える女の顔だった。なにしろその目は閉じられていたし、唇は青白く固まっていた。

「あのジャックマンの馬鹿者めが！」医師は言った。「切られた首がしゃべるなんて言い張ろうとは！　狂人をよそおうための作り話としか思えん。だとしたら、悪くない考えかもしれんなあ。酌量の余地を引き出してやろうというわけか」

4 十七世紀フランスの作家。

第4章　スカロンの家

一時間後、私はルドリュ氏の家に来ていた。期せずして、彼が中庭にいるところに来合わせることになった。

「ああ!」私に気づいて、彼は言った。「よくいらしてくれました。他の招待客に引き合わせる前に、あなたと少しだけおしゃべりできたら、なお嬉しく思います。そのあと、皆での食事にご一緒してくださるでしょう?」

「いえ、ムッシュー、それはご遠慮しようかと」

「遠慮は受け入れられません。あなたにとって残念なことに、今日は奇遇にも木曜日で、そして木曜日は私の日なのです。木曜日にこの家へ足を踏み入れたからには、何人《なんぴと》たりとも私の言うことにそっくり従っていただきますよ。食事が済んだら、そのまま留まってくださっても、お引き取りいただいても、どちらでもあなたの意のままです。先ほどの事件がなければ、今時分はもう食卓についているはずでした。私は常日頃、二時に正餐《せいさん》を取ることにしているものですから。今日はまったくの特例として、三時半か四時の食事となりそうです。そこにいるピュロスが（――そう言ってルドリュ氏は、一匹の威風堂々たる大型の番犬を指し示した――）ピュロスが、慌てふためくアントワーヌ婆やの目を盗んで、羊の腿肉をかっさらってしまったんですよ。それは彼の取り分として、別のを肉屋で調達してもらう羽目になってしまいました。そういうわけで、時間が与えられたということになります。あなたを私の客人らに引き合わせるのみならず、彼らに関する予備知識をあなたに与えられるだけの時間が」

「予備知識、ですか」

「ええ。『セビリアの理髪師』や『フィガロの結婚』の登場人物たちのように、風采や性格について少しばかり事前の説明を要する方々ですから。しかし、まずはこの家のことから始めるとしましょう」

「スカロンのものだった、とおっしゃいましたか」

「そう。すなわちここは、のちにルイ十四世の花嫁となる女性がいた場所でもあります。あの喜びえぬ王に喜びを与える以前、彼女はここで哀れなる半身不随の男を、つまり最初の夫を世話していたのです。今から彼女の部屋をご覧に入れましょう」

「マントノン侯爵夫人の部屋ですか？」

「いえ、スカロン夫人のです。そこはゆめゆめ混同せずにおきましょう[1]。マントノン侯爵夫人の部屋があるのは、ヴェルサイユだとかサン＝シールだとかですよ。どうぞこちらへ」

　私たちは大きな階段を上り、中庭に面する廊下に来た。

「これを見てください」ルドリュ氏は私に言った。「詩才あるあなたにとっては、心に触れる物かもしれません。一六五〇年に交わされていた、折り紙つきの美辞麗句の一端です」

「ああこれは！　恋愛地図ですね[2]」

「往復版のね。スカロンによって描かれ、夫人の手で書き込みがなされたものです。まぎれもなく」

　事実、窓の間には二枚の地図が掛かっていた。

　どちらも巨大な紙にペンで描かれたもので、厚紙の上に張りつけられていた。

「ここに蛇のような青い線が通っていますね」ルドリュ氏は続けた。「これが〈恋愛〉川です。いくつか小さな鳩小屋がありますが、それぞれ〈心づかい〉集落、〈恋文〉集落、〈不可解〉集落を表しています。あとは〈欲望〉宿、〈甘言〉谷、〈溜息〉橋、〈嫉妬〉の森——この森には、アルミード[3]が従えているような魔物たちがはびこっています。そして、川の水源となる湖の中央を占めているのが、〈完全充足〉宮殿です。ここが旅路の終着点で、行脚の目的地となります」

「なんとまあ！　ここに見えるのは、火山でしょうか？」

「ええ。こいつによって、たびたびこの国は引っくり返るような混乱に見舞われる羽目になります。その名も〈熱狂〉火山です」

「スキュデリー嬢の地図にはなかったはずですが」

1　スカロン夫人（フランソワーズ・ドービニェ）は、最初の夫スカロンの死後に宮廷に入り、そこでルイ十四世からマントノン侯爵夫人の称号を与えられた。

2　マドレーヌ・ド・スキュデリーの小説『クレリー』に収録された地図。友情が恋愛に達するまでの道のりを寓意的に描いており、様々な心理や行為が道中の地名として記されている。その凝った趣は、十七世紀フランスにおける気取りの慣習（プレシオジテ）の典型とされた。以下で語られる「往復版」の地図は、スカロン夫妻による模作として示されている。

3　ジャン゠バティスト・リュリの作曲によるオペラ『アルミード』に現れる魔女。

「そうですね。スカロン夫人の考案によるものです。一枚目については、このようなところですね」

「もう一枚は？」

「もう一枚は、復路を示しています。ご覧ください、川が氾濫しています。流れに沿って進んだ者たちの涙で、増水したんですね。そして〈倦怠〉集落の数々、〈後悔〉宿、〈改悟〉島。もはや機知の極みと言わざるをえません」

「これは、模写させていただいてもよろしいものでしょうか？」

「ああ！　どうぞお好きなだけ。スカロン夫人の部屋は今ご覧になりますか？」

「ええ、ぜひ！」

「こちらです」

ルドリュ氏は扉のひとつを開け、私を先に中へと通した。

「今では、ここは私の寝室となっています。ですが、本で埋まっていることを除けば、あの名高い人が所有者だった頃のままです。同じアルコーブ、同じベッド、同じ家具。この洗面所も、彼女が使っていたものです」

「スカロンの部屋はどちらですか？」

「ああ！　スカロンの寝室は、廊下の反対側の突き当たりにあります。しかしその部屋については、お見逃しいただかねばなりません。立ち入られてはならぬ場所、秘密の部屋なのです。青ひげの私室のようにね[4]」

「なんと！」

「まあ、そういうことです。私にも秘め事はあります、いくら市長であるとはいえども。さて行きましょうか、別のものをお見せしますよ」

ルドリュ氏は私の前を歩いた。階段を下り、私たちは客間に入った。

この家のあらゆるものと同様に、その客間もまた一風変わっていた。その壁紙が元々どんな色だったかを見極めるのは困難だった。壁の端から端まで肘掛け椅子が二列に並び、またその脇に、古い壁掛けで布張りした椅子が並んでいた。遊戯台や丸テーブルがところどころに配してあった。そしてこれらすべての中心に、大海の魚群に囲まれたリヴァイアサンのごとく、巨大な書き物机が鎮座していた。その机は、面

4　グリム童話およびシャルル・ペローの童話の登場人物である「青ひげ」は、自室の小部屋に先妻の死体を隠している。

した壁から客間の三分の一ばかりを占めるほどに広く、本や冊子や新聞で余すところなく覆い尽くされていた。その中央には、王の君臨するがごとく、ルドリュ氏愛好の読み物である日刊『立憲主義者《コンスチチュショネル》』が置かれていた。

客間に人はおらず、他の招待客たちは庭を散歩しているところだった。窓越しに、その外庭の広がりをすっかり見渡すことができた。

ルドリュ氏は自らの書き物机へとまっすぐ進み、物々しい引き出しのひとつを開けた。その中には、種袋に似た小さな包みが大量に入っていた。引き出しにしまい込まれた何らかの物体が、さらにひとつひとつ、ラベルのついた包み紙の中にしまい込まれていたのだった。

「ご覧ください」彼は私に言った。「これもまたあなた向きのものです、歴史を愛する者よ。恋愛地図よりも稀有《けう》な品と言えましょう。ここにそろうは、聖遺物ならぬ王遺物の数々となります」

事実、それぞれの包み紙が覆っていたのは、骨や、髪の毛や、髭といったものだった。シャルル九世の膝蓋骨《しつがいこつ》、フランソワ一世の親指、ルイ十四世の頭蓋骨の一片、アンリ二世の肋骨《ろっこつ》、ルイ十五世の椎骨《ついこつ》、アンリ四世の髭、ルイ十三世の髪の毛。それぞれの王が、各々の標本をそこに提供していた。仮にそれらの骨片を組み合わせていったら、一体の骸骨らしきものができあがったかもしれない。それは、主たる骨格を失って久しいフランス君主制を、申し分なく象徴する骸骨となっていただろう。その他に、アベラールの歯とエロイーズの歯が一本ずつあった。[5] その二本の門歯は、まだ震える唇に包まれていた頃には、口づけの中でめぐり会っていたことだろう。

こうした骨の山は、どこからやって来たのか。

ルドリュ氏はかつて、サン＝ドニにおいて国王たちの埋葬をとりしきっていた。そこで、それぞれの墓から気に入ったものを拾い集めていたのだ。

私の感興が満たされるまで、ルドリュ氏はしばらく待った。私がひととおりラベルを吟味し終えたのを見て、彼は言った。

「行きましょうか。死せる者に関わるのはこれくらいとして、生ける者の話に移りましょう」

5　フランス中世の神学者アベラールは、自らの教え子であったエロイーズとの道ならぬ恋によって知られている。

そして彼は、私を窓のそばに連れていった。すでに述べたとおり、そこからは外庭が一望できた。

「素敵な庭をお持ちですね」私は彼に言った。

「司祭館式の庭です。菩提樹の遊歩道、ダリアとバラが各種、葡萄のアーケード、桃と杏《あんず》の垣根があります。後でよくご覧になってください。ですが今は庭ではなく、そこを散歩している方々に目を向けることにしましょう」

「ああ！ では最初にあのアリエット氏――あるいはアナグラムでエッテイラ氏のことを。彼はいったい何者なのですか？ 実際の年齢が知りたいのか、それともただ人に思われているところの年齢が知りたいのか、というふうに尋ねられていましたね。私の目には、あなたが代弁したように、どこをとっても七十五歳に見えますが」

「いかにも」ルドリュ氏は答えた。「彼のことから始めるつもりでした。あなたはホフマン[6]を読まれたことはありますか？」

「はい……どうしてですか？」

「実のところ、氏はまさしくホフマン的な人間なのです。彼はその生涯をかけて、カードと数字を駆使した未来予見術を確立しようと取り組んできました。財産と呼べるものはすべて、宝くじに費やしています。初の試みでいきなり三連の当選番号《テルヌ》を引き、その後はただのひとつの当たりも出ていないようですが。彼はカリオストロやサン＝ジェルマン伯爵とも知らぬ仲ではありません。本人の主張に従うならば、彼はその者たちと親戚関係にあり、さらには長寿の霊薬にまつわる秘義をも共有しているとのことです。彼の実年齢は——もし彼自身に答えを求むるなら——二百七十五歳です。彼はまず、最初の百年を患いなく生き通しました。アンリ二世の統治からルイ十四世のそれに至るまで。その後、自身の秘義によって、俗人の目からは死んだとされながらも、五十年からなる生命周期を三周も巡りおおせました。今は四周目に入り、その中ではまだ二十五歳ということになります。先だつ二百五十年は、もはや記憶としてしか残っていません。彼はそのようにして——自身が豪語するところでは——最後の審判まで生きながらえるでしょう。世が十五世紀なら、アリエットは火あぶりにかけられていたでしょうね。あってはならないことですが。今日の世では、哀れに思われるだけで済んでいます。しかし、それもやはりあってはならないことです。アリエッ

6　ドイツの作家・音楽家。特に幻想的な小説作品で知られる。

トは、この地上で最も幸福な人間なのです。タロットと、カードと、魔術と、トートに由来するエジプトの科学と、イシスの秘義[7]の話しかしないで済むのですから。これらの主題について、彼は小さな本を何冊か出版しています。誰も読まない代物ですが、それでも、彼に劣らず常軌を逸した某書店から刊行されています。偽名のもとに、ということはつまり、エッテイラというアナグラムのもとに。彼の帽子の中には常に、何冊もの本が詰まっています。あれを見てごらんなさい、頭上の帽子を手でがっしりと押さえているでしょう。彼はそうまでして、自らの大切な書物を守り抜こうとしているのです。見てください。人格と、顔立ちと、服装とを見比べたなら、自然の配剤が絶えずもたらす渾然一体なる調和というものが感じられるはずです。帽子というものはその頭に、人間というものはその服に、胴衣《プルポワン》というものはその型に、常にぴったりと調子を合わせるものなのです——あなた方ロマン派がよく言うようにね」

　実際に、そのとおりとしか言いようがなかった。私はアリエットを注意深く眺めた。彼の着る衣服は、脂じみ、埃《ほこり》にまみれ、擦り切れ、染みだらけだった。彼の帽子は、ふちがエナメル革のような光沢を放ち、その上部は異様なまでに膨れ上がっていた。黒いラチネ地のキュロットに、黒というよりむしろ赤茶色に近いストッキング、そして、爪先の丸まった靴を履いていた——彼がそのもとで生を享《う》けたと主張する、王族たちと同じように。

肉体的には、背が低く、太ってずんぐりとした男だった。スフィンクスのように謎めいた顔は擦り傷だらけで、横に広い歯抜けの口には引きつったような底なしの笑みが浮かび、長くまばらな黄色い髪は、顔の周囲をちらちらと光輪のごとく揺らめいていた。

「ムール神父とお話ししているようですね」私はルドリュ氏に言った。「今朝の探検にも一緒にいらっしゃいましたね。あの探検の話には、後で戻ることになると思いますが」

「なぜあの話に戻ると思われるのですか？」好奇の目で私を見つめながら、ルドリュ氏は訊いた。

「なぜって、いや失礼かもしれませんが、あなたはあの首がしゃべったという可能性

7　トートとイシスは、どちらもエジプト神話における神。後世の魔術信仰において崇拝の対象となった。

を信じる方とお見受けしたものですから」

「あなたは人相学にも秀でていらっしゃる。ええ、確かにその通り。私はそれを信じています。そうですね、のちほどすべてを話すことになるでしょう。あなたがこの手の話に関心をお持ちなら、ここではその相手に事欠きません。しかし今は、ムール神父に話題を移すとしましょう」

「きっとあの方は」私は口を挟んだ。「とても愛想がいいのでしょうね。警視の尋問に答えている際、あの穏やかな声には感銘を受けました」

「なるほど、これまた流石の眼識ですね。ムールは私の四十年来の友人で、今は六十歳です。ご覧なさい、彼の清潔さ、身だしなみのよさは、アリエットの脂と汚れにまみれたみすぼらしさと同程度に際立っています。サン＝ジェルマン街にこの人ありとされる、第一級の上流社会の人間です。フランスの貴族院議員らの子女が結婚するとなれば、彼が式を司ることになります。そうした結婚式は、彼にとってちょっとした弁舌の機会となりますが、契りを結ぶ者たちはその文言を印刷してもらい、家宝として保管するのです。クレルモンの司教の地位に就任しかけたこともありました。なぜそうならなかったか、おわかりですか？ それは、彼がカゾット[8]の古い友人だったからであり、そしてとどのつまりはカゾットと同じく、上位精霊と下位精霊なるものの存在を、善霊と悪霊の存在を信じているからなのです。アリエットと同様に、彼もまた本を収集しています。家に行けば、幻視しかり、超常現象しかり、妖怪、怨霊、幽魂に関するありとあらゆる書物が見られますよ。こうした必ずしも正統な教理にそぐわぬ事柄について、彼は友人の間でしか話そうとしません。それでも彼は断固として、されど人知れず、信じているのです――この世に起こる奇怪な物事はすべて、冥府の作用ないしは天使の干渉から生じているということを。あれをご覧ください、彼は今、アリエットの話に静かに耳を傾けつつ、アリエットには見えていない何かをその目にとらえているようです。時折、唇の動きや顔の仕草で、その何かに向かって応答までしています。私たちといる時には、重々しい幻夢の中に突如として沈み込んでしまうこともあります。身震いし、おののき、頭を振りまわしながら、客間をうろつき出すのです。そうした際には、放っておくにこしたことはありません。無理に目覚めさせ

8　フランスの作家・神秘思想家。幻想小説『悪魔の恋』で特に知られる。フランス革命の暴力性を糾弾し、ギロチンで処刑された。

るのも危険でしょうから。『目覚めさせる』と言いましたが、私が思うに、あれは夢遊病のような状態なのです。いずれにしても、放っておけばひとりでに目覚めます。そしてその目覚めの姿は、ご想像できると思いますが、やはり愛想のいいものですよ」

「あ！ 待ってください、何ですかあれは」私はルドリュ氏に言った。「今おっしゃっていた亡霊が一人、姿を現したようですが。ムール氏の呼びかけに応じて出てきてしまったのでしょうか」

私はルドリュ氏に、その亡霊を指し示した。それは実像を持った歩行型の幽霊で、会話する二人のところに近づこうとしていた。花々の間に、慎重に足を置きながら。もっとも、彼に踏まれたところで花がたわむとは思えなかった。

「あの人は」とルドリュ氏は言った。「同じく私の友人ですよ。ルノワールという名の士爵《シュヴァリエ》で……」

「あのプチ＝ゾーギュスタン博物館[9]を作った……？」

「その彼です。博物館の創設をめぐって、九二年と九四年に十回は殺されかけたものですが、今ではその収蔵品を散逸させられた悲しみに、息絶えんばかりとなっているのです。復古王政が、その凡庸な知性から博物館を閉鎖し、記念物を元の施設や所有権を持つ家族に返還するよう命じたのです。不幸にも、大半の記念施設は破壊され、大半の家系は途絶えていました。そのため、我々の古来の彫刻品の中で、つまりは我々の歴史の中で最も感興深い作品の数々が、散逸し、失われてしまいました。そのようにして、我々の古きフランスから、あらゆるものが消え去っていこうとしています。残されているのはもはやその断片だけであり、またその断片も、明日には何ひとつ残されていないでしょう。そして、破壊しているのが誰かといえば、本来であれば保存のために真っ先に動くべき者たちなのです」

時代の表現にならうなら、筋金入りの「自由主義者」であるはずのルドリュ氏は、そう言って溜息をついた。

「あなたの招待客は、これで全員ですか?」私はルドリュ氏に尋ねた。

「おそらく、ロベール医師も来ると思います。彼については、お話しするまでもない

9　フランス記念物博物館とも呼ばれる。アレクサンドル・ルノワール（一七六一―一八三九年）が、フランス革命による破壊行為から歴史的記念物を守るための移管先として設立した。復古王政期の一八一六年、ルイ十八世の命により閉館させられた。

でしょう。あなたならきっと、ご自身で見抜かれたでしょうから。生涯にわたって、まるでマネキンを扱うかのように、人間という機械相手に実験を繰り返してきた男ですよ。その機械が痛みを知る精神だとか痛みを感じる神経だとかを持ち合わせていることなど、考えてみようともせずに。数多の死をもたらすことで、生を享楽してきたような人です。おあつらえむきなことに、彼は幽霊など信じてはいません。凡俗な知性の持ち主で、やかましくしてさえいれば機知に富み、無神論者でありさえすれば哲学者たりうると思っています。そういった御仁らを、こちらから招いて迎えはしません。ただ、むこうからやって来るので受け入れているだけです。わざわざ声をかけて来てもらうことなど、思いつきさえしませんね」

「ああ、ムッシュー。私にも実によくわかります、その手の輩のことは」

「本当は、私の友人にもう一人来てもらう予定でした。アリエットやムール神父やルノワール士爵よりも若いながら、カード占いにおいてアリエットと、悪魔学においてムールと、古美術においてルノワール士爵と、それぞれ対等に渡り合える人です。生ける図書館か、人の皮で装丁した目録ですね。おそらく、あなたもご存じの方かと」

「愛書家ジャコブですか？」

「それで、彼は来ないということですか?」

「まさしく」

「少なくとも、まだ来てはいません。ただ、彼はこの家での食事がいつも二時からだと知っていますし、もうすぐ四時になろうとしていますから、今から現れるとは考えづらいでしょう。彼はとある古書のありかを突き止めようとしているところなのですが、それが一五七〇年にアムステルダムで印刷された初版本で、三箇所に誤植が残されているものらしいのです。最初のページにひとつ、七ページ目にひとつ、最後のページにひとつ」

ちょうどその時、客間の扉が開かれ、アントワーヌおばさんが出てきた。

「ムッシュー、お食事の用意ができました」と彼女は伝えた。

「さあ皆さん」外庭につながる扉を開け、ルドリュ氏は言った。「いざ食卓にどうぞ!」

そして彼は、私のほうに向き直った。

10　作家ポール・ラクロワ(一八〇六―一八八四年)の通称。

「実は」と彼は言った。「いま素性をご説明した、そこに見えている方々とは別に、招待客がもう一人、この庭のどこかにいるはずです。あなたがまだお会いになっていない、そして私もまだあなたにお話ししていない方です。浮世の物事にことごとく無頓着な方ですから、私がいま発した野卑な呼びかけなど、きっと耳に届いてもいません。私の友人らは全員応じたというのにね。探してきてください。それはあなたにとって、意味のあることだと思います。もしあの非物質的な、透明な存在を――ドイツ人が言うところの〈アイネ・エアシャイヌン〉[11]を――とらえることができたら、まずあなたが何者かを伝えて、たまには食事を取るのも悪くないですよと説得してみてください。何よりもご自身の命をつなぐために、と。あとは腕を貸してあげ、こちらに連れてくるということで。さあ、お行きなさい」

私はルドリュ氏に従った。ひとしきり豊かな機知を味わわせてくれた後で、まだ何らかの甘美な驚きを残してくれているのだろう、と私は考えた。そして庭へと踏み出し、あたりを見渡した。

捜索は長くはかからず、探しものはすぐに見つかった。

それは、菩提樹の並木の木陰《こかげ》に座る一人の女性だった。その顔も体型も判然としなかった。顔は田園の景色のほうに背けられ、体型は大きな肩掛けに隠し込まれていた。その人は、全身を黒い服で覆っていた。

私が近づいても、彼女は身動きひとつ見せなかった。私の足音などまるで耳に届いていないかのように。あるいは、ただの彫像なのかもしれないとさえ思った。

それでも、その容姿が帯びる優美さと端麗さだけは、確かに感じ取ることができた。遠目からでも、彼女の髪がブロンドであるということはうかがえた。菩提樹の葉むらから漏れる一条の日の光が、長く豊かな髪の上に揺らめき、金色の光輪を形作っていた。より近くからだと、その髪の繊細な美しさが見てとれた。初秋の涼風が聖母マリアのケープからすくい取った絹糸に比せられたとしても、見劣りしなかっただろう。

彼女の首は——いくらか長すぎるように見えたが、その過剰は、決して美しさに資するものではないにしても、しとやかさを増すうえでは概して魅力的な特徴と言えるだろう——その首は、頰杖をつく右手に向かってたわめられ、頭が寄りかかったその手の肘は、さらに椅子の背もたれへと寄りかかっていた。一方の左手はだらりと垂れ、

11　eine Erscheinung。ドイツ語で「外観」と「亡霊」を意味する。

そのほっそりとした指の先に白いバラがつままれていた。白鳥のようにたわむ首、折り曲げられた手、垂れ落ちた腕、そのすべてがぼやけた白色だった。パロス島の大理石のごとく、外面の血流も内部の脈動も感じられなかった。しおれようとしているバラの花のほうが、それを持つ手よりも色鮮やかに生命力を放っていた。

少しの間、私は彼女を見つめていた。そして見つめるほどに、目の前にいるのが生命を持った存在だとは思えなくなっていった。

私が話しかけ、それで彼女が振り向くなんてことがありうるのだろうかと、疑念を抱かないわけにはいかなかった。私の口は二、三度開いては閉じ、ひとつの言葉も発せられないままだった。

そしてようやく、私は意を決した。

「マダム」と私は言った。

彼女はぴくりと体を震わせ、こちらを振り向き、驚きの目で私を見つめた。夢から覚めて我に返った者がそうするように。

私に向けられた黒く大きな瞳は今、すでに見ていたブロンドの髪と合わさり——そう、彼女は眉も瞳も黒かった——その黒く大きな瞳は今、私のほうに向けられながら、どこか奇妙な雰囲気を漂わせていた。

数秒の間、私たちは言葉もなく留まっていた。彼女は私を見つめ、私は彼女を観察しながら。

三十二か、三十三歳くらいの女性だった。頬がこけ、顔が血色を失う前は、息をのむほどの美しさを誇っていたにちがいない。もっとも、今目の前にある姿でさえも、文句のつけようもなく美しく見えた。わずかな赤みもさしていない彼女の顔は、その手と同じく真珠のような色味を持ち、それによって瞳は黒玉のような漆黒に、唇は珊瑚のような血赤に映った。

「マダム」私は繰り返した。「ルドリュ氏からの申しつけで参りました。私は『アンリ三世』、『クリスチーヌ』、『アントニー』[12]の作者でありますが、そのことをあなたに伝えれば、私が何者であるかをお認めいただけるとのこと、また、食堂に向かうべく私の腕をお受け入れいただけるとのことでうかがっております」

12 それぞれ、デュマの戯曲。この物語は一八三一年の出来事として語られているが、その当時、デュマはこれらの戯曲によって名声を博していた。

「ごめんなさい、ムッシュー」と彼女は言った。「あなたは先ほどからそちらにいらしたのですね？　あなたがいらっしゃるのは感じとっていたのだけれど、振り返ることができませんでした。どこかを見つめていると、そうなってしまうときがあります。あなたの声で、魔法が解かれてしまいました。腕をお貸しください。行きましょう」

彼女は立ち上がり、私の腕に自らのそれを通した。遠慮など微塵《みじん》も含まない動作だったにもかかわらず、彼女の腕からはほとんど圧力が感じられなかった。何らかの影に連れ添って歩いているかのようだった。

それから互いに一言も発することなく、私たちは食堂に着いた。

食卓には二人分の席が残されていた。

ルドリュ氏の右隣の席が、彼女のために。

彼女の正面の席が、私のために。

第5章　シャルロット・コルデーの頬打ち

ルドリュ氏の家では何もかもがそうであるように、その食卓もまた一風変わったものだった。

それは巨大な馬蹄形《ばてい》のテーブルで、外庭側の窓から角《つの》を伸ばすように置かれていた。それを置いてもなお、この広い食堂の四分の三は給仕用の空間として残されていた。二十人くらいなら窮屈な思いをすることなく座れるテーブルだった。食事がとられるのはいつもそこであり、たとえルドリュ氏が招いたのが一人であれ二人であれ、四人、十人、二十人であれ、あるいは彼がひとりきりで食事をする場合であっても、場所は常に同じだった。この日、私たちの人数は六人で、テーブルのわずか三分の一ほどを占めるにすぎなかった。

木曜日に出される料理は、毎週同じだった。それまでの一週間のうちに、客は何か違うものを自分の家なり他の招かれた先なりで食べているだろう、とルドリュ氏は思っていた。かくして毎週木曜日に彼の家で出されるのは、ポタージュ、牛肉料理、エストラゴン風味の若鶏、羊の腿肉のロースト、インゲン豆、サラダであると了解されていた。

若鶏は、客の希望によって二人前でも三人前でも提供された。

客が少人数にせよ大人数にせよ、はたまた誰もいない時でさえも、ルドリュ氏は常にテーブルの奥に座った。外庭を背にし、中庭の方を向きながら。彼の座る肘掛け椅子は、もう十年も前から同じ場所に据えられていた。そこにテーブルワインや年代物のブルゴーニュの瓶が恭《うやうや》しく丁重に運ばれ、庭師のアントワーヌがジャック親方のような一人二役で給仕へと転身し[1]、それらをルドリュ氏に手渡す。ルドリュ氏は同じだけの恭しさと丁重さをもって自らワインの栓を抜き、それぞれの客のために注《つ》いでいく。

十八年前には[2]、人はまだ何事かの価値を信じていたのだ。今から十年も経てば、もはやすべての価値は忘れ去られているだろう、たとえ年代物のワインでさえも。

食事の後には、客間でコーヒーが出されることになっていた。

料理を賞賛したりワインを褒めたたえたりしながら、食事の時間は平穏に過ぎていった。

例の若い女性だけは、パンをほんのわずかにつまみ、水を一杯口にしたきりで、ただの一言も発さなかった。

その様子は、ありふれた食卓についても爪楊枝で米粒をつつくばかりの、あの『千夜一夜物語』の屍食鬼《しょくき》[3]を私に思い起こさせた。

食事が済んで、私たちは慣例どおりに客間へと移った。

物言わぬ女性客に腕を貸すのは、当然のごとく私の役目であった。

私の手を取るべく、彼女のほうからも近づいてきた。

その動きには変わらぬはかなさがあり、その姿には変わらぬ優美さがあった。変わらぬ四肢の実体のなさ、と言っても差し支えないだろう。

1　ジャック親方は、モリエールの戯曲『守銭奴』の登場人物。主人であるアルパゴンの下で、いくつもの仕事をかけ持ちする。

2　この物語は、十八年前（一八三一年）の出来事として、一八四九年に書かれている。

3　『千夜一夜物語』の「シディ・ヌウマンの物語」に現れる人食い女。

私は長椅子まで彼女の手を引いていき、彼女はそこに寝そべった。

私たちが食事をとっている間に、二人の人物が客間へと通されていた。

先ほどの医師と警視だった。

警視が来たのは、私たちから調書の署名をもらうためだった。ジャックマンはすでに、拘置所の中で署名をしていた。

紙の上の、かすかな血の染みが目についた。

「この染みは？」自分の署名の番がまわって来た時、私は尋ねた。「ジャックマンの血ですか、それとも殺された奥方のでしょうか」

「その血痕は」警視が答えた。「ジャックマンが手に負っていた傷から付着したものです。どうにも血が止まらず、まだ出血が続いている」

「ルドリュさん、あんたは」と医師が言った。「あの人でなしの言いぶんを信じているんですかね？　本当に、女の生首がしゃべったと」

「あなたはありえないことだと思っているんでしょうね、先生」

「無論ね」

「生首が目を見開いたというのも、ありえないことだと思っていますか？」

「ありえませんな」

「あの石膏《せっこう》が下敷きとなり、即座にすべての動脈と脈管を塞いで流血を止め、それによって生首が一瞬の生と意識を維持したという可能性は？」

「ありません」

「ああ、そうですか」ルドリュ氏は言った。「私はありうると思っています」

「わたくしもでございます」アリエットは言った。

「吾輩《わがはい》もだなあ」ムール神父は言った。

「私もだ」ルノワール士爵は言った。

「私も同じく」と私は言った。

警視と、青白い顔をした婦人の二人だけが、何も言わなかった。一方はきっと、何かを言うほどの興味などなかったからであり、もう一方はおそらく、何も言えないほどに興味がありすぎたのだった。

「へえ、もしあなた方がそろって私に反対なら、あなた方が正しいのでしょう。もしあなた方の一人でも医者だったとすればですがね……」

「しかしながら、先生」ルドリュ氏は言った。「私がそれに近いということはご存じでしょう」[4]

「それなら」医師は言った。「あんたはわかっているはずだろう。意識のないところに苦悶はなく、そして意識は脊椎《せきつい》の切断によって壊滅するということを」

「そんなこと、いったいどなたに吹き込まれたんですか？」ルドリュ氏は尋ねた。

「理性がそう言ってるんだよ、当然のこととして！」

「ああ、それは結構な答えだ。ガリレオを断罪した者たちに太陽が回り地球は動かぬと吹き込んだのも、理性というやつでしたからね。そうでしょう、医師殿。理性というのは愚かなものです。ご自身で生首の実験を行ったことは？」

「ありませんな、一度も」

「ゼーメリンクの論文は読まれましたか？　シュー医師の調書は？　エルヒャーによる声明はどうですか？[5]」

「読んでませんよ」

「ではあなたは、ギヨタン氏の報告にならって、彼のお気に入りだった例の装置こそが最も確実で最も迅速に最も痛みを伴わず命を絶つ手段だと信じているわけですね[6]」

「信じていますね」

「ああそうですか。ねえあなた、いいですか、あなたは間違っている。ただそれだけです」

「おい、いったい何が間違っているというんだ！」

「先生、あなたは科学にすがる人ですから、私も科学の話をいたしましょう。ここにいる方々は皆、この手の話はからっきしというわけではないですから、皆さんにもお付き合いいただけるでしょう」

さてどうだか、といった素振りを医師は見せた。

「まあ、構いません。自分以外は理解できまいというなら、それでも結構」

私たちはルドリュ氏の周りに集まっていた。私としては、熱心に聞かざるをえな

4　ルドリュ氏のモデルと思われるフォントネ＝オ＝ローズ市長ジャック＝フィリップ・ルドリュ（一七五四—一八三二年）は、市長になる以前、医師を務めていた。

5　ゼーメリンク、シュー、エスラー（エルヒャーではない）は、それぞれ医師として、切断された首における意識の存続について証言を残した。

6　ギヨタンは、フランスの医師・政治家。人道的な観点から、フランスの死刑方法を最も苦痛の少ない斬首刑に統一すべきと提唱。この提案から新たな斬首装置が開発され、彼の名にちなんで「ギロチン」と呼ばれるようになった。

かった。処刑の問題というのは、その手段が縄であろうと、刃であろうと、毒であろうと、人類の問題として常に私の関心をひどく捉え続けていたのだった。

さまざまな種類の死に先立ち、伴い、続く痛苦について、私は自ら調べてさえいた。

「さあ、話してもらおうじゃありませんか」医師はいかにも不信げに言った。

「我々の肉体の構造と活力[7]について少しでも知識のある人であれば、たやすく納得してもらえると思いますが」ルドリュ氏は話し始めた。「意識は斬首によって完全には壊滅しません。そして先生、私が述べることは仮説ではなく事実にもとづいています」

「ではその事実を教えてくださいよ」

「まず手始めに。意識の中枢は大脳にある、そうですね？」

「おそらくね」

「大脳の血流が停止するか、微弱になるか、部分的に途絶えるかしても、感覚意識の活動は可能でしょうか？」

「かもしれませんな」

「もし感覚能力の中枢が大脳にあるならば、大脳が活力を維持する限りにおいて、斬首後も存在の意識は残る」

「証拠は?」

「ハラー[8]が『物理原論』第四巻の三五ページで、次のように言っています。『生首は目を見開き、私を横目に見た。私が指の先で、その脊髄《せきずい》に触れたがために』」

「ハラーねえ。だが、ハラーが思い違いをしたということもあるでしょう」

「思い違いをした、そうであればいいんですが。もうひとつの証言に移りましょう。ヴァイカード[9]の『哲学の技法』、二二一ページです。『私は、切り落とされた男の生首が、唇を動かすのを見た』」

「いいでしょう、だが動いてしゃべりだすというのは……」

「まあ、待ってください。今からそれをお話しするところです。ここで、ゼーメリンクです。彼の本が見たければそこにありますから、よければどうぞ。ゼーメリンクは

7　「活力 force vitale」は生気論の用語。生命の原理を物理的・化学的法則のみに還元する機械論に対し、生気論は、生命の要因として「魂」などの非物質的な力、すなわち「活力」を提唱する。
8　スイスの生理学者・医師。
9　ドイツの医師。

次のように言っています。『私の同僚である何人もの医師が、切断された首が苦痛に歯をきしらせるのを見たと請け合った。私としては確信している、もし声帯器官がまだ空気を震わすことができたならば、その生首はしゃべっていただろう』[10]——とのことですが、さて先生」そう言いながら、ルドリュ氏の顔からは次第に血の気が失われていった。「私は、ゼーメリンクよりも先に進んでいます。つまり、私は実際に目にしたのです、生首が私に語りかけるのを」

私たちの全員が身を震わせた。青白い顔の婦人が、長椅子の上で身を起こした。

「あなたに向かってですか？」

「ええ、私に向かって。やはり私の頭がおかしいとおっしゃいますか？」

「どうだかね！」医師は言った。「もし、そのようなことが実際にあったなどと言いだすなら……」

「ええ、そのようなことが実際にあったと申しているのです。先生、あなたは礼節にあふれる方ですから、面と向かってお前の頭はいかれているなどとは言わないでしょう。だがあなたはきっと、こそこそと人に話す。どちらにしたって、まるっきり同じことじゃありませんか」

「わかったから、さあその話をしてみたまえ」と医師は言った。

「簡単におっしゃいますね。ご承知の上でしょうか――あなたが話せと言っていることは、それが起きてから三十七年もの間、誰にも語らずにいたことなのです。あなた方にお話しする間に、私は卒倒してしまわないとも限りません。あの首が声を発し、死にゆくその目が私を見すえた時と同じように」

そのやりとりはますます興味を引きつけ、そして空気はいっそう重々しくなっていった。

「ルドリュよ、さあ勇気を出して」アリエットは言った。「いっちょう話してくれたまえよ」

「お話しください、友よ」ムール神父は言った。

「頼む」ルノワール士爵は言った。

「どうか……」青白い顔の婦人がつぶやいた。

10　このゼーメリンクの書簡は、一七九五年十月にパリの新聞「モニトゥール・ユニヴェルセル」で発表された。

私は何も言わなかったが、目に願望があらわに浮かんでしまっていたことだろう。「わからないものですね」我々に答えるでもなく、ルドリュ氏はひとり言のように言った。「わからないものですね、こんな風に事件が繋がり合うとは」そして私に向き直り、ルドリュ氏は尋ねた。「あなたは、私がどのような人間だかご存じで？」

「ええ」私は答えた。「あなたが非常に豊かな教養と、非常に深い精神をお持ちで、素晴らしい食事をふるまいながら、フォントネ＝オ＝ローズの市長を務めていらっしゃるということは承知しています」

ルドリュ氏は微笑み、うなずいて感謝の意を示した。

「私が言いたいのは、私の出自、私の家族のことです」と彼は言った。

「あなたの出自については存じません。家族についても、まったく」

「そうでしたか。ならば、まずそれについてお話ししましょう。あなた方が聞きたがっている物語のほうは、しいて話そうとは思いませんが、その後に続くことになるかもしれません。もし続いたとしたら――いいでしょう、その際はお話しいたしましょう。もし続かなかったとしても、二度は求めないでください。その時は、私に話す気力が無かったということです」

全員が席に着き、それぞれ心ゆくまで話を聞くための態勢を整えた。時あたかもその客間は、物語や伝説を話すのに実にふさわしい一室だった。広々とし、分厚いカーテンと沈みゆく夕日が仄暗《ほのぐら》さを醸し出し、四隅はすっかり暗闇に覆われていた。扉と窓の枠だけが、光の線を残していた。

その四隅の一角に、青白い顔の婦人はたたずんでいた。彼女の黒いドレスは完全に闇に溶け込んでいた。彼女の頭部、ただそれだけが、白く、動かず、ソファのクッションにもたれながら、ぼんやりと浮かび上がっていた。

ルドリュ氏が話し始めた。

「私は」と彼は言った。「王と王妃に仕えた物理学者である、コミュスの名で知られた者の息子です。[11] そのこっけいな通り名によって、父は手品師や香具師の仲間にされてしまいましたが、ヴォルタ、ガルヴァーニ、メスメル[12]の流派における秀でた学者でした。彼はフランスで最初にファンタスマゴリ[13]と電気学を扱った者で、数学と物理学

11　前出ジャック＝フィリップ・ルドリュの父であるニコラ＝フィリップ・ルドリュは、ルイ十六世に仕えた物理学者。その通称であるコミュス（Comus）は、ギリシャ神話における祝宴と歓楽の神コモスに通ずるとともに、フランス語で「喜劇的」を意味する語comiqueを思わせる。

の見世物を宮廷で催していました。

今は亡きマリー＝アントワネットに、私は幾度となく謁見しました。彼女がフランスに到着したのは、私がまだ子供の頃で、その時は一度ならず私の手を取り、口づけをしてくれました。彼女は父のことをたいそう面白がっていました。ヨーゼフ二世[14]は、一七七七年の来訪の際、コミュスよりも珍妙なものなしと宣《のたま》ったものです。

こうした中、父は私と兄の教育に取り組み、自らが神秘学について知るところを、そしてガルヴァーニ電気学、物理学、磁気学の大量の知識を、我々兄弟に手ほどきしました。それらの知識は今でこそ普及していますが、当時は秘義に属するものであり、限られた者たちだけの特権だったのです。王の物理学者という肩書きによって、父は一七九三年に投獄されました。しかし、私が山岳派[15]と親交を持っていたことが幸いし、釈放にこぎつけることができました。

その後父は、今は私が住むこの家に隠遁し、一八〇七年に七十六歳で世を去りました。

私の話に戻りましょう。

私と山岳派との親交については言いましたね。私はダントンやカミーユ・デムーランとつながりがあったのです。マラーのことは元々、友人である前に医者として知っていました。ともあれ、彼のことは前から知っていた。彼との縁はあまりに短く終わってしまったにせよ、コルデー嬢[16]が断頭台へと運ばれたあの日、私は処刑に立ち会うことを決心しました」

「ちょうど先ほど」私は口をはさんだ。「あなたが生命の残留に関してロベール医師と争っている時、私はその話を持ち出そうとしていたのです。シャルロット・コルデーについて歴史の語るところは、あなたの説を裏づけるだろうと」

12　物理学者ヴォルタは、医師ガルヴァーニが唱えた「動物電気」（生体から発する電気）の理論を批判的に継承し、世界初の化学電池の開発に結びつけた。一方、医師メスメルは「動物磁気」の概念を唱え、体内を流れる磁気の調整による治療法（「磁気治療」）を提唱した。

13　ガラス板に描かれた亡霊などの絵を投影して大写しにする見世物。

14　神聖ローマ皇帝にして、マリー＝アントワネットの兄。

15　フランス革命期の急進共和派で、ジャコバン派とも呼ばれる。後出のジョルジュ・ダントン、カミーユ・デムーラン、ジャン＝ポール・マラーなどを擁した。

16　シャルロット・コルデー。穏健共和派であるジロンド派支持者として山岳派を敵視し、マラーを暗殺。その罪で処刑されることになる。

「今から話します」ルドリュ氏は遮《さえぎ》った。「私から話させてください。私はその目撃者ですから、私が話すことで信じてもらえるでしょう。

午後の二時にはすでに、私は自由の像[17]のそばに陣取っていました。七月の暑い午前を経て、天気はよどみ、空は雲に覆われ、雷雨の兆しを告げていました。

四時に雷雨が訪れました。聞くところによれば、シャルロットが処刑場への護送車に乗ったのも、まさにその時分でした。

監獄に迎えの者が現れたのは、駆け出しの画家が彼女の肖像画を描こうとしている最中でした。まるで、このうら若き娘がいかなる形見も、自らの姿絵さえも残していかぬようにと、嫉妬深き死神が仕向けたかのように。

キャンバスの上に頭が下描きされており、そして——奇遇にも——処刑人が入ってきた時に画家が取りかかっていたのは、まさしく今からギロチンが切り離そうとしている、その首もとの部分だったそうです。

稲妻が走り、雨が降り、雷鳴が轟いていました。しかし、物見高い俗衆を追い散らしうるものなど、何もなかった。河岸も、橋も、広場も、人で埋めつくされていました。地上のざわめきは、天のざわめきをも覆わんばかりでした。あの『ギロチン《レシューズ・》を舐め回す女たち《ド・ギヨチン》』[18]という生々しい名で呼ばれた女性陣が、シャルロットへの呪詛を叫び続けていました。耳を震わすそのうなりは、大滝のそれを思わせるものでした。何の動きも見えない長い時間、群衆は波のように揺れ動いていました。そしてついに、運命の船のごとく、その波をかきわけながら、荷車が現れました。私はその時、それまで見も知りもしていなかった受刑者の姿を、初めて確認しました。

彼女は二十七歳の若く美しい女性で、引き込まれるような目と、非の打ち所の無い造形の鼻と、このうえなく整った唇を持っていました。彼女は荷車の上でまっすぐに立ち、顔を上向けていました。群衆の前に君臨する様を見せるためというよりも、手を背の後ろで縛られていたことで、そのような姿勢にならざるをえなかったのでしょう。雨はすでに止んでいました。しかし、道のりの大半を雨に打たれて来たがために、濡れた羊毛の衣服が張りつき、彼女の美しい体の輪郭があらわになっていました。まるで浴槽から出てきたばかりであるかのようでした。処刑人から着せられていた赤い

17　かつての革命広場（現コンコルド広場）に、ルイ十五世の像を撤去して置かれていた。

18　ギロチンでの処刑に熱狂する女性観衆につけられた蔑称。

上着[19]が、気味悪く不吉な光沢を放つ一方で、彼女の顔つきはどこまでも威厳と生気に満ちていました。彼女が広場に着いた折に雨は止み、一条の陽光が雲間からさしこんで髪に揺らめきながら、光輪のごとく輝いていました。誓って言わねばなりません――この女性は確かに殺人を犯しており、そして殺人は、たとえ人類の仇《あだ》を討つべくなされる場合であったとしても、おぞましい行為には違いない。まして私は、彼女が犯した殺人に憎悪を抱いてもいた。にもかかわらず、それでも私には、自分の目撃しているのが処刑なのか神格化の儀式なのか、わからなくなっていたのです。断頭台が目に入り、彼女は青ざめました。首まである赤い上着のために、その青白さはひときわ著しく見えました。しかし、彼女はすぐさま立ち直り、断頭台にきっぱりと顔を向け、それを見やって微笑みました。

荷車が止まり、シャルロットは周りが手を貸すのを許すことなく、自ら地面に降り立ちました。そして、先ほどまでの雨で滑りやすくなっていた断頭台への階段を、裾を引きずる長い上着と縛られた手の不自由さが許す限りの速度で、上がっていきました。執行人の手が肩に置かれ、首に巻かれた布が取り去られるのを感じながら、彼女は再び青ざめました。それでも、最後の微笑みがすぐにその青白さを打ち消し、あの醜悪なシーソー台[20]に強制的に縛りつけられる前に、ほとんど陽気ささえ覚える神々しい躍動で、おぞましき開口部に自ら首を突っ込みました。そしてギロチンの刃が滑り降り、頭が胴体から切り離され、平面台に落ちて弾みました。その時です――よくお聞きください、医師殿、作家殿――その時、ルグロという名の処刑人助手が生首の髪をつかみ上げ、そして群衆への下卑たへつらいから、その頬に平手打ちを喰らわせたのです。いかにも――その平手打ちによって、生首が赤らんだという話です。私はそれを見たのです、生首の頬が――おわかりでしょうか――叩かれた頬のみならず、両側の頬が、同じだけの紅潮に染まっていくのを。つまり、生首に意識は残っていた、そして、裁きの限度を超えて被《こうむ》った屈辱に、憤怒の色を浮かべた。

　観衆もまたこの紅潮を目にして、死者の味方にまわって生者を咎《とが》め、受刑者の側について処刑人を糾弾しました。彼らはただちにその下劣な行為への制裁を求め、そして下手人はその場で憲兵に引き渡され、牢に送られました」

19　フランス革命期に制定された法により、殺人犯は処刑の際に赤い上着を着せられた。
20　受刑者を固定し、ギロチンの刃が降りる穴に首を押し込むための台。

ロベール医師が何か言おうとしたのを見て、ルドリュ氏は制止した。「お待ちを。まだ話は終わっていません」と彼は言った。

「私は、その男がいかなるつもりであの唾棄すべき行為に及んだのかを知りたくなりました。私は彼の居場所を問い合わせました。彼が幽閉された大修道院[21]への訪問を申請し、許可を得て会いに行きました。

革命裁判所の判決で、三カ月の禁固刑が彼に言い渡されていました。彼は、自分がなぜあのような当然の行為によって断罪されねばならないのかと、理解しかねているようでした。

私は彼に、あの行動に及んだ理由を尋ねました。

『なあ、そいつは』と彼は言いました。『当たり前のことだろう。俺はね、マラーを支持してたからね。法律のためにあの女を罰した後で、自分のためにも罰をくれてやりたくなったのさ』

『それにしても』と私は言いました。『死に払うべき敬意に対してあなたの犯した冒《ぼう》瀆《とく》は、ほとんど犯罪にあたるものでしょう。それがわからなかったのですか?』

『ああ、そうか』ルグロは私を見すえて言いました。『じゃああんたは、ギロチンで首を切ったからってそいつらが死んだものと思ってるわけだ』
『それはそうでしょう』
『なるほどね。あんたは、あいつらがカゴの中でひとまとめになっているのを見てないんだな。処刑の後も五分ばかり、目玉をよじらせ歯ぎしりしているのを知らないだろう。三カ月にいっぺんはカゴを換えなきゃいけないんだよ。あいつらが歯で底のほうを駄目にしちまうからな。なあ、あれは死にぞこないの貴族の頭の集まりだからさ、俺はいつかそのうちのひとつが叫びだしても驚かないね――王様万歳！ってな』
私が聞きたかったことは、もうすべて聞き終えていました。外に出る時、ひとつの考えがつきまとって離れませんでした。あの生首たちが実際にまだ生きていたということ――そして私は、それを信じることにしたのです」

21　サン＝ジェルマン＝デ＝プレ教会のこと。当時敷地内に牢獄があった。

第6章　ソランジュ

ルドリュ氏が話している間に、夜のとばりは完全に下りた。客間の者たちの姿は、もはや影としてしか目視できなかった。そして影として、身動きひとつせず、言葉ひとつ発しなかった。妨げが入ったら、ルドリュ氏が途中で話を止めてしまうのではないかという危惧があったからだ。私たちは全員が理解していた――今なされた恐ろしい物語は、もっと恐ろしい物語の前置きでしかないということを。

そのようにして、呼吸音のひとつも漏らされることはなかった。ただ医師だけが、口を開こうとしていた。何も言い出さぬようにと、私は彼の手をつかんだ。そして実際、彼は口をつぐんだ。

ひとしきりの間を経て、ルドリュ氏は話を続けた。

「私は修道院から出て、タランヌ広場を横切り、当時住んでいたトゥルノン通りに出ました。その時私は、助けを求める女性の声を耳にしました。

犯罪ではないだろうと思いました。まだ夜の十時になろうかという時分でしたから。私は悲鳴が聞こえた一角に駆けつけました。雲からにじみ出る月明かりの下に見えたのは、男たちに抗う女性の姿でした。そして彼女を取り囲んでいたのは、労働者《サン》・急進共和派《キュロット》による警邏隊《けいらたい》でした。

彼女もこちらに気づき、私が服装からして純然たる平民ではないことを見てとると、飛びついてきて叫びました。

『ああ、ちょうどよかった！　皆さん見てください！　こちらはアルベールさんという方で、私の知り合いです。この方が皆さんに証言してくださいます、私がルディウ婆やという洗濯婦の娘だって』

女性はそう言って、青ざめた悲痛なる面持ちで、体中を震わせながら、私の腕にしがみつきました。溺れゆく者が、救いの板にすがりつくように。

『ルディウ婆さんの娘って、言うのは勝手にすりゃあいいさ。けどな、あんたは市民証[1]を持っていないんだろ、きれいなお嬢さん。そしたら詰所に来てもらうしかないなあ』

娘の手が、私の腕にいっそう深く食い込みました。その締めつける力に、あらん限りの恐怖と懇願が示されていました。私は状況を呑み込みました。

おそらく彼女は、最初に思い浮かんだ名前で私を呼んだ。したがって私も、最初に思いついた名前で彼女を呼ぶことにしました。

『なんてことだ！　君だったのか、可哀想なソランジュ！』私は彼女にそう言いました。『いったい何があったっていうんだ？』

『さあ、信じてくださいますか、紳士の皆さん《メッシュー》』彼女はあらためて言いました。

『そこは市民の皆さん《シトワイヤン》と呼んでもらうべきところなんだがなあ[2]』

『お聞きになって、伍長さん。私がそのような話し方になってしまうのは、決して私の過失によるものではありません』女性は言いました。『私の母には仕事柄、社交界の顧客がついており、それで私のことも礼節を保つようにしつけたのです。結果として、私が身につけたのは望ましくない、貴族の習慣でした。そのことは承知しております。けれど、いったい私にどうしろと言うのでしょう、伍長さん。私には今さら、それを剝ぎ取ることもできないのです』

震える声で発せられながらも、その抗弁にはかすかな皮肉がひっそりと織り込まれていました。それに気づいたのは私だけでしたが。はたして彼女は何者なのだろう、と私は思いました。そして、その謎を解くことはできない状況でした。私がただひとつ確信できたのは、彼女がどこぞの洗濯婦の娘などであるわけがないということだけでした。

『いったい何があったのかと、そうおっしゃいましたね。市民《シトワイヤン》たるアルベール』と彼女は続けました。『何があったかお話しします。想像してみてください。私は仕上がった洗濯物を届けに出向いていた。そこの女主人が留守だった。代金を受け取らなければならないから、その人の帰りを待った。それはそうでしょう！　今のご時世、お金は大切ですからね。夜になっても戻らないから、日中にまた出直そうと思った。市民証を持ってきていないところに、こちらの紳士《メッシュー》の方々と――あら失礼、市民《シトワイヤン》の方々でしたね――ばったり出くわした。市民証を求められて、今は持っていませんと言った。それで詰所に連れていかれそうになった。悲鳴を上げ、駆けつけてく

1　革命支持者に与えられた証書で、これを持たない場合、反革命勢力として逮捕された。
2　フランス革命期、それまでの貴族文化に由来する「ムッシュー」（複数形でメッシュー）の代わりに、革命派は「シトワイヤン（市民）」という呼称を用いた。17ページの注14参照。

だったのが、知り合いであるあなただった。それで、ほっと一安心というわけです。紳士《ムッシュー》たるアルベールは、私がソランジュという人間であると知っていらっしゃる。私がルディウ婆やの娘であるとわかっていらっしゃる。だから私の身元を保証してくださる——そう思ったんです。お願いできるかしら、紳士《ムッシュー》たるアルベール』

『言うまでもなく。僕が保証しよう。すでにそうしているように』

『まあいいさ』警邏隊の長《おさ》は言いました。『それで、あんたの身元はいったい誰が保証してくれるんだい、紳士《ムッシュー》たる伊達男さん』[3]

『ダントン。[4]それでいいかい？ 彼なら一人前の革命派と言えるかな？』

『へえ！ もしダントンがあんたを保証するっていうなら、そりゃあ文句はないさ』

『それはなにより。今日はコルドリエ[5]の会合の日だから、行ってみようか』

『行ってみようじゃないか』と伍長は言いました。『市民同志諸君、前へ——進め！』

コルドリエ・クラブの集まりは、ロプセルヴァンス通りにある旧フランシスコ会修《コルドリエ》道院を拠点としていました。そこへはすぐに到着しました。扉の前で、私は手帳の一ページを破り、鉛筆で短い言葉をしたためてから、それを伍長に渡し、ダントンのところへ持っていくように言いました。そして私たちは上等兵と警邏隊に取り押さえられながら、その場で待ちました。

伍長が集会所に入って、再び戻ってきた時、ダントンが一緒に出てきました。『こいつは参った！』彼は私に言いました。『まさか捕まったってのがお前だったとはなあ！ なあ我が友よ！ カミーユ[6]の友よ！ 存在しうる限り最高の共和主義者の一人よ！ そういうわけだからさ、市民同志の伍長さん』彼は警邏隊の長のほうへと振り返り、続けて言いました。『俺がこの人の身元を保証する。それで事を収めてくれるかい？』

『あんたが保証すると。だが、この女はどうするってんだ？』伍長はしつこく食いさがりました。

---

3 当時、「伊達男muscadin」という語は、洒落た格好を好む王政主義者（つまり反労働者《サン》・急進共和派《キュロット》）という意味合いを持っていた。

4 フランス革命の指導者の一人。101ページの注15参照。

5 革命指導者の会であるコルドリエ・クラブのこと。中でも寛容派であったダントンは、後にこの会と袂を分かち、恐怖政治の廃止を訴え、ギロチンで粛清される。

6 カミーユ・デムーラン。ジャーナリストで、ダントンと同じくフランス革命の指導者の一人。

『この女？　いったい誰のことを言ってるのかな？』

『この目の前の女のことに決まってるだろ！』

『保証するさ。この男のことも、この女性のことも。この男に伴うすべてをね。それで満足かい？』

『ああ、満足だ』伍長は言いました。『とりわけ、実物のあんたを見れたことにな』

『いやあ！　もちろんもちろん、そんなことで喜んでくれるんだったら、見物料はとらんから好きなだけ見つめてもらってかまわんよ。今のうちにね』

『そいつはどうも。これからも今までどおり、平民のために支えてくれ。しっかり頼むよ。平民全員、あんたにゃ感謝し続けるだろうから』

『うれしいねえ。それを励みにばっちりやるさ』ダントンは言いました。

『握手をしてもらってもいいか？』伍長は言い添えました。

『いいとも』

そう言って、ダントンは手を差し出しました。

『ダントン万歳！』伍長は叫びました。

『ダントン万歳！』警邏隊が声をそろえて唱和しました。

そして伍長に率いられ、彼らは去っていきました。十歩ほど離れたところで、伍長はこちらに振り返り、手にした赤いふちなし帽を振りながら、再び『ダントン万歳！』と叫びました。もちろん彼の仲間も、その励声を復唱しました。

私がダントンに礼を言おうとしたその時、クラブの中から彼の名前をしきりに呼ぶ声が聞こえてきました。

『ダントン！　ダントン！』いくつもの声が叫んでいました。『そろそろ戻って話してくれ！』

『すまないな、友よ』彼は私に言いました。『聞いてのとおりだ。さあ握手をしよう。それで戻るが許してくれ。右手は伍長さんに差し出しちまったから、お前とは左手でだ。ありえん話じゃないんだが、あの立派な革命同志が疥癬《かいせん》を持っていたかもしれんし』

そして彼は後ろに振り返りました。

『おう！　今戻るぞ！』彼は力強い声で言いました。嵐のような群衆を沸き立たせることも、静まり返らせることもできた、あの声で。『待ってろ！　今行く！』

そうして彼は、クラブの中に戻っていきました。

扉の前に残ったのは、私と、かの素性の知れぬ女性だけでした。

『さて、マダム』私は彼女に言いました。『どちらまでお送りしましょうか。あなたの仰せのとおりに』

『それはもちろん、ルディウ婆やのところに』彼女はくすくすと笑いながら答えました。『ご存じのとおり、私の母のところに』

『ルディウ婆やの住まいはどちらでしたっけ？』

『フェルー通りの二十四番地です』

『それでは参りましょう、フェルー通りの二十四番地、ルディウ婆やのところへ』

私たちはフォッセ＝ムッシュー＝ル＝プランス通りを下り、フォッセ＝サン＝ジェルマン通りに出た後、プティ＝リヨン通りからサン＝シュルピス広場を上っていき、フェルー通りにたどり着きました。

道行きの間、私たちは一言も言葉を交わしませんでした。かわりに、まったき輝きを放つ月の光の下で、私は彼女をつぶさに観察することができました。

二十から二十二歳の、魅力的な人でした。髪は褐色で、大きな青い目は哀愁とも異なる霊性を帯びていました。すらりとした端整な鼻、嘲笑的な唇、真珠のごとき歯、王妃のように優美な手、子供のように小さな足、こうしたものすべてが、ルディウ婆やの娘としての卑俗をよそおう衣の下に、貴族を思わせる気品をたたえていました。その風采によって、純朴たる伍長や血気に逸《はや》る警邏隊の眠れる感受性が呼び起こされたのも、もっともなことでした。

建物が見え、私たちは扉の前で立ち止まりました。そしてひとしきり、互いに沈黙したまま見つめ合いました。

『あら、何かお望みですか。親愛なるアルベールさん』微笑みながら、素性の知れぬ女性は言いました。

『あなたに伝えたいことならあります、親愛なるソランジュ。我々がめぐり会った意義は、これほど早く別れを告げることにあったわけではないだろうと』

『それでしたら、あなたに百万回でも許しを請わねばなりません。私にとってはすでに、これ以上望むべくもなく意義のあることだったのです。もしあなたとめぐり会っていなければ、私は詰所に連行されていたことでしょう。私はルディウ婆やの娘ではないと見なされていたことでしょう。私は貴族の者とされていたことでしょう。そしておそらく、私は首を切り落とされていたことでしょう』

『すると、あなたは自分が貴族だと認めるのですか？』

『私からは、何も認めません』

『ではせめて、あなたの名前だけでも教えてくれませんか？』

『ソランジュ』

『それは僕がでまかせに言ったものですよ、あなたの本当の名前じゃない』

『いいのです、それでも。私はその名前が気に入ったし、大切にとっておきたいのです。せめて、あなたの前では』

『しかし、僕の前でその名前をとっておく必要もなくなるのでしょう？　もし再び会うことが許されないのだとすれば』

『そういうわけじゃないの。私が言いたいのは、もしもう一度私たちが会うことになるとしても、あなたが私の本当の名前を知る必要はないということだけ。私があなたの本当の名前を知る必要がないのと同じように。私はあなたをアルベールと名づけた、だからあなたにその名前をとっておいてほしい。そして私は、ソランジュという名前をとっておきます』

『わかりました、そういうことなら。でももう一度聞かせてください、ソランジュ』

と私は彼女に言いました。

『なんなりとどうぞ、アルベール』と彼女は答えました。

『あなたは貴族だ。そのことは認めますか？』

『私がそのことを認めないとしても、あなたはもう見抜いていらっしゃるのでしょう？　それなら、あらためて私から追認することにあまり意味は残っていないはずです』

『ではあなたは貴族として、その身を追われている？』

『それに似たようなところです』

『そして追っ手から逃れるために、その身を隠している？』

『このフェルー通り二十四番地、ルディウ婆やの家に。彼女の夫はかつて、私の父に仕える御者だったのです。さあこれで、あなたへの秘密は何もないわ』

『父上はどうしているのですか？』

『あなたへの秘密は何もありません、親愛なるアルベール。私に属する限りの秘密は、何も。でも、私の父の秘密は私のものではありません。父は父で身を隠しています。

亡命の好機を待ちながら。あなたに言えるのはそこまでです』

『あなた自身は、これからどうするつもりなんですか?』

『父とともに国を出ます。それが可能なら、ということですが。可能でなければ、父をひとりで行かせ、後で合流するつもりです』

『今晩あなたが捕まったのは、父上のところから帰る折だったのですか?』

『ええ、その帰りでした』

『ひとつ聞いてほしいことがあります、親愛なるソランジュ』

『なんなりとどうぞ』

『今晩何が起きたかはわかっていますね?』

『ええ。あなたの影響力がいかほどのものか、確かにお見受けしました』

『まさか、僕の影響力など大したものではありません、残念なことに。ただ、僕には何人かの友人がいる』

『私はそのおひとりと、今晩お近づきになれたわけですね』

『知っているでしょうが、あの男は当世において、権力とまったく縁がない人物というわけじゃない』

『あの方の力で、父の逃亡を助けてくださるおつもりなのですか?』

『いえ、彼の力は、あなたのために温存しておきます』

『では、父のためには?』

『父上のためには、別の手立てがあります』

『手立てがある!』ソランジュは叫び、私の手を握りしめました。不安を帯びた目で私を見つめながら。

『もし僕が父上を救うことができたなら、あなたは僕のことをずっと忘れないでいてくれるだろうか?』

『ええ。生命が果てるまで、あなたに感謝を捧げ続けます』

そう述べる彼女の声にはすでに、胸に響くほどの感謝の念が込められていました。

そして彼女は、訴えるような目で私に尋ねました。

『でも、あなたが望むのはそれだけなのですか?』

『ええ』と私は答えました。

『ああ、やっぱり私の思い違いじゃなかった。あなたは気高い心を持っていらっしゃる。父の分とともに、私から感謝を捧げさせてください。もしあなたの心づもりがうまくいかなかったとしても、この恩は決して忘れません』

『いつまた会えるでしょうか、ソランジュ』

『いつまたお会いするべきでしょうか』

『では明日に。よい知らせを伝えられると思います』

『ありがとう、それではまた明日に』

『どこにしましょうか？』

『ここにいたしましょう。もしあなたがよろしければですが』

『この路上で？』

『ええ、もちろん。それが一番安全だと思いません？　こうして三十分もお話ししているのに、人ひとり通らないのですから』

『僕があなたの住まいに上がらせてもらうか、あなたが僕の家に来るというわけにはいかないのですか？』

『もし私の住まいに入れたなら、私に隠れ家を与えてくれた優しい人達を危険にさらしてしまうかもしれない。もしあなたの家に行ったなら、あなたを危険にさらしてしまうかもしれない』

『なるほど、わかりました。僕の親類の市民証を取ってきますよ。それをあなたに渡しましょう』

『ええ。それで私が万が一逮捕されたら、あなたのご親類がギロチンにかけられるという算段ですね』

『ごもっとも。ではこうしましょう。僕は、「ソランジュという名前が入った市民証を持ってくる」』

『本当に？　――そうしたら、ソランジュが実際の、ただひとつの私の名前になるのですね』

『何時にしましょうか？』

『私たちが今日、出会った時刻でいかがですか。十時に。もしあなたがよろしければ』

『いいでしょう、十時に。どのようにしておちあいますか？』

『ああ！　それは難題ではありません。十時五分前に、あなたが扉の前に現れる。十時になったら、私が下りてくる』

『それでは明日、十時に。親愛なるソランジュ』

『明日、十時に。親愛なるアルベール』

私が彼女の手に口づけをしようとすると、彼女は自らの額を差し出しました。

翌日の夜、九時半に、私は通りに来ていました。

十時十五分前に、彼女は扉を開きました。

私たちのいずれもが、約束の時刻よりも前に現れました。

私は彼女に駆け寄りました。

『いいお知らせを持ってきてくださったとお見受けします』彼女は微笑みながら言いました。

『喜んでもらえると思います。まず、これがあなたの市民証です』

『まず、父のことをお聞かせください』

彼女はそう言って、私の手を押し返しました。

『あなたの父上は助かります。条件つきではあるけれど』

『条件つき、ですね。父は何をすればいいのですか?』

『僕のことを信用してもらう必要があります』

『それなら、もう条件を満たしています』

『今日も会ってきたのですか？』

『ええ』

『随分と危険を冒しますね』

『仕方がないでしょう。危険は承知の上です。それに、神がついていてくださるはずですから』

『それで、すべて話したのですか？　父上には』

『あなたが昨日私の命を救ってくださったということと、明日の未来には父の命も救ってくださるかもしれない、ということは伝えました』

『明日の未来——ええ、まさしく。明日、もしそれでいいなら、父上の命を救いましょう』

『どういうことなの？　おっしゃってください。さあ、お話しして。ああ、もし何かもうまくいくなら、あなたと出会えたのは何と素晴らしい僥倖《ぎょうこう》でしょう！』

『ただ……』私は言いよどみました。

『何ですか？』

『あなたは彼と一緒に出発することはできない』

『それについては申し上げたはずです。私の決心は固まっています』

『その上でなら、僕が後日あらためてあなたに旅券を用意します』

『先に父のことをお話しになってください。私の話は後回しになさってかまいませんから』

『わかりました。僕には何人かの友人がいる、これはすでに言いましたね？』

『ええ』

『その一人と、今日会ってきました』

『それで？』

『あなたもその男の名を知っています。名前だけで、武勇と忠節と栄誉の証文になるような男です』

『その方の名前は……』

『マルソー』

『マルソー将軍[7]、ですか？』

『まさしく』

『確かにあの方のことは、一度交わした約束は必ず守り通すお人と存じています』

『そうです。その彼が、約束したのです』

『まあ何てこと！　あなたは私にどれほどの喜びをもたらしてくださるのでしょう！それで、あの方は何を約束されたのですか？　さあおっしゃって』

『彼は、僕たちに力を貸す、と』

『でも、どうやって？』

『方法は至極単純です。実はこのほど、クレベールが彼を西方軍の総司令官に任命しました[8]。それで、彼は明日の夜に出発となります』

『明日の夜？　それまでにいったい何ができるというの』

『何もする必要はありません』

『おっしゃっている意味がわからないわ』

『彼があなたの父上を連れていきます』

7　フランス革命で民兵を率いた英雄的軍人。
8　クレベールは同じくフランスの将軍。一七九三年にヴァンデ地方で蜂起した反乱軍を鎮圧すべく、共和国西方軍の指揮をとった。彼の推挙により、マルソー将軍が共同で西方軍の指揮にあたることになる。

『父を連れていく!』

『ええ。表向きは、秘書ということにして。ヴァンデに到着したら、父上にはマルソーの前で誓約を立てていただくことになります。今後フランスに敵対するいかなる軍事行動にも加担しない、というのが誓約内容です。そして夜を狙って、ヴァンデの反乱軍側の駐屯地に入り込む。ヴァンデからブルターニュを通って、イギリスに渡る。ロンドンで身を落ち着けたら、あなたに知らせを送る。僕はあなたに旅券を調達し、あなたはロンドンで父上と合流する』

『明日!』ソランジュは叫びました。『お父様が明日発たれるだなんて!』

『ぐずぐずしている暇はありません』

『父はまだ何も知らないわ』

『知らせてあげてください』

『今晩中に?』

『今晩中に』

『でもこの時間に、どうやって?』

『市民証と、この腕が、あなたとともにあります』

『そうでしたね。では、市民証を』

私は彼女に市民証を手渡し、彼女はそれを胸元にしまい込みました。

『そして、あなたの腕を』

私は彼女に腕を貸し、ともに歩み出しました。

私たちはタランヌ広場まで下っていき、そこで立ち止まりました。つまり、前の晩に、私が彼女と出会った場所で。

『ここで待っていてください』彼女は私に言いました。

私はうなずき、待つことにしました。

彼女は旧マティニョン邸の角に消えていき、そして十五分後、再び姿を現しました。

『いらしてください』彼女は言いました。『父が、あなたに会ってお礼を申し上げたいと言っています』

彼女は再び私の腕をとり、サン゠ギヨーム通りにあるモルトマール邸の向かいに私を連れていきました。

そこに着くと、彼女はポケットから鍵を取り出し、玄関扉を開きました。そして私の手をとり、二階の部屋まで案内すると、特徴的なリズムで扉をノックしました。

扉を開いたのは、四十八から五十歳ほどの男性でした。労働者の格好をしており、ちょうど製本の仕事が似合いそうな容姿でした。

しかしながら、彼が私に発した最初の言葉、彼が私に向けた最初の謝辞によって、すぐさま、ただならぬ貴人の姿があらわになりました。

『ムッシュー』彼は言いました。『神意が、我々のもとに貴殿をお遣わしくださった。貴殿を神意による使者としてお迎えいたしたい。まことだろうか、貴殿がこの身を救う手立てをお持ちというのは。そして何よりも、貴殿がこの身を救う御意志をお持ちというのは』

私は彼にすべてを話しました。マルソーが秘書として連れていくことを請け合ったということ。そしてその条件はただひとつ、フランスに対して銃口を向けないという誓約を交わすことだと。

『真情を込めて、貴殿にその誓いを立てさせていただきたい。そしてあの御仁にも、変わらぬ誓いを重ねることにいたそう』

『感謝します。彼に代わって、僕からも』

『しかるに、マルソー殿はいつの出発で？』

『明日です』

『すると、今宵のうちに彼のもとへ赴くべきだろうか』

『ご都合次第です。彼はいつでもお待ちしていると言っていますから』

父と娘は目を見合わせました。

『今晩からお世話になるに越したことはないと思うわ、お父様』とソランジュは言いました。

『そうかもしれん。だが、道中で捕まったなら、市民証がない』

『僕のをお持ちください』

『しかし、貴殿は？』

『ご心配なく。僕は顔が知られていますから』

『マルソー殿の住まいはどちらに？』

『ユニヴェルシテ通りの四十番地に。姉上のデグラヴィエ＝マルソー嬢のところにいます』

『貴殿はそこまで連れ立ってくださるのだろうか』

『僕は後ろからついていきます。無事に到着した後、お嬢さんの帰り道はお任せください』

『マルソー殿はいかにして、わたしを件《くだん》の者と了解してくださるだろうか』

『この三色《トリコロール》の帽章を彼に渡してください。それを合言葉がわりということにしてあります』

『わたしはこの身の救い主に、いったい何をして差し上げればよいだろう?』

『では御令嬢の救済を、僕に委ねてください。彼女が僕にあなたの救済を委ねたのと同じように』

『参るとしよう』

彼は帽子を頭に乗せ、部屋の明かりを消しました。

窓をすり抜ける月明かりのかすかな光を頼りに、私たちは階段を下りました。

門を出ると、彼は娘の手をとって、右へと進み出し、それからサン＝ペール通りを抜け、ユニヴェルシテ通りに入りました。私は十歩ほどの距離を保ちながら、彼らの後ろをついていきました。

人っ子ひとり出くわすことなく、四十番地にたどり着きました。私は二人に近寄りました。

『これは幸先がいい』私は言いました。『さて、ここで待っていたほうがいいでしょうか、それとも一緒に中まで入りましょうか？』

『いえ、貴殿にこれ以上深入りさせるわけにはいかない。ここで娘をお待ちくださるように』

私はうなずきました。

『あらためて貴殿へ。どうもありがとう。そして、さようなら』そう言って、彼は私に手を差し出しました。『どれほど言葉に頼ってみても、貴殿への心情を表しうる語句は見つけられそうもない。だがいつの日か、貴殿にこの感謝の念を余すところなく伝えられるよう、神の力添えがあらんことを』

私は返事として、ただその手を握りしめました。

そうして彼は、門の中に入っていきました。ソランジュも後に続きました。ただその前に、彼女もまた私の手を握りしめ、それから中に入っていきました。

十分が経ち、門が再び開きました。

『どうでしたか？』私は彼女に訊きました。

『それはもう！』と彼女は答えました。『あなたのお友達はまさしく、あなたのお友達たるにふさわしい方ですね。あの方も、ありとあらゆる心づかいを配してくださる。私の願いをお察しになられたのでしょう、出発の時まで父と一緒にいられるようにはからってくださいました。今、あの方の姉君がご自身の部屋に私のための寝具を設えてくださっています。明日、午後の三時に、父は一切の危機から逃れ出ることになります。明日、夜の十時、今日と同じ時刻に、もしも、あなたに父親を救われた娘からの謝儀がご足労に値するとお考えいただけるなら、フェルー通りにいらしてお受け入れくださいまし』

『ええ、喜んで。確かに伺いましょう。父上は、僕に何かおっしゃっていませんでしたか？』

『市民証へのお礼を申していました。こちらにお返ししますね。あとは、一日でも早く娘を無事に送り届けてくださるように、と』

『ええ、それは、ソランジュ——あなたの望むままに』私はそう答えながら、自分の心臓が締めつけられるのを感じていました。

『とにかく、父とどこで合流するかは決めておかなきゃいけないかしら』彼女は言いました。

そうして彼女は、笑顔を見せました。『ああ！　あなたはまだ、私を厄介払いできませんね！』

私は彼女の手をとり、それを握りしめ、心臓に押しあてました。

それでも彼女は、昨夜と同じく、私に額を差し出しながら、『また明日』と言いました。

彼女の額に口づけながら、私は自らの心臓に、もはや握りしめた手だけでなく、震える彼女の胸を、打ち弾む彼女の心臓を、きつく抱き寄せました。

帰宅した時、私の魂はかつて感じたことのない愉悦に満たされていました。それは自分が善行を果たしたという意識からだったのか、それとも、あの素敵な人をすでに愛してしまっているということを意味していたのか。

その晩、私は眠りについたのか、あるいは目覚めていたのか、はっきりとはわかりません。それでも私は覚えています――夜の終わりは果てしなく遠く、あくる日中はとめどなく長く感じられたことを。自然の調和の奏でる和音が、私の中に歌のごとく響き渡っていたことを。時よ早く過ぎ去れと急かしながら、その一方では時よ止まれと引きとめようとし、私に残された日々が一瞬たりとも去りゆかぬようにと願ったことを。

翌日の夜、私は九時にフェルー通りに着きました。九時半に、ソランジュは現れました。

彼女は私のほうに来て、首にしがみつきました。

『助かった！』彼女は言いました。『父は助かりました！　あなたは父の命の恩人です！　ああ、私があなたにどれほどの思いを寄せていることか！』

二週間後、ソランジュのもとに一通の手紙が届きました。それは、父親がイギリスに着いたことを知らせる手紙でした。

その翌日、私は彼女に旅券を渡しました。

それを手にとる彼女の目は、涙にあふれていました。

『では、あなたは私のことを愛してはいないのですか？』彼女はそう言いました。

『僕は自らの命よりも、あなたのことを愛しています』と私は答えました。『しかし僕は、あなたの父上と約束を交わした。そして僕は何よりも、交わした約束を守らなければならない』

『それなら』と彼女は言いました。『私が、自分の約束に背くわ。あなたに私を旅立たせる勇気があるとしても――アルベール、私にはあなたから離れる勇気を持つことはできない！』

そのようにして――ああ、なんたることか――彼女は残ることにしたのです」

第7章　アルベール

ルドリュ氏の物語が最初に中断された時と同じように、そこでひとしきりの沈黙があった。

その沈黙は、初回よりもいっそうの配慮を持って尊重された。物語の終わりが近いということを皆が感じ取っていたし、そもそもこの物語を終わりまで語る気力は持てないかもしれないと、ルドリュ氏自身が予告していたからだった。だがほどなくして、彼は話を継いだ。

「ソランジュが旅立つか否かが問題となったその夜から、三カ月が経とうとしていました。あの夜以来、別離の可能性については口に出されることさえありませんでした。

ソランジュはタランヌ通りで気に入る部屋を見つけていました。私はソランジュの名義でその一室を確保しました。私は彼女の他の名を知らないままだったのです。彼女が私のアルベール以外の名を知らないのと同じように。その上で、私は彼女にとある女学校の助教員の口を見つけてやり、その寄宿舎に入れることにしました。それは、前にも増して苛烈となっていた革命警察の捜査から、より確実に彼女をかくまうためでした。

　毎週日曜日と木曜日を、私たちはタランヌ通りの小さなアパルトマンで一緒に過ごしました。寝室の窓からは、二人が最初に出会った広場が見えました。

私たちは毎日、手紙を一通ずつやりとりしました。彼女はソランジュの名で、私はアルベールの名で。

　その三カ月は、私の人生で最も幸福な日々でした。

一方で私には、例の処刑人助手との会話以来、どうしても捨てられずにいた計画がありました。私は斬首後の生命の持続に関する実験を申請し、許可を得ました。かくして行った実験により、私の目には明白となりました——斬首後も苦痛は存続し、そしてその苦痛は恐ろしいものであるに違いない、ということが」

「そうらきた！　その話だけは否定しておかんとな！」医師がそう声を上げた。

「ではうかがいましょう」ルドリュ氏は続けた。「ギロチンの刃の直撃を受けるのが、我々の肉体の中でも神経の結集した最も敏感な部位だということを否定するのですか？　首が交感神経、迷走神経、横隔神経、そして脊髄《せきずい》といった上肢の全神経を束ねており、さらに脊髄は下肢に属する神経の中枢でもあるということを否定するのですか？　脊柱の折損《せっそん》、破損が、人体の体験しうる限り最も凄絶な部類の痛みをもたらすということを否定するのですか？」

「そうは言っても」医師は答えた。「その痛みはものの数秒しか続かん」

「おっと！　それこそ私のほうから否定させていただきましょうか！」そう叫ぶルドリュ氏の声には、深い確信がこもっていた。「あるいは仮に、痛みが数秒間しか続かないとしても同じことだ。その数秒間、意識は、人格は、自我は、まだ生き続けているのです。頭部は自らの存在が分断されるのを耳でも目でも肌でも理性でも感じ取っているのです。痛みはひどく激しいけれども、そのぶん苦しむ時間は短いからよかろうなどと、いったい誰に言えるの[1]か？」

「じゃああんたの意見では、絞首台の代わりに断頭台を使うことにした国民議会の決定は的外れな人道的判断で、首を切るより吊ったほうがまだましだというのかね？」

「疑う余地なく。首を吊った場合でも吊られた場合でも、息を吹き返した者は大勢います。いいですか、その者たちが自ら、どういった感覚だったかを証言しているのです。電撃的な卒中の感覚、つまり、これといった痛みもなく、何らかの苦悶の意識さえない深い眠り――炎のようなものが眼前に巻き起こり、次第に青く色を変え、暗闇に包まれていき――そして完全な失神に陥る。この手の話は実際のところ、先生、あなたは誰よりご存じでしょう。頭蓋骨に穴が空いた部分から指を差し込んで人間の大脳を圧迫してみても、その人間はいかなる痛みも感じない。ただ眠りに落ちるだけだ。それと同じ現象が、血液の凝集によって大脳が圧迫された場合にも起こる。そして首吊り人においても、この血液の凝集が発生するのです。第一に、椎骨《ついこつ》動脈から大脳に血液が流れ込むことによって。椎骨動脈は頸骨《けいこつ》の内部を通っているがゆえに、潰れる危険がありませんから。そして第二に、首の静脈から逆流しようとする血液が、首と静脈を縛りつける縄でせき止められることによって」

「わかった、わかった」と医師は言った。「実験の話に戻ろうじゃないか。物言う生

1　〔原注〕このような話題に長く留まっているのは、いたずらに恐怖を煽るためではない。死刑の廃止が関心を得る時代に、このような論考は無益ではないと思われるがゆえなのだ。

首とやらにさっさと行き着きたいものですな」

私はその時、ルドリュ氏の胸の内から溜息が漏れるのを聞いた気がした。彼の表情は、見ることができなかった。すでに一切が夜闇に覆われていた。

「そうですね、先生」彼は言った。「確かに、話がそれてしまっている。私が行った実験の話に戻りましょう。

喜べることではなかったのですが、被験体には事欠きませんでした。

時は処刑の絶頂期にあり、一日に三十人から四十人もがギロチンにかけられていました。革命広場に大量の血が流れ出すため、処刑台の周囲に深さ三ピエの堀が作られねばならなかったほどです。

その堀の上には、木の板が敷きつめられていました。

八歳か十歳ほどの子供がその上に乗り、板が一枚ひっくり返ってしまうということがありました。その子はおぞましき堀に落ち、そこで溺れ死にました。

二人で過ごす以外の曜日に私が何をしていたかについて、ソランジュにあえて明かさなかったのは言うまでもありません。実のところ――これは認めておかねばなりませんが――当初は痛ましい死骸に接するのが嫌でたまらず、私の実験は処刑の事後に苦痛を上乗せしているのではないかと恐れていたのです。それでも結局、今進めている研究は社会全体に寄与すべくなされているのだと、自分に言い聞かせていました。もしも立法府の者たちが集まる前で自らの確信を伝え広めることができたなら、死刑の廃止にこぎつけることができるかもしれないじゃないか、と。

実験の結果が出るにつれ、それを記録にまとめていく日々が続きました。二カ月も経つ頃には、処刑後の生命の持続において考えうる限りの実験を済ませていました。私は実験をさらに推し進めようと決意し、ガルヴァーニの理論と電気学を援用すればそれが可能になるのではないかと考えていました。

クラマール墓地が私に提供され、そこであらゆる受刑者の生首と死体を自由にしていいと言い渡されました。

墓地の一角に建てられていた小さな礼拝堂が、私のために研究所へと改められました。ご存じのとおり、人々は宮殿から王たちを追いやった後、教会から神を追いやったのです。

私はそこで、一台の電気機械と、刺激装置と呼ばれるところの放電器具を三つか四つ、手にすることになりました。

五時ごろになると、おぞましき輸送隊がやって来ます。死体が荷車に雑然と積まれ、首は袋に乱暴に押し込められています。

そこから生首をひとつふたつ、同じく胴体をひとつふたつ無作為に選び出します。残りは、共同の墓穴に捨てられることになります。

実験が済んだ首と胴体は、翌日の輸送分とともに捨てられます。実験においては、私の兄がほとんど常時、手を貸してくれていました。

こうして死との接触を続ける中、ソランジュへの愛は日に日に強まっていきました。このいたいけな娘もまた、全身全霊をもって私を愛してくれました。

幾度となく彼女を妻にすることを考え、幾度となく、そうして一緒になれたらどれほど幸福なことかと想像しました。しかし、私の妻になるためには、ソランジュは自らの名前を表に出さねばなりません。そしてその名は――亡命者の、貴族の、異分子のものであるその名は――自らの内に死を携えていたのです。

彼女の父親は彼女に何度も手紙をよこし、急いで国を出るようにうながしていたのですが、彼女がその返事にしたためたのは我々の愛についてでした。彼女は父親に私たちの結婚を承諾してくれるように求め、彼はそれに同意しました。したがってその方面では、すべては順調でした。

しかしながら、逮捕者が次々と恐ろしい裁判にかけられていく中で、他の何よりも恐ろしいひとつの裁判が、私たちを深い悲しみの淵《ふち》に突き落としました。

それは、マリー゠アントワネットの裁判でした。

その裁判は十月四日に始まり、白熱の中で進行していきました。十月十四日に、彼女は革命裁判所の法廷に姿を現しました。十六日、午前四時に、彼女は有罪宣告を受けました。同日、十一時に、彼女は処刑台に上りました。

その午前、私はソランジュからの手紙を受け取りました。このような日に離れて過ごすことは考えられない、とそこには書かれていました。

私は二時ごろにタランヌ通りの小さなアパルトマンへと駆けつけ、涙にむせぶソランジュを目にしました。私自身もまた、今回の処刑に激しく動揺していました。子供の頃にあれほど優しくしてくれた王妃――その優しさは、私の中に思い出として深く刻み込まれていました。

ああ！　その日の記憶はきっと、永遠に私の頭から去りはしないでしょう。水曜日のことでした。あの日のパリには、悲しみにとどまらぬものがありました。そこにあふれていたのは恐怖でした。

私は自らの内にどこか奇妙な消沈を感じていました。大きな不幸を予感させるような何かでした。私の腕の中に伏して涙を流すソランジュに何とか力を取り戻させたいという思いはありながらも、慰めの言葉は出てきませんでした。私自身の心の中に、慰めがなかったのです。

私たちはいつもどおり一緒に夜を過ごしました。夜は昼よりもいっそう悲痛でした。上の階のアパルトマンに閉じ込められた一匹の犬が、夜中の二時まで吠え続けていたのを覚えています。

翌日、私たちは事態を知りました。その犬の主人が、鍵をかけたまま戻らなかったのです。その者は路上で逮捕され、革命裁判所に送られていました。三時に判決が下り、四時には処刑されていました。

私たちはまた離れなければなりませんでした。朝の九時にソランジュの授業が始まることになっていたのです。彼女が働く寄宿学校は、パリ植物園の近くにありました。彼女をこのまま行かせてよいものか、私は随分と迷いました。彼女もまた、私から離れる決心をつけられずにいました。しかし二日も続けて宿舎に戻らなかったなら、捜査の手を招く恐れがあり、それはソランジュにとって常に生命の危機を意味していました。

私はそこで馬車を呼び、フォッセ＝サン＝ベルナール通りの角まで彼女に付き添いました。それまでの道のりの間、私たちはずっと身を寄せ合い、一言も交わさぬまま、唇までつたう涙で互いを濡らし合っていました。口づけの甘さに、涙の苦さが混ざり合いました。

馬車を降りた時、私はすぐに動くことができなかった。その場に立ちつくし、彼女を乗せた車が遠ざかっていくのを見つめていました。二十歩ほど進んだところで、馬車が止まりました。そしてソランジュが扉の窓から顔を出しました。まるで、私がまだそこにいると気づいていたかのように。私は彼女のところに駆け寄りました。再び馬車に乗り込み、窓を閉め、もう一度彼女をきつく抱きしめました。その時、サン＝テチエンヌ＝デュ＝モン教会の鐘が九時を告げました。私は彼女の涙を拭いてやり、彼女の唇を口づけで三度塞ぎ、馬車を飛び降りてその場を走り去りました。

行かないでというソランジュの声が、後ろから聞こえたように思いました。それでも、そうした涙のすべてが、そうした迷いのすべてが、人目を引くことにつながる恐れがあった。私はそこで振り返らないという、運命の決断をしたのです。

打ちひしがれた思いで家に着きました。ソランジュへの手紙を書いて、日中は過ぎました。夕方に、分厚い束となった手紙を送りました。

ちょうど手紙を送り出したその時、彼女からの一通が私のもとに届きました。前日の欠勤で、彼女はひどく厳しい叱責を受けていました。これでもかと問い詰められ、次の外出休暇を取り上げると脅された、と書かれていました。

次の外出休暇は日曜日にあたっていました。それでもソランジュは、たとえ何があっても、たとえ寄宿学校の教員と縁を切る羽目になったとしても、その日は必ず私に会うと心に決めていました。

何としても会おうと、私も心に決めました。もしも彼女が外に出られず、一週間も会えずに過ごすとなったら、私の頭はきっと狂ってしまうだろうと思いました。

それというのも、ソランジュはさらに気がかりなことを書き送ってきていたのです。宿舎に戻ると手紙が一通届いており、それは父親からのものだったが、どうもその手紙に、一度開封されたような跡がある――と。

私は辛い夜を過ごしました。そして翌日には、いっそう辛い一日を。いつものようにソランジュへの手紙を書くと、実験を行う日だったので三時ごろに兄の家へ立ち寄り、一緒にクラマールに向かおうとしました。

兄は家を留守にしていました。私はひとりきりで行くことにしました。

その日の天候は恐ろしく陰鬱で、自然は悲哀に満ち、雨に崩れていました。冬を告げる、冷たく激しい雨でした。歩いている間ずっと、触れ役たちがしわがれた叫び声で、その日の受刑者の名簿を読み上げるのが聞こえていました。長い列挙が続きました。男も、女も、子供も含まれていました。血のしたたる収穫物が山のように刈り上げられ、これから行おうとしている実験でも被験体は途絶えそうにありませんでした。日の暮れが早くなる時期でした。四時にクラマールに着いた時には、もうほとんど暗くなっていました。

墓地の外観は、おびただしく増殖を続ける巨大な墓穴と、風の中で骸骨のように乾いた音を立てるまばらな木々によって、薄気味悪い、ほとんど醜悪と言ってもいい様相を呈していました。

地面が掘り返されていない場所は、アザミやイラクサなどの雑草で覆われていました。掘り返された土が日々着実に、緑の地面に侵食を広げていました。

そうした地表の隆起に囲まれて、その日のための穴がすでに口を広げ、獲物を待ち構えていました。受刑者の増加が予想されていたため、穴は普段よりも巨大でした。何を思うでもなく、私はそこに近づきました。底のほうはすっかり水に浸《つ》かっていました。冷え切った裸体を、同じく冷ややかな水の中に投げ込まれようとしている、不憫《ふびん》な骸《むくろ》たちよ！

穴のふちで立ち止まった時、私は足を滑らせてしまい、危うく中に呑み込まれそうになりました。髪が逆立つのを感じました。ずぶ濡れになり、身震いしながら、私は研究所に向かいました。

すでに申したように、そこはかつて礼拝堂だった場所でした。私はあちらこちらを見まわし――なぜそのようなことをしたのか、自分でも皆目わからないのですが――壁や、以前祭壇のあったところに、何らかの信仰の名残が残されていないものかと探し求めました。壁はまっさらで、祭壇は根こそぎにされていました。もとは聖櫃《せいひつ》があった場所に――すなわち神を、生命を感じることのできた場所に――置かれていたのは、肉と髪を剝ぎ取られた一個の頭蓋骨でした。それはすなわち死を、虚無をしるしづけるものでした。

私は蠟燭《ろうそく》に火をともし、実験台の上に置きました。実験台は自分で開発した奇妙な形の器具で埋め尽くされていました。そして私は椅子に座り――何に思いを馳せていたのか？　それは、今は亡き王妃のことでした。あれほど美しく、あれほど幸せそうで、あれほど愛されていた王妃――その彼女が先日、人々の呪詛を浴びながら、荷車で処刑台へと運ばれた。その彼女が同時刻に、首を胴体から切り離され、今は貧民用の棺桶に眠っている。チュイルリーや、ヴェルサイユや、サン＝クルーの黄金の館《やかた》で眠っていた、あの彼女が。

そうした暗い思念の淵に沈み込んでいる間に、雨は勢いを倍加し、風が突風となって吹き荒れ、不吉な嘆きの咆哮《ほうこう》を上げながら、木々の枝や草葉の茎をざわつかせていました。

そのざわめきの中に、まもなく、ごろごろと轟《とどろ》く雷鳴のごとき不気味な音が混ざりました。しかしその轟音《ごうおん》は、雲から鳴り響くものではなく、地面にのたうつ振動から来るものでした。

それは、死刑囚の遺体を運ぶ赤い輸送車の音でした。革命広場から戻り、クラマールに入ってこようとしていたのです。

小さな礼拝堂の扉が開き、雨でぐっしょりと濡れた二人の男が、袋を抱えて入ってきました。

一人は、私が以前牢屋まで会いにいったあのルグロで、もう一人は墓掘り人でした。

『ほらよ、ルドリュさん』処刑人助手は言いました。『いつものブツをお持ちしましたぜ。今日は急いで選ばなくていいよ、物は車ごと残していくから。埋めるのは明日にするさ、お天道様が出てからね。なあに、一晩くらい外に置いといたからって、風邪を引くこともありゃしない』

醜悪な笑みを浮かべながら、二人の死の業者は私の目の前の一角に――以前ならちょうど左隣に祭壇があった場所に――抱えていた袋を置きました。

そして彼らは出ていきました。開けっ放しにされた扉が枠に打ちつけ、突風が吹き込み、蠟燭の炎を揺らしました。灯火《ともしび》は生気を失い、黒ずんだ芯の上で今にも燃え尽きようとしていました。

馬を車から外す音が聞こえ、墓場の門が閉まり、彼らが去っていくのがわかりました。車の荷台に山と積まれた屍《しかばね》を後に残しながら。

私も彼らにならって立ち去ってしまいたい衝動に駆られていました。にもかかわらず、全身の震えを感じながらも、何かが私をその場に引き止めていたのです。それが何かはわからないままに。確かに、恐怖はありませんでした。しかしながら、風の音が、降り止まぬ雨の叩きつける音が、身悶《みもだ》えする木々の叫びが、灯火を震わす大気の金切り声が――そうしたすべてが、実態のつかめぬ激しい不安を私の頭上で揺り動かしていました。そしてその不安は、濡れた髪の毛根から忍び込み、私の肉体の隅々にまで広がっていきました。

突如、何者かの声が聞こえたような気がしました。甘やかな、そして嘆かわしい、まぎれもなくその小さな礼拝堂の中で発せられた、アルベールの名を呼ぶ声が。

おお！　今度こそ、私は飛び上がりました。『アルベール！……』この世界に、私をその名で呼ぶ者は、一人しかいなかった。

私の視線は中空を漂いながら、ゆっくりと、小さな礼拝堂の中を巡りました。いくら狭いとはいえ、蠟燭の明かりだけでは内壁のすべてを照らし出すのに不十分でした。そして私の視線は、目の前の、かつて祭壇があった片隅に置かれている袋の上で停止しました。血がにじみ出し、多くの瘤《こぶ》でいびつに膨らんだ布地が、死を孕《はら》んだその中身を示唆していました。

私の視線が袋に止まった時、同じ声が——ただしもっと弱々しく、もっと嘆かわしく——もう一度同じ名前を呼びました。

『アルベール！』

悪寒と戦慄に襲われながら、私は立ち上がりました。その声はどうやら、袋の中から聞こえてくるものでした。

私は自分が夢を見ているのか現実の中にいるのかはっきりさせようと、体のあちこちに手をやりました。それから、こわばった動きで、石から生まれた人間のようにぎこちなく歩み出し、両手を前に伸ばしながら袋のほうへと近づいて、その中に手を沈めました。

その時私は自らの手に、まだ生温さの残る唇が押しあてられるのを感じました。

私の恐怖は極点を超え、その飽和によってむしろ勇気があふれ出てきました。私はその頭部をつかみ出し、椅子に戻って崩れるように座り込み、それを机の上に置きました。

おお！　私は凄まじい叫びを上げました。その頭部は——唇にまだ温もりの色が残り、目を半ば閉じたその頭部は――ソランジュの生首でした。

私は自らの正気が潰《つい》えるのを感じました。

そうして私は三度叫んでいました。

『ソランジュ！　ソランジュ！　ソランジュ！』

三度目の叫びに、その両目は見開かれ、私を見つめ、二筋の涙をこぼしました。そして、魂が抜け出ていくかのように、瞳から濡れた光が放たれた後、その目は再び閉じられ、二度と開くことはありませんでした。

錯乱し、自制を失い、猛り狂いながら、私は立ち上がりました。私はその場を逃げ出したかった。ところが立ち上がった時に、上着の裾が机の角に引っかかった。机がひっくり返り、蠟燭が倒れて火が消え、生首が転がり、私自身も巻き込まれ、取り乱したまま倒れ込みました。その時、私は床に横たわりながら、生首が傾いた敷石をずり落ち、私の頭に寄りついてくるのを見たように思います。その唇が私の唇に触れ、凍てつくような震えが体中を走りました。私はうめき声を漏らし、そのまま気を失いました。

翌日、朝六時に、私は自分の横たわる敷石と同じくらい冷たくなっているところを、墓掘り人たちに発見されました。

ソランジュは、父親からの手紙を通じて特定された後、その日のうちに逮捕され、その日のうちに宣告を受け、その日のうちに処刑されていました。

私に呼びかけてきたあの頭部、私を見つめてきたあの目、私に口づけをしたあの唇――あれはまぎれもなく、ソランジュの唇であり、目であり、頭部だったのです。

あなたは知っているでしょう、ルノワール」士爵の方に向き直り、ルドリュ氏は言った。「それからしばらく、私は生死の境をさまよった」

第8章　猫、執達吏、そして骸骨

ルドリュ氏の物語が及ぼした作用は甚大だった。我々の誰一人として、その心証を払い去ろうという気になれなかった。それはあの医師でさえも同様だった。

ルドリュ氏に呼びかけられたルノワール士爵は、ただうなずいて応答した。青白い顔の婦人は、しばらくソファの上に起き上がっていたが、再びクッションに沈み込み、一度溜息をついたきり、いかなる生命の気配も示さなくなった。警視は、こうしたことに調書へと残すべき題材を見出せなかったのか、一言も口にしないままだった。一方私は、いずれ気が向いた時にこの話を思い出し語れるようにしておこうと、惨劇の一部始終を頭に刻み込んでいた。他方、アリエットとムール神父にとっては、その奇《き》譚《たん》は彼ら特有の観念とあまりに見事に整合していたがゆえに、異論を差し挟むなど考えられもしないことだった。

ところが、沈黙を最初に破ったのはムール神父だった。彼の発言は、あらかた全員の所感を代弁することになった。

「親愛なるルドリュさん。今お話しくださったことを、わたくしはくもりなく信じております」彼は言った。「されど、あなたはご自身で、その出来事をどのように理解しておられるのですか？　いわゆる、物理上の理解としまして」

「私は理解などしていません」ルドリュ氏は言った。「私はあったことを話した、ただそれだけです」

「そうだ、いったいどのように理解しろというのか？」医師が尋ねた。「生命の持続がどうであれ、生首が二時間も経ってからしゃべりだし、見つめだし、動きだすことがあるだなんて、結局あんたも納得しきれていないんじゃないのかね？」

「先生、もし私が起きたことをすんなり理解できていたなら」ルドリュ氏は言った。「あの事件の後、あれほどひどい病に苦しめられることもなかったでしょう」

「ロベール医師、むしろあなたにお聞きしたい」とルノワール士爵が言った。「ご自身ではどのように説明されるおつもりなのか？　あなたとしても、ルドリュの話を座興のための作り事として済ませたいわけではないようだが。そしてルドリュの病は、まさしく物理上の事実として起きている」

「そんなもの、簡単な理屈でしょう！　幻覚の作用ですよ。ルドリュ氏は見たと思った。ルドリュ氏は聞いたと思った。そうすれば、彼にとっては実際に見たり聞いたりしたのと同じになる。知覚を中枢組織に、すなわち大脳に送り込む器官というのは、状況次第で狂いを起こすものです。そうやって狂いが生じた場合、おかしくなった器官がでたらめな知覚を送り込む。それで人は、聞こえたと思い込んで聞こえたことにし、見たと思い込んで見たことにするんですよ。

寒さと雨と暗闇が、ルドリュ氏の諸器官を狂わせた、それだけのことです。狂人も同じく、自分が見聞きしたと思い込んでいるだけのものを、実際に見聞きしたかのように言う。幻覚というのは、一過性の狂気ですよ。そして覚めた後でも、幻覚の記憶は残る。それだけのことだ」

「では、幻覚から覚めなかった場合はどうなるのでしょう」ムール神父が尋ねた。

「そりゃあ、その時は疾患が不治の病に至ったということになりますな。それがもとで死ぬ羽目になるでしょうよ」

「そのような症状を扱われたこともあるのですか？」

「いやないが、しかし扱ったことがある医師なら何人か知ってますよ。そのうちの一人は、ウォルター・スコット[1]の旅行に付き添ってフランスに来ていたイギリスの医者なんだが」

「その方はいったいどのようなお話を……？」

「ここの主人が今したのと同じようなたぐいの話ですよ。まあもしかしたら、輪をかけて突飛な話かもしれませんな」

「そしてそのお話は、物理的な側面から説明づけられるということでしょうか」ムール神父は尋ねた。

「当然ね」

「そのイギリスの医師からお聞きになられたことは、わたくしたちに、ここでお話しいただけるのですか？」

「もちろん」

「ああ！　ぜひお話しください、医師殿！　ぜひ！」

「話すべきですかね？」

「ぜひとも！」全員が声を上げた。

「いいでしょう。ウォルター・スコットのフランス旅行に付き添った医者というのは、シンプソン博士という人でしてね。エディンバラの医学界ではずば抜けて秀でた一人だったんで、街の一番の要人らとも付き合いがあった。その要人の一人に、刑事裁判所の判事がいた。その人の名前は教えちゃもらえませんでしたね。シンプソン博士はこの件で唯一、その判事の名前だけは伏せておくべきだと思ったらしい。

その判事は、シンプソン博士が普段から医者として世話をしていて、健康を害すような目立った原因もなかったんだが、ある時から日を追うごとにやつれはてていった。どうも重い鬱状態に沈んでいるらしかった。判事の家族に何度も病因を尋ねられ、シンプソン博士のほうでも判事当人に事情を訊いてみたものの、はぐらかすような回答しか得られなかった。それで彼の懸念は増す一方だったんだが、何か裏があるということと、患者がその秘密を知られぬようにしているということだけは、はっきりしていた。

1　スコットランドの作家。

そんなある日、いよいよシンプソン博士がきつく詰め寄ったものだから、患者はとうとう自分の症状を白状することになった。彼はシンプソン博士の手をつかんで、痛々しい笑みを浮かべながら言った。

『ああそのとおりだ！　わしはある病を患っておる。そして先生、この病はどうあっても治らんだろう。蝕まれているのは、もっぱらわしの心なのだから』

『なんと！　それでは精神の不調だとおっしゃるのですか？』

『そうだ、わしは狂おうとしている』

『狂おうとしている！　いったい何があったのですか？　どうかお聞かせください。まだ目つきもしっかりしていますし、言葉も確かですし――（手を取って）――脈もいたって正常だというのに』

『先生、それこそがまさしく、わしの症状を容易ならざる事態にしたものにほかならんのだ。すなわち、わしの目が見え、わしに理性があるということが』

『それで、結局あなたの乱心はどこから来ているのでしょうか』

『扉を閉めてくれ。邪魔が入らぬように。それから全てを話そう』

博士は扉を閉めて戻り、患者の近くに座り直した。

『あんたは覚えておるだろうか』判事は言った。『わしが公判につき、判決を下した、この前の刑事訴訟を』

『ええ、スコットランド人の悪党の裁判でしょう。あなたが絞首刑を宣告し、そのまま処刑となった』

『まさしく。なんとも、わしが判決を読み上げた際、あの輩は目に炎をほとばしらせ、威嚇の拳をわしに向かって振り上げおった。まあ、その時は気にもかけなかった。有罪を言い渡された輩がその手の脅しを利かしてくるのはよくあることだ。だが処刑の翌日、刑吏がわしのところにやってきて、おずおずと訪問を詫びながら、どうしても伝えておかねばならんことがあると言う。何かといえば、あの賊が吊るされる間際に、わしへの呪いじみた言葉を吐いていったということだった。曰く、次の午後六時、自分が処刑された時間に、目にもの見せてやるから待っていろ、と。

わしの頭に浮かんだのは、賊の仲間がおどかしにやってくるだの、武器を持って復讐に来るだのといったたぐいのことだった。それで六時になる時、わしはひと組みの拳銃を机に用意し、書斎に閉じこもった。

置き時計の六時の鐘が鳴り出した。刑吏からの通告で一日気が気でなかったが、何も起こらぬままに、最後の鐘が打ち響いた。するとその時、何かがごろごろと喉を鳴らすような得体の知れぬ音が、わしの耳に入った。振り向くと、燃え盛る炎のような橙色の交じったでっぷりとした黒猫がそこにいた。いったいどこから入ってきたのか？　合点のいかぬことだった。扉も窓も、すべて閉め切っておいたはずだ。昼間のうちから身を潜めていたとしか思えんかった。

わしはまだお茶の時間を済ませていなかった。そこで、鈴を鳴らして使用人を呼んだんだが、わしが鍵をかけて閉じこもっていたものだから、中に入れなかった。わしは扉まで行って鍵を開けた。その時使用人に、橙色の交じった黒猫のことを伝えた。だが、そいつは探せどももはや見当たらず、どこぞに姿を隠してしまっていた。

それで、猫のことを気にかけるのは止めにした。日が沈み、夜が来て、また日が昇り、日中が過ぎ、再び六時の鐘が鳴った。まさしくその同じ時刻、わしは背後に同じ音を聞き、同じ猫がいるのを目にした。

そして今回、そいつはわしの膝に飛び乗ってきおった。

わしは猫を毛嫌いしているというわけではなかったが、そいつに懐かれるのはどうも気味の悪い感じがあった。それで膝の上から追っ払った。だが、床に着地するや否や、そいつはまたしてもわしに飛びついてくる。どんなに押しのけても無駄で、同じことの繰り返しだ。そこでわしは立ち上がり、部屋を歩きまわってみたんだが、猫は後ろからぴったりとついてくる。あまりのしつこさに業を煮やし、わしは前の日と同じく鈴を鳴らして使用人を呼び寄せた。ところが猫はベッドの下に逃げ込んでしまい、そのまま探せども見当たらない。ベッドの下に入ったきり、姿を隠してしまったというわけだ。

その日の夜は外に出ることにした。二、三の友人と会ってから家に戻り、親鍵を使って中に入った。

明かりがなかったものだから、物にぶつからぬようにそろそろと階段を上がった。最後の段まで上りきった時、かの使用人の声が耳に入ってきた。どうも、わしの妻が雇っている女中となにやら喋っているところらしい。

わしの名前が話に出ているのがわかったんで、耳をそばだててみた。すると聞こえてきたのは、その日と前の日に起きた珍事の話だった。ただし、やつはこう付け足した。

〈どうやら、旦那もとうとうおかしくなり始めたにちがいないや。橙色の交じった黒

猫なんて、もとから部屋にいなかったっていうのに。それでもいるって言うなら、おれの手の中にだっているだろうね〉

その言葉に、わしは怖気立《おぞけだ》った。見たものが真《まこと》であろうと、偽りであろうと――。もし見たものが真であるならば、ひとつの超常現象がわしの身にふりかかっているということになる。もし見たものが偽りであるならば――すなわちわしが、そこにありもしないものを見たと思い込んでいるならば――使用人の言うとおり、わしはおかしくなろうとしているということになる。

わかってくれるだろう、友よ――恐怖を抱えながらも、わしがどれほど逸《はや》る思いで次の午後六時を待ったことか。翌日、わしは部屋の整理という建前で、あらかじめ使用人を呼びつけておいた。六時の鐘が鳴った時、やつも一緒だった。最後の鐘の音が響き渡った瞬間、わしは例の音を聞き、おなじみの猫を見た。

猫はわしのとなりに座っておった。

しばし何も言わずにおいて、使用人がその獣に気づき、向こうから指摘してくるのを待った。だがやつは部屋を行ったり来たりするばかりで、何も目に入っていないという様子だった。

わしは頃合いを見て、使用人に指示を与え、やつの進路が猫のあたりを通らざるをえないように仕組んでみた。

〈ジョンや、呼び鈴は机の上に置いてくれるかい〉

やつはベッドの頭のところにいて、呼び鈴は暖炉の上にあった。ベッドの頭から暖炉に行こうとすれば、間違いなく獣がいる場所の上を通ることになる。やつは動き出した。ところが、その足に踏んづけられそうになった間際、猫はわしの膝に飛び乗ってきおった。

ジョンはそれを見ておらず、少なくとも見えているふうではなかった。白状するが、その時たるや、額に冷や汗が浮かび、あの言葉が――〈旦那もとうとうおかしくなり始めたにちがいないや！〉という言葉が、わしの頭の中を猛烈に駆け巡っておった。

〈ジョンや〉とわしは言った。〈わしの膝の上に、何か見えないだろうか？〉

ジョンはわしのほうを見た。意を決したかのような様子だった。

〈ええ、旦那〉とやつは言った。〈猫が一匹見えますが〉

わしはほっと息をついた。

わしは猫をつかみ、やつに言った。

〈ジョンや、それならこいつを外にやってくれるかい。任せたよ〉

やつの両手がわしの前に差し出されたので、わしはその腕の上に獣を置いた。そしてわしの指図を受け、やつは外に出ていった。

わしはいくばくかの安堵を得た。残った不安から、十分ばかりあちこち見まわしていたが、何らかの獣に類するような生き物は見てとれなかった。それでわしは、ジョンが猫をどうしたか確かめようと決心した。

やつに尋ねにいこうと部屋を出て、客間の扉の敷居に足を踏み入れたその時、妻の化粧室からけたたましい笑い声が聞こえてきおった。つま先歩きでそろそろと近づくと、聞こえてきたのはジョンの声だった。

〈なあ、いいかい〉やつは女中に話していた。〈旦那はおかしくなり始めてるんじゃない。もうすっかりおかしくなっちまってるんだ。いかれたことに、橙色の交じった黒猫が見えるって話だったろう。今日にいたっては、その猫がわしの膝に乗ってるのが見えるかって訊いてきなすった〉

〈それで、なんて返事したのさ？〉女中が訊いた。

〈そりゃあもちろん、見えますともって答えたさ！〉ジョンは言った。〈気の毒な旦那を思えば、逆らうなんて気にはなれなかったな。そしたらあの人、何をしだしたと思う？〉

〈さあ、なんて答えてほしいのかしら〉

〈それがさ、膝の上の猫なるものを手に抱えだして、おれの両手に渡したあげく、《外にやれ！　外にやれ！》って訴えるんだよ。それでおれは臆すことなく猫を運び出し、旦那も満足ってわけさ〉

〈でもあんたが猫を運び出したんなら、猫は実際にいたってことじゃないの？〉

〈まさか！　猫がいるのは旦那の妄想の中だけさ。だからといって、あの人に真実を伝えたところでいったい何になる？　おれがお払い箱にされるだけだろう。そんなことは願い下げだね。おれはここが気に入ってるし、ずっといるつもりだ。年に二十五ポンドももらえるんだぞ、猫が一匹見えるふりをしていれば！　猫ぐらい、いくらでも見てやるね。三十もらえるんなら、二匹見てやるさ〉

わしはそれ以上話を聞く気力を持てなかった。溜息をついて、わしは部屋に戻った。わしの部屋には何もいなかった……。

翌日の六時、いつものように、おなじみの相棒はわしのとなりに舞い戻ってきおった。そして、翌朝になるまで姿を消すことはなかった。
わしの言わんとすることがわかるだろうか、友よ』患者は続けた。『一カ月もの間、まったく同じ怪奇現象が毎晩毎晩繰り返され続けたのだ。そして、その存在がもはや当たり前のものに感じられてきた矢先、あの処刑の日から数えて三十日目に、六時の鐘が鳴ったにもかかわらず、とうとう猫は現れなかった。

ようやく解放されたのだと思い、わしは喜びで寝つけなかった。明くる朝にいたっては、時間が早く過ぎ去るようにと念じてさえいた。わしはさっさとあの運命の時刻にたどり着きたかったのだ。五時から六時の間、わしの両目は置き時計に釘付けになっておった。針がひと刻み、またひと刻みと進むのを、目で追い続けた。いよいよ、分針が数字のⅫに達した。時計の鳴動が響き渡った。小槌《こづち》が最初の一撃を打ち鳴らし、次いで二つ目、三つ目、四つ目、五つ目、そして六つ目！……

六つ目の鐘と同時に、部屋の扉が開いた』哀れな判事は言った。『わしは執達吏《しったつり》のような風采の輩が入ってくるのを見た。ちょうどスコットランド総督にでも仕えていそうな着飾り方だった。

最初にわしの頭に浮かんだのは、総督からの書状か何かを届けにきたのだろうということだった。それでわしは、その見知らぬ者に向かって手を差し出した。だが、その者はわしの身振りになんら目を向ける様子もなく、こちらにやって来て、わしの座る肘掛け椅子の後ろに立った。

振り返らずとも、その者の姿は確認できた。わしの正面に鏡があり、その鏡の中にそやつが映し出されていた。

わしは立ち上がり、何歩か歩きまわってみた。そやつはぴったりと後ろをついてくる。わしは机に戻って、鈴を鳴らした。

使用人がやって来た。とはいえ、猫と違って執達吏なら見えますということにはならなかった。

わしは使用人をさがらせ、再びその奇怪な者と二人になった。わしは時間をかけて、じっくりと観察してみた。

その男は宮廷風の服装で、髪を巾着で後ろに結わえ、腰に剣を差し、鉤針刺繍《タンブール》が施された上着をまとい、帽子を脇に抱えていた。

十時になって、わしは寝床につくことにした。時を同じく、自分もできるだけくつろいで夜を過ごそうというつもりか、そやつは寝床の真向かいにある肘掛け椅子に腰かけた。

わしは頭を壁のほうに向けることにした。それでも寝つけなかったもので、二度、三度と振り向き、そして二度、三度と、終夜灯の明かりのもとに、その男が肘掛け椅子に居座り続けているのを見た。

やつもまた、眠りにつくことはなかった。

とうとうそのまま、鎧戸の隙間から朝の始まりの陽光が部屋に差し込んでくるのを迎えることになった。わしはもう一度だけ男のほうへ向き直った。やつは姿を消し、肘掛け椅子は空となっておった。

晩までは、幻から逃れることができた。

その日の晩は、教会国王代理のところで謁見式《えっけん》があった。式典用の衣装を整えるという名目で、わしは使用人を六時五分前に呼びつけ、それから部屋の扉の錠をさしておくように命じた。

やつはそれに従った。

六時の鐘が打ち終わる時、わしは扉を注視した。扉は開き、例の執達吏が入ってきた。

わしはすぐさま扉を見に行った。扉は確かに閉まっており、錠が留め金から外された形跡さえない。振り返ると、執達吏はわしの肘掛け椅子の後ろに陣取っていた。ジョンは部屋を行ったり来たりし、その輩のことなぞ微塵《みじん》も気にかけていない様子だった。

獣は無理でも人なら見えますということには、当然ならなかった。

わしは着替えることにした。

そこで、異様なる事態が発生した。わしに対する心配りに満ち満ちた所作で、かの新たなる客人はジョンのやることなすことをもれなく手伝いだしたのだ。ジョンは自分が補助を受けていることなぞまったく気づいておらん。そうした調子で、ジョンが燕尾服の襟をつかめば幽霊が裾を持ち上げ、ジョンが半ズボン《キユロツト》の腰回りを持ってわしに手渡そうとすれば、幽霊が脚部を支え上げているといった具合だった。

わしの抱えてきた使用人の中にも、これほどまでに献身的な働き手はいなかった。

そうこうして出かける時刻がやってきた。

なんとその時、後ろからつきまとわれるかと思いきや、執達吏はむしろわしの先導にまわりだし、部屋の扉をすり抜け、階段を下りていき、ジョンが馬車の扉を開ける時には帽子を脇に抱えて見守り、ジョンが扉を閉めて後部台に座った後には御者のとなりに乗り込んだ。御者は御者で、座席の右に寄り、そやつが入れる隙間を用意しておった。

教会国王代理宅の入り口で、馬車が止まった。ジョンが車の扉を開こうという時、幽霊はすでにその後ろで持ち場についていた。わしが地面に足を置くや否や、幽霊は前方へ駆け出し、入り口の門を塞いでいた使用人の群れをすり抜けると、さあお越しをと言わんばかりにわしのほうを見やった。

わしはその時、これまでジョンを相手に試してきたことを、御者でも実験してみようという気に駆られた。

〈パトリック〉とわしは訊いてみた。〈それで、お前のとなりにいた男はいったい何者だったのかな？〉

〈はて、どの男でございましょう、閣下〉御者は尋ね返した。

〈お前の座席にいた男だが〉

パトリックは仰天し、目を見開いて、きょろきょろと近くを見まわした。

〈もういい〉とわしは言った。〈わしが馬鹿だった〉

そして自分も入り口へと向かった。

執達吏は中の階段に立ち、わしを待ち構えていた。わしが上り始めたのを見てとるや、やつも前を上っていき、ご到着をお告げ申すといった調子で先陣をきって会場入りしていった。そしてわしが続いて入ると、やつは控えの間に適当な場所を占め、身を落ち着けた。

ジョンやパトリックと同じく、いかなる者の目にも幽霊は見えておらんようだった。いよいよ不安は恐怖に変わり、そしてわしは理解した。動かぬ事実として、自分は狂おうとしているのだと。

わしの身に異変が起きていると周りが気づきだしたのは、その晩からだった。いったい何に苛《さいな》まれているのかと、誰も彼もが訊いてくるようになった。あんたも含めてな。

控えの間で、我が幽霊は待っていた。

来た時と同様に、帰る際も、やつはわしの前を駆け、馬車の座席に乗り込み、わしとともに家に入り、わしについて部屋に入り、前の晩と同じ肘掛け椅子に座った。

わしはふと、この幻影に何かしらの実体はあるのか、とりわけ触知しうる実体はあるのか否かを確かめたくなった。わしは自らを奮い立たせ、後ろ向きににじり寄りながら、その肘掛け椅子に腰を下ろしてみた。

何も感じなかった。だが鏡を見ると、わしの背後に立っているそやつの姿が映し出されていた。

前日に続き、わしは横になりはしたものの、夜中の一時を過ぎてやっとのことだった。わしが寝床に入ると、やつの姿はすでに肘掛け椅子へと移動していた。

翌日、朝日が訪れると、やつは姿を消した。

幻はひと月続いた。

一カ月を経て、幻は自らの習慣を破り、一日姿を現さなかった。

もはや前回のように全面的な消滅を信じることなどできんかった。何かしらの恐ろしい新手が現れるものとしか考えられなかった。わしは孤独を享楽することもできずに、怯《おび》えながら明日を待った。

翌日、六時の鐘が打ち終わる時、寝床のほうから、帳《とばり》の布が何かに触れてこすれるような音が聞こえた。目をやると、帳の隙間を通して部屋の奥に見えたのは、一体の骸骨であった。

わかってくれるだろうか友よ、ここにきて現れたのは——もしこのような言い方が許されるならば——死を生き写しにした姿だったのだ。

骸骨がそこにおり、不動のまま、がらんどうの目でわしを見つめておった。

わしは立ち上がって、部屋の中をぐるぐると歩きまわってみた。骸骨の頭がその軌道をぴったりとついてきた。その目は片時も見逃してはくれなかった。胴体は不動のまま残っておった。

その夜は、寝床に入る勇気なぞ持てなかった。わしは肘掛け椅子の上で眠った、というよりは、ただただ目を閉じて過ごした。その椅子は、今まであの幽霊が座っていたものだった。わしは彼のことを思い出し、名残惜しさを覚えた。

朝が訪れ、骸骨は消えた。

わしはジョンに命じて、寝台の位置を移し、帳をしかと閉めさせた。

六時の鐘が打ち終わる時、やはり何かがこすれる音が聞こえた。帳が動くのが見えた。二本の手の骨が、その指先で寝床の帳を開こうとしていた。そして帳が開かれると、その開口部の奥で、骸骨は前の晩と同じ場所を占めた。

この日、わしは勇気を奮い、寝床に入ることにした。

頭部は、前夜と同じくひたすらに追いかけまわしてきた後、横になったわしを上から傾《かし》いで見下ろしていた。その目は、前夜と同じく片時も視線をそらすことなく、じっと動かずこちらを見すえていた。

わかるだろう、わしがどんな夜を過ごすことになったか！　かくして、先生――それから変わらぬ夜が続き、今日で二十日というわけだ。さあ、これで事の次第はすべて話した。そのうえで、まだわしを治す手立てがあるというのか？』

『少なくとも、試してみるとしましょう』と博士は言った。

『いったいどうするつもりか？　教えてくれ』

『私の確信するところ、あなたのご覧になっている幽霊はあなたの想像の産物でしかありません』

『実在しているか否かが、わしにとって今さら問題となるものか？　何にせよ見えることに変わりはないというのに』

『試してみませんか？　私にも見えるかどうか』

『それは願ってもないことだ』

『いつがいいでしょう？』

『できるだけ早いほうがいい。明日でどうだろう』

『承知しました、では明日に。……どうかそれまで、心を強くお持ちください』

患者は弱々しく微笑んだ。

明くる日になって、博士は朝の七時に患者の部屋に赴いた。

『いかがですか』博士は尋ねた。『例の骸骨は？』

『今しがた消え去ったところだ』患者は弱りきった声で答えた。

『それでは、これから手はずを整えるとしましょう。大丈夫です、うまくいけば今晩やつは戻ってきませんよ』

『任せた』

『まず、やつがやって来るのは六時の鐘が鳴り終わる時だとおっしゃいましたね？』

『いかにも』

『手始めに、時計を止めましょう』そう言って、博士は振り子を固定した。

『どうしようというのか？』

『あなたから時間の認識を除去しようと思います』

『ふむ』

『今から鎧戸を下ろし、窓のカーテンも閉めましょう』

『どうしてだ？』

『やはり同じ目的によるものです。日の動きを察知することもやめてもらいます』

『従おう』

鎧戸が閉じ切られ、カーテンが引かれた。そして蠟燭《ろうそく》に火がつけられた。

『ジョン、昼食と夕食を用意しておくように』博士は言った。『給仕が定刻であってはいけない。呼ばれた時にのみ、食事を出してください』

『わかったかい、ジョン』患者は言った。

『承知しました、旦那』

『それから、カードとサイコロとドミノを持ってきてください。後は、私たちをそっとしておくように』

ジョンは言われた物を運び込んで、部屋からさがった。

それから、博士は会話だのゲームだので、可能な限り患者の気を紛らせようと手を尽くした。腹が空くと、患者は呼び鈴を鳴らした。

何の用事で呼ばれたかはわかっていたから、ジョンは昼飯を持っていった。昼飯が済んだらまたゲームが始まって、博士が再び呼び鈴を鳴らした時に中断となった。

ジョンは夕飯を持っていった。

二人は飯を食い、酒を飲み、コーヒーをすすって、またゲームの席に戻った。そんなふうに向かい合ったきりで過ごすと、一日というのは長く感じられるもんだ。博士は頭の中でちゃんと時間を計っているつもりだったんでしょうな、それで、運命の時刻はもう過ぎたものと思い込んだわけだ。

『よし！』彼は立ち上がって言った。『これで勝ちです！』

『どうした！　これで勝ちだと？』

『ええ、まさしく。もう少なくとも八時か九時にはなっているはずです。そして、骸骨は現れなかった』

『あんたの時計で確かめてみてくれ、先生。この家には他に動いてる時計がないからな。本当に時刻を過ぎていたら——その時は！　共に勝ちどきをあげようじゃないか』

博士は自分の時計を見たものの、何も言わなかった。

『間違っていた。そうだろう、先生』患者は言った。『六時ちょうどなんだろう』

『ええ――まさか！』

『そのまさかだ。骸骨がお出ましになった』

患者は後ろに跳びのいて、深々と息を吐き出した。

博士はあちらこちらと見まわした。

『それで、見えるのはどこですか？』彼は尋ねた。

『いつもと同じ場所だ。寝床の奥、帳の開いたところに』

博士は立ち上がり、寝台を引きずってどかし、壁際に行って、骸骨がいるとされる帳の開いた場所に立ってみた。

『今もまだ見えますか？』博士は言った。

『体の下のほうは見えなくなった。あんたの体でちょうど隠れてるだけだが。頭蓋骨はまだ見えておる』

『いったいどこに？』

『あんたの右肩の上だ。首がふたつになったように見えるぞ。ひとつは生きていて、もうひとつは死んだ首だが』

あくまで信じてなどいなかったにしても、博士は思わず震えだした。

振り向いたが、何も見えなかった。

『よく聞いてください』博士は患者のところに戻って、憐れむように告げた。『もし遺言書を作っておくなら、どうか今のうちに』

そう言って彼は出ていった。

九日後、ジョンが主人の部屋に入ると、判事は寝床の上で死んでいた。

それがちょうど、賊の処刑から数えて三カ月目になる日だったというわけですな」

第9章　サン＝ドニの王墓

「それで先生、今の話で何が立証されるというのですか？」ルドリュ氏が尋ねた。

「つまり、受け取った知覚を大脳に送り込む器官というのは、何かのきっかけで不調をきたしうるということですよ。精神に歪んだ反映を浮かび上がらせるほどにね。そのような場合には、何もないのに物体が見えたり、音が聞こえたりする。それだけの話です」

「とはいえ」誠実な学者に似つかわしい慎重な物腰で、ルノワール士爵が切り出した。「とはいえ、ある種のものは何らかの痕跡を残していき、ある種の予言は何らかの実現へと至る。ロベール医師、あなたならどのように説明されるだろう――もし亡霊の手によって加えられた打撃が、それを受けた者に黒ずんだ痣《あざ》を生み出したなら。もしとある幻影が、十年、二十年、三十年も先立って、未来を啓示していたなら。実体を持たぬものが現実に爪痕《つめあと》を残す、あるいは先の現実を予告するということがありうるのだろうか」

「へえ！」医師は言った。「あなたはひょっとして、スウェーデン王の幻の話[1]でもなさるつもりですかね？」

「いえ。私は自分自身で目にしたことを話したい」

「あなた自身で？」

「私自身で」

「どこであった話ですか？」

「サン＝ドニにて」

「いつ？」

「一七九四年、王墓《おうぼ》の冒瀆《ぼうとく》があった際に」

「なるほど、その話はぜひお聞きになるべきです。先生」ルドリュ氏が言う。

1　メリメの小説『カール十一世の幻視』の中で、スウェーデン王カール十一世が、未来の同国の王グスタフ三世の暗殺事件を予告する幻を見たとされている。

「なんだ、いったい何を見たっていうんだ？　聞かせてもらおうじゃありませんか」

「では。事の始まりは一七九三年、フランス記念物博物館の館長に任命されていた私は、その任のひとつとして、サン゠ドニ王立修道院の——見識豊かな愛国者たちが新たに与えた名に従うなら、『フランシヤッド修道院』[2]の——死体の発掘に立ちあった。四十年経った今なら、お話ししてもいいだろう——この冒瀆にまつわる奇妙な出来事について。

平民の間にまんまと焚《た》きつけられた国王ルイ十六世への憎悪は、あの一月二十一日の断頭台によっても飽き足りず、その矛先は家系をさかのぼり過去の王たちにも向けられようとしていた。人々は君主制の起源に至るまで、君主らの墓の中にまで追及の手を伸ばし、六十の王の遺灰を風塵《ふうじん》にして撒《ま》き散らすことを望んだ。

その裏で、人々には好奇心もあった。つまり、王墓のいくつかに眠るとされる至宝が、噂にたがわず手つかずのまま埋蔵されているかどうか、覗いてみようという魂胆だった。

かくして民衆はサン゠ドニに殺到した。

八月六日から八日までの間に、五十一の墓が荒らされ、十二世紀分の歴史が破壊された。

そこで、政府が混沌の制御に向けて動きだした。ひいては、政府主導で王墓を掘り返し、君主制をその最後の代表者ルイ十六世の命もろとも絶ち切った手で、王たちの遺品の相続を受けるということだった。

そのようにして、君主らはその名前に至るまで、その記憶に至るまで、その骨片に至るまで、殲滅《せんめつ》されようとしていた。十四世紀にわたる君主制が、歴史から抹消されようとしていた。

哀れなる愚者たち――。たとえ人の未来は変えられたとしても……過去は決して動かせないというのに。

墓場の中に、巨大な共同墓穴がひとつ用意された。貧者用のそれを模して作られたものだった。石灰を敷きつめたその穴に、ダゴベールからルイ十五世に至るまで、フランスを一等国に押し上げた者たちの遺骨を塵芥《ちりあくた》のごとく投げ捨てていく段取りとなった。

2　フランス革命期、新政府はサン゠ドニをこのように改名し、以後で語られる王墓の冒瀆に乗り出した。

なっていた。

それは民衆に満足を与えるためであり、また何よりも、議員や弁護士や記者といった妬み深き連中に愉悦を与えるためだった。革命に酔いしれたあの禿鷹《はげたか》たちは、同族たる夜鳥のたぐいが光に弱いのと同じく、輝かしいものには何であれ目が眩《くら》むようにできていた。

何かを築き上げることのできない者たちは、何かを打ち壊すことで自尊心を満たすものだから。

私は発掘の監督者に指名された。それは私にとっては、幾多の尊いものを守り抜くための縁《よすが》だった。私は受諾した。

十月十二日土曜日、王妃の裁判が起きている間に、私は地下祭室に隣接していたブルボン家の墓廟《ぼびょう》を開錠した。私の仕事は、アンリ四世の棺《ひつぎ》を表に出すことから始まった。彼は一六一〇年五月十四日に、五十七歳で、暗殺によって命を落としていた。

ポン＝ヌフに置かれていたジャン・ド・ボローニュとその弟子の傑作たる銅像のほうは、既に鋳潰《いつぶ》され、ひと山の硬貨に変えられていた。

アンリ四世の亡骸は、見事な保存状態だった。顔の特徴は申し分なく見てとれ、国民の愛とルーベンスの筆が不滅の記憶として残すままの輪郭がそこにあった。まずその亡骸が墓から出され、同じく時を耐えた屍衣《しい》に身を包む姿が日の下に現れた時、皆感極まり、ほとんど本能から、フランスによく親しまれたあの『アンリ四世万歳！』の号令で、聖堂の円天井を打ち震わせんばかりとなった。

　こうした敬意の――さらに言えば愛慕の――発露を目にした私は、亡骸を立ち上がらせ、内陣の柱のひとつにもたせかけた。そこで皆がとくとその姿を目に焼きつけ、それぞれに思いを馳せることができるようにと。

　王は生前と同じく黒いビロードの胴衣をまとっており、白い襞襟《ひだえり》と袖飾りがその上で鮮やかに浮かび上がっていた。そして胴衣と同じビロードの下衣に、同じ色の絹の長靴下、ビロードの靴。

　灰色がかった彼の美しい髪は今なお頭部を光輪で包み、彼の美しい白鬚は変わらず胸まで垂れ下がっていた。

　それから、聖遺物匣《こう》を目指す者たちさながらの、長大なる行列が始まった。女たちがやって来て、ある者は良王の両手に触れ、ある者は外套《がいとう》の裾に口づけをし、ある者は自分の子らをひざまずかせながら、うめくように声を漏らした。

『ああ！　もしこのお方が生きていたなら、貧民たちもこれほど不幸ではなかったはず！』

そしてこれほど獰猛《どうもう》でもなかったはず――と言い添えることもできたろう。人民を獰猛にしているものは、不幸にほかならないのだから。

行列は一日中途絶えることなく、十月十二日土曜日、十三日日曜日、十四日月曜日と続いた。

月曜日、発掘作業は人足《にんそく》らの食事の後、午後三時ごろに再開された。

アンリ四世の次に日の目を見た遺骸は、息子であるルイ十三世のそれだった。保存状態はよく、目鼻立ちは崩れてしまっていたものの、髭の特徴でまだ判別することができた。

次にルイ十四世の屍《しかばね》が続いた。顔立ちに浮かぶブルボン家系に顕著な特徴によって、それと認めることはできた。ただ、その遺体は墨のように黒くなっていた。

それからも亡骸は相次いで表に出されていった。アンリ四世の二番目の妻であるマリー・ド・メディシス。ルイ十三世の妻だったアンヌ・ドートリッシュ。スペイン王の娘であり、ルイ十四世の妻となったマリー＝テレーズ。そして大王太子《グラン・ドーファン》[3]。

これらの亡骸はすべて腐敗していた。ただ、腐敗により液状化していたのは大王太子のそれだけだった。

十月十五日火曜日、発掘は続いた。

アンリ四世の遺骸は、依然として柱を背に立ったまま、自らの先代と子孫の神聖が一挙に汚されるこの大規模な冒瀆の様を、無表情に見つめ続けていた。

十六日水曜日、ちょうど革命広場でマリー＝アントワネットの首が切られた時分、つまりは午前十一時ごろ、こちらではブルボン家の墓廟からルイ十五世の棺が引きずり出されていた。

フランス古来の礼式に則って、その亡骸は墓廟の入り口に置かれており、そこで自らの後継者を迎えるべく待機していた。決してそこでは再会できないであろう後継者を。棺が担がれ、外の墓地に運び出されて、墓穴のふちで初めてその蓋は開けられた。最初、鉛の棺から出された時、布と包帯で覆われた屍は隅々まで良好な保存状態であるように思えた。ところがその覆いを剝がしてみると、遺体はもはやおぞましい腐

3　ルイ十四世の息子ルイ・ド・フランスのこと。父に先立ち、即位することなく死去。

敗物と成り果てており、吐き気をもよおす臭気を漂わせ始めた。皆が遁走し、空気が浄化されるまで煙硝《えんしょう》を何リーヴルと燃やさねばならぬほどだった。

シャトールー夫人、ポンパドゥール夫人、デュ・バリー夫人に愛されたこの鹿の園の英雄は、身を覆っていたあらゆる物とともに、すぐさま墓穴の中へと投げ込まれた。生石灰の褥《しとね》に落ちた後、それらの不浄な聖遺物の上にまた生石灰が積まれた。4
私は最後までその場に残り、燃料が燃やされ石灰が放り込まれるのを見届けていた。その時、聖堂から騒ぎの声が聞こえた。慌てて駆けつけると、人足の一人が同僚たちに取り押さえられながらもがいており、女たちがその男に向かって威嚇の拳を振り上げていた。

この不幸な男は、自らの悲しい仕事を放棄し、なおいっそう悲しい現場に立ちあってきたところだった。それはつまり、マリー＝アントワネットの処刑だった。そこで周りの叫び声を聞き、自らも叫びを発し、飛び散る血を目にした後で、彼は酔いしれたような状態でサン＝ドニに戻ってきた。そして、いつもどおり柱にもたれながら見物人に――ないしは信奉者に――囲まれていたアンリ四世に近寄り、言い放った。
『なあ、いったいお前はどんな権利でここに突っ立っていやがるんだ？　革命広場で国王どもの首がはねられてるって時に！』

それと同時に、男は左手で王の鬚をつかんで引きちぎり、右手でその亡骸の顔に平手打ちを浴びせた。

骨の詰まった袋が落とされたような乾いた音をたてながら、亡骸は床に倒れた。かくして、天地が動転したような騒ぎにつながったということだった。そうした侮辱を被《こうむ》るのは他の王であったとしてもおかしくなかった。ただ、民衆の良王たるアンリ四世に対する侮辱は、ほとんど民衆に対する侮辱を意味していた。

したがって、その不敬なる人足は今や命も取られかねない危機に瀕していたのであり、そこで私は彼の救済に乗り出した。

私に救いを見出せそうな気配を感じるや、男は即座に庇護を得るべくすがりついてきた。しかし、私は彼を守ろうとする一方で、この男が自身の犯した下劣な行為の重みを背負うことを望んでいた。

『みんな』私は他の人足たちに言った。『このろくでなしを放してやろう。この男が

4　ポンパドゥール夫人がルイ十五世のために建てたとされる娼館。

汚したのは天の国でも重んじられている御方だから、きっと神がしかるべき罰を下されるはずだ』

そして、むしり取られた遺体の鬚を、それが握られた左手から取り返し、これ以上人足の一員として留めてはおけないと告げた上で、私は男を聖堂から追放した。仲間たちの呪詛と罵声が、路上まで彼の背中に浴びせられ続けた。

アンリ四世への再度の冒瀆を恐れ、私はその屍を共同墓穴へと運ぶように命じた。それでも、人々の敬愛の念は最後まで彼とともにあった。これまで通りに王の廃棄場へと投げ落とすのではなく、亡骸は慎重に下まで下ろされ、底のひと隅にそっと横たえられた。次いでその上に、石灰ではなく土の層が恭《うやうや》しく覆い被せられた。

一日の仕事が終わって、人足たちが引けていき、守衛だけが後に残った。彼は人のよい男で、何者かが夜間に聖堂へ入り込み新たな損壊や盗みをなすことへの用心から、私が警備役として置いていた。この守衛は日中のうちに睡眠をとり、夜の七時から朝の七時まで見張りについていた。

彼は夜間を立ったままで過ごし、体を温めたい時には歩きまわるか、扉から最も近い柱のひとつに灯された火のそばに座った。

大聖堂の中のあらゆるものが死を想起させ、しかもその荒れ果てた光景は、死の観念をいっそう重々しいものに仕立てていた。墓廟は開け放たれ、墓石が壁に立てかけられていた。砕かれた彫像が、堂内の敷石の上に散乱していた。そこかしこに、死体を引きずり出された後の棺が口を開けていた。棺たちにしてみれば、本来なら最後の審判の日までは中身を問われずに済むはずだった。そのようにして、あらゆるものが人間の精神に訴えかけていた。気高き精神であれば黙思へと導かれ、かよわき精神であれば恐怖へと引き込まれる、その違いだけだった。

幸いなことに、その守衛は精神的な存在というよりはむしろ、単なる組成された物質に近いたぐいの人間だった。彼の目にはこれらの残骸が、切り倒された森や収穫後の畑と同じように映っていた。彼の関心は、夜の時間が過ぎ去ること、つまりは荒涼たる大聖堂の中で唯一活動を続ける大時計の単調な音にしか向けられていなかった。

時計の鐘が十二時を告げ、仄暗《ほのぐら》い聖堂の奥底から最後の打音が鳴り響いた時、彼は大きな叫び声を聞いた。それは墓地のほうから聞こえてくるもので、何者かが助けを求め、長いうめき声を上げ、痛ましく泣き叫んでいた。

最初の驚きから我に返った彼は、つるはしで武装し、聖堂と墓場とをつなぐ扉へと向かった。だが、扉を開き、叫びが聞こえてくるのは異論の余地なく諸王の墓穴からであることを悟ると、そのまま雄々しく踏み出そうという意欲は持てず、再び扉を閉め、宿舎で眠る私を起こしに走った。

私は最初、王の墓穴の中でそのような叫びが起きているという話自体を信じようとしなかった。しかし、私が泊まっていたのは聖堂の真正面だったから、守衛が窓を開けてみると、冬の微風がそよぐ音以外には何も乱すもののなかった静寂の中に、確かに風の嘆きとは趣の異なる長いうめきが聞こえてくる気がした。

私は起き上がり、守衛とともに聖堂へ向かった。到着し、入り口を閉めると、問題のうめき声がより鮮明に耳に届いた。そのうめきの出どころを特定するのは、もはや造作のないことだった。というのも、守衛が墓地につながる扉をしっかり閉めておらず、再び外に向かって開け放たれていたからだ。そのような次第で、うめきが聞こえてくるのはまぎれもなく墓場からだと認められた。

二本のたいまつに火を灯し、私たちはその扉のほうへと向かった。だが、外に出ようとするたびに、吹き込んでくる風の流れで炎が消され、それを三度も繰り返す羽目になった。私はその敷居を通過の困難な海峡のようなものとして理解し、ひとたびそれを越えて墓地に出てしまいさえすれば、もう同様の苦難に見舞われることはないはずと見越した。私はたいまつの他に、角灯にも火をつけさせた。たいまつは消えてしまったが、角灯の火は残った。私たちは海峡を乗り越え、いったん墓地に出てから、再びたいまつに火を灯した。今度は風もその炎を尊重した。

ただ、私たちが近づくにつれ、叫び声は次第に弱々しくなっていった。墓穴のふちにたどり着いた時には、もうほとんど消え入ろうとしていた。

巨大な開口部の上でたいまつを揺り動かしてみると、えぐられた地底に積もる石灰の上で、骨片の中に埋もれながら、形のはっきりしない何かがのたうちまわっているのが見えた。

その何かは、よく見ると人間の形をしていた。

『そこで何をしている？　何があったんだ？』私は影しか見えない相手に尋ねてみた。

『助けてくれ！』その影は力なく答えた。『俺はアンリ四世を叩いちまったあのろくでなしの人足だよ』

『しかし、なんだってそんな所に？』私は再び尋ねた。

『まずこっから引き上げてくれないか、ルノワールさん。今にも死んじまいそうなんだ。後で全部話す』

死者の警護を任務とする守衛も、相手が命ある存在ということを知って、それまで心を占めていた恐怖から解放されたようだった。気づくと、彼は墓地の芝生に横たわっていた梯子《はしご》をすでに手にし、それを縦にして支えたまま私の指示を待っていた。

私は梯子を墓穴に下ろすように指示し、人足に上がってくるよう促した。男は身を引きずり梯子の足元までたどり着いた。が、立ち上がり段を登ろうという時になって、彼は自分の片足と片腕がそれぞれ折れてしまっていることに気づいた。

私たちは男に輪縄を投げ下ろし、彼はそれを脇の下に通した。縄のもう片方の端を私が手で持ち、守衛が梯子を途中まで下りていって、この二重の支えでようやく生者を死者の道連れから救い上げることができた。

穴から逃れるとまもなく、男は気を失った。私たちは彼を火のそばまで運び、敷き藁《わら》の上に寝かせた。それから守衛に外科医を呼びに行かせた。

守衛が医者を連れて戻った後、怪我人は意識を取り戻したが、彼が目を開いたのは治療が進んでからようやくのことだった。

手当てが済み、私は医師に礼を言った。そして、いかなる奇妙な経緯で王の墓場に入り込んだのかを冒瀆者から聞き出そうと思い、私は守衛のことも送り返すことにした。かくたる動揺の夜を経て、守衛には寝床に就くこと以上の願いはなかった。そうして私はただ一人、人足のそばに残った。彼が横たわる藁床の近くにあった石の上に、私は腰を下ろした。正面の暖炉で揺れる炎が、聖堂の中で私たち二人のいる場所だけを明るく照らし、残りのすべてを深い闇の中に残していた。私たちのたたずむ場所が強い光に包まれていたことで、その暗闇はいっそう重厚なものとして感じられた。

私は怪我人に問いただした。彼がその時私に語ったのは、次のような話だった。

解雇を告げられた直後、彼はその事実を特に重くとらえてなどいなかった。自分には当座の金があり、そして当座の金があれば何も欠くところはないと思っていた。

結果、彼はあの後、羽を伸ばしに酒場へと向かった。

酒場にて、彼はひと瓶頼んで飲み始めたが、三杯目のところで、店の主人が席にやって来た。

『そろそろ終いにしてもらっても？』店主は言った。

『なんだよ、どうしたってんだ？』人足は返した。

『いいか、もう話は聞いてる。アンリ四世に平手打ちを喰らわせたのはあんただとな』

『へえ！　そいつは確かに俺のことだね』人足は横柄に言い放った。『それで？』

『それで？　あんたのような罰当たりの性悪に出す酒はないってことだ。うちにまで祟《たた》りを移されたくないからな』

『うちとは言っても、おたくのうちは皆のうちだろ。金さえ払えば自分の居場所さ』

『そうだな。だがあんたが金を払うことはない』

『そりゃまたどうして？』

『あんたから金を受け取るなんぞ、こっちから願い下げだからだ。よってあんたが金を払うことはなく、ここはあんたの場所じゃない。ここはおれの場所だ。そしてあんたがいるのはおれの場所なんだから、おれにはあんたを叩き出す権利がある』

『やってみなよ、もし腕に覚えがあるならね』

『力不足とあれば、若い衆を呼ばせてもらうさ』

『へえ！　ひとつ呼んでみろよ、試してみようじゃないの』

亭主は掛け声を上げた。あらかじめ指示を受けていた三人の店員がその声に応じ、それぞれ棒を片手に入ってきた。抵抗の意志がいかに強固なものであれ、人足は無言で引き下がるほかなかった。

そうして彼は追い出され、しばらく街中をさまよい、夕食どきになると、いつも人足たちで食事をとっていた安食堂に入った。

彼がスープにありついたその時、一日の仕事を終えた他の人足たちが入ってきた。男の存在に気づくと、彼らは敷居で立ち止まった。そして店の主人を呼び出し、その輩に食事を出し続けるのであれば、自分らは誰ひとり二度とこの店の敷居をまたがないとの旨を突きつけた。

店の主人は、男が何をしでかして、かくのごとき満場の糾弾を受けるに至ったのかを尋ねた。

そこで彼らは、アンリ四世を平手で打ったのはこの男だと明かした。

『そういうことか、今すぐここから出ていけ！』店主は男に詰め寄って叫んだ。『おまえの食ったものが毒になっちまえばいい！』

その食堂内での抵抗が報われる可能性は、先ほどの酒場内でよりもいっそう少なかった。呪われた人足が立ち上がり、同僚たちに脅し文句をぶつけると、彼らはさっと身を引いた。それは男が発した脅迫に怖気づいたからではなく、彼の犯した冒瀆への忌諱《きい》ゆえだった。

彼は外に出て、心に憤怒を抱え、人を呪い神を罵《ののし》る言葉を吐きながら、サン＝ドニの通りをさまよって夜の時間をやり過ごした。そして十時ごろ、宿への帰路についた。

宿舎は普段と様子が異なり、扉がすべて閉め切られていた。

彼は戸を叩いた。宿の主人が窓辺に顔を出した。あたりは暗闇に覆われていたため、主人には何者が戸を叩いているのか判別できなかった。

『誰だ？』主人は訊いた。

人足は名を名乗った。

『ああ！』主人は言った。『おまえだな、アンリ四世をひっぱたいたってのは。ちょっと待ってろ』

『なんだよ、何を待てっていうんだ？』人足は苛立《いらだ》った。

その時、彼の足もとに小さな包みがひとつ投げ落とされた。

『なんだこりゃ？』人足は尋ねた。

『おまえが部屋に置いてたものは全部そこに入ってる』

『なんだと？　俺の持ち物だってのか？』

『ああ。寝たいならどこへでも他をあたってくれ。こちとら、自分の宿が突然頭の上に崩れてきたりするところは見たくないんでな』

怒り狂った人足は敷石をひとつ拾い上げ、窓に向かって投げつけた。

『待ってやがれ』主人は言った。『おまえの同僚を起こしてくるからな。どうなるか見てろ』

人足はおとなしく待っていても何も望ましいことは起こらないと理解していた。彼はその場から逃げ去り、百歩ほど行ったところで扉の開いた納屋を見つけると、そこに入り込んだ。

納屋の中には藁が敷かれていた。彼はその藁の上に身を横たえ、そのまま眠りについた。

十二時十五分前、彼は何者かが自分の肩に触れているのを感じた。目を開けると、そこには白い人影があった。影は女の姿形をしており、彼についてくるよう手招きしていた。

見たところその女は、一晩の寝床と快楽に金が払える者にならいつであれその寝床と快楽を提供する、あの手の恵まれぬ女たちのたぐいらしかった。彼としても、払えるだけの金は持っており、どことも知れぬ納屋の藁よりは安心できる屋内の床《とこ》の上で夜を過ごしたかったので、起き上がってその女についていくことにした。

女はグランド通りを左手の家並みに沿ってしばらく進み、それから通りを横断して、右手の路地に入っていった。彼女はその間中ずっと、人足に向かっておいでおいでと手招きをしていた。

人足のほうもこうした夜の手際に慣れており、経験上、自分がいま随行している種類の女たちが大体どのような路地に住んでいるものかを把握していたため、戸惑うことなくその裏道に踏み入った。

裏道を抜けると、ひらけた場所に出た。この女が住んでいるのは孤立した一軒家なのだろうと考え、彼は引き続きついていった。

百歩ほど進んだところで、彼らは壁に突きあたった。割れた隙間をくぐり抜け、ふと顔を上げると、男の目の前にはサン＝ドニ修道院の古い建物と巨大な鐘楼《しょうろう》がそびえ立っていた。守衛がそのそばで見張りを続ける炎の光が、窓をかすかに染めていた。

男は女の姿を目で探した。彼女は消えてしまっていた。

男は墓場の中にいた。

彼は壁の外に戻ろうと思った。だが、暗く不穏な壁の裂け目を再びくぐり抜けようとした時、一本の手が彼に向かって伸びてきた。彼が見たというその手の主は、アンリ四世の亡霊だった。

亡霊は一歩近づき、人足は一歩後ずさりした。

四歩か五歩目、彼の足もとに地面がなかった。彼は真っ逆さまに墓穴の底へと落ちた。

そこで彼は見たという。自らの周りに、アンリ四世の先代と後代の王たちが一堂に立つ姿を。そこで彼は聞いたという。その王たちが、ある者は王杖《おうじょう》を、ある者は正義の手[5]を振りかざしながら、『冒瀆をなすものに災いあれ！』と叫ぶ声を。そこで彼は感じたという。鉛のように重く、炎のように熱い王杖と正義の手に打たれ、自らの四肢がひとつまたひとつと砕かれていくのを。

十二時の鐘が鳴り、守衛の耳にうめき声が届いたのは、その際だったということになる。

5　王権と司法権を象徴する杖。

私はこの不幸な者を落ち着かせようと、できる限りのことをした。だが、彼の理性は乱れ果てており、三日間うなされた後、男は死んでいった。『ご慈悲を！』と叫びながら」

「失礼ですがね」医師が口をはさんだ。「あなたの話から何を証明しうるのか、どうもよくわかりませんな。その人足とやらは要するに、日中に起きたことで頭が一杯になり、目覚めているとも夢遊病ともつかぬ状態で、夜の中をさまよい始めた。さまよいながら墓地に入り込み、足もとも見ずにうわの空で歩いていたら、穴に落ちた。穴に落ちたら当然のごとく、腕と足が折れていた。その事故が示しているのは、それだけのことでしょう。さらに、あなたは何か予言が現実になったただのと言っていたが、今の話にはこれっぽっちの予言も見当たらない」

「どうかお待ちを、ロベール医師」士爵は言った。「私が語った内容は、確かにあなたの言うとおり、いくらでも説明可能な事実に過ぎない。ただ物語にはまだ続きがあり、そして今から申し添えるのが、その不可思議な予言の話となる。

その予言とは、次のようなものだった。

一七九四年一月二十日ごろ、現場ではフランソワ一世の墓が解体され、次いで長身王フィリップを父とするフランドル女伯の棺が開けられていた。そのふたつが、掘り起こすべく残されていた最後の墓だった。あらゆる墓廟は潰され、あらゆる棺は空となり、あらゆる遺骸は塵穴にあった。ひとつ、見つからぬままの墓も残った。サン＝ドニに葬られたとだけ言われていた、レス枢機卿の墓だった。[6]

ヴァロワ家のものであれ、シャルル諸王の時代のものであれ、すべての、あるいはほとんどすべての墓廟は、すでに閉じ終えられていた。ただブルボン家のそれだけは、翌日に閉じることになっていた。

守衛は、聖堂での最後の夜を過ごしていた。もはや守衛として見張るべきものなど何ひとつ残されていなかった。そのため、彼にも眠りにつく許可が出された。彼はその許可を喜んで受けた。

十二時、パイプオルガンと聖歌の響きが彼の眠りを断ち切った。目を覚まし、その

6　生前にルイ十四世から恨みを買っていたことで、レス枢機卿の遺体は墓標も立てられずサン＝ドニに埋葬され、それによって王墓の冒瀆の際にも発見を逃れたと言われている。

目をこすり、彼は内陣のほうへ、すなわち歌が聞こえてくる場所へと顔を向けた。

呆然としながら、その時彼は、内陣の聖職者席がサン＝ドニの修道士たちによって埋め尽くされているのを見た。彼は、大司教が儀式の祭壇に立っているのを見た。彼は、祭室が炎で煌々《こうこう》と照らされているのを見た。そして彼は、明るく照らし出された祭室に、死者を包むための巨大な布を見た。その黄金の布は慣例上、王の亡骸を包む際にのみ使われるものだった。

彼が目覚めた時、ミサはすでに終わりを迎え、埋葬の儀が始まろうとしていた。赤いビロードの敷物の上に置かれていた王杖と王冠と正義の手が紋章官らに渡され、紋章官らがそれを三人の王子に差し出し、王子たちが手に取った。

王室の侍従らがただちに前へ出て――歩くというよりは滑りながら、聖堂内にいかなる足音も響かせることなく――亡骸のもとへ行き、他の埋葬室が閉ざされた中でただひとつ開けて残されていたブルボン家の墓廟へと、それを運んだ。

次いで紋章院長官が墓廟に下りていき、そこへ下り着くと、他の紋章官らに招集ならびに職務遂行の号令を発した。

紋章院長官の他に、五人の紋章官がいた。

墓廟の奥から紋章院長官に呼ばれ、最初の紋章官が拍車を持って下りていった。二人目が籠手《こて》を持って下りていった。三人目が盾を持って下りていった。四人目が兜を持って下りていった。そして五人目が、陣中着を持って下りていった。

続いて、他の者たちが順に呼ばれていった。第一扈従官《こしょう》――彼は旗を運んだ。スイス人傭兵、近衛歩兵、王家武官二百人らの各長。主馬頭――彼は王剣を運んだ。侍従長――彼はフランス国旗を運んだ。家政長官――彼の前に王宮の全執事が列をつくり、少しずつ進行しながら、墓廟の中にアスフォデルスの花を投げ入れ、王冠と王杖と正義の手を持った三人の王子に敬礼をしていった。三人の王子の番が訪れ、彼らは王杖と正義の手と王冠を運んだ。

それから紋章院長官が、声を張り上げ、三度続けて叫んだ。

『王は死にたもうた、王よ生き永らえたまえ！　王は死にたもうた、王よ生き永らえたまえ！　王は死にたもうた、王よ生き永らえたまえ！』

内陣に残っていた一人の紋章官が、その三度の叫びを復唱した。

最後に家政長官が、自らの職杖を手折った。それは王家がこれにて断絶し、重臣らが王権の移譲を行うことの合図だった。

すぐさまトランペットが鳴り響き、パイプオルガンが眠りから覚めた。

その後トランペットの響きが弱まっていき、パイプオルガンのうなりが低まっていく中で、蠟燭《ろうそく》の光がぼやけ、参列者たちの姿がかすみ、そしてパイプオルガンの最後のうめきとトランペットの最後の音色とともに、すべては消え去った。

翌日、守衛は涙に顔を濡らしながら、自身が目撃した、また不憫《ふびん》にもひとりで立ちあうことになった、その王の葬儀について語った。そして彼は予言した。解体された王墓は必ずや元に戻され、ひいては国民公会による統制とギロチンの猛威にもかかわらず、フランスは新たな君主制を、サン＝ドニは新たな王たちを、再び迎えることになるだろうと。

かくたる予言を口にしたことで、この哀れな輩は監獄へと送られ、あわや処刑台にまで送られかけた。そして三十年後、すなわち一八二四年九月二十日、自らが幻の光景を見た柱の後ろで、彼は私の燕尾服の裾をつかんで言った。

『どうですか、ルノワールさん。あの時言ったでしょう、我々の痛ましい王たちは、いつかきっとサン＝ドニに帰ってくると。あれは間違いでしたか？』

事実、その日のサン＝ドニでは、この王墓の守衛が三十年前に見たままの礼式で、ルイ十八世の埋葬が行われていた。[7]
これについて、願わくはご高説を、医師殿」

7　革命期の王墓冒瀆の後、ナポレオン帝政下でサン=ドニ大聖堂の再建が始まり、さらにのちの復古王政期には、ルイ十八世から命を受けたアレクサンドル・ルノワールの指揮の下、王たちの遺骨は共同墓穴から聖堂内に戻された。そして一八二四年、ルイ十八世自身も同所に埋葬されることになった。

第10章　ラルティファイユ

納得したからにせよ、あるいは——こちらの方がありそうなことだったが——ルノワール士爵のような人を相手に反論は難しいと思われたからにせよ、いずれにしても医師は黙った。

医師の沈黙によって、他の者たちに発言の場が開かれた。そこで、ムール神父が論争に身を投じた。

「今のお話で、わたくしも自分の理念につきまして確信を強めることができました」と彼は言った。

「ぜひ教えてくれませんかね、あなたの理念とやらを」医師は嬉々《きき》としながら訊いた。

議論を仕切り直すにあたって、今度の論客はルドリュ氏やルノワール士爵よりも与し《くみ》易しと思ったのだろう。

「わたくしの理念では、わたくしたちは目には見えない二つの世界の狭間に生きております。一方の世界には地獄の精霊たちが住み、もう一方には天空の精霊たちが住んでいます。わたくしたちが生まれるとき、一方は善良、一方は邪悪である二種類の精がわたくしたちに宿り、そのまま生涯離れることなく、一方は善を、もう一方は悪をわたくしたちに吹き込み続けます。そしてわたくしたちが死ぬとき、どちらか勝利したほうがわたくしたちを乗っ取ることになります。こうしてわたくしたちの肉体は、あるいは悪魔の餌食となり、あるいは天使の住みかとなるのでございます。いたわしいソランジュのもとでは、善良な精が勝利を収めました。ルドリュさん、若き殉教《じゅんきょう》女《じょ》の黙れる唇をして別れの言葉を告げさせたのは、その精のなすところだったのです。また、スコットランドの判事に裁かれた悪党のもとでは、悪魔が主《あるじ》として残りました。猫の形をとり、執達吏の服をまとい、骸骨の姿をよそおい、しつこく判事のところに現れ続けたのは、やはりその精の所業でありました。そして最後の事例におきまして、墓への恐ろしい冒瀆《ぼうとく》をなした不敬者に報いを与えたのは、君主制の天使でございました。貧しき者たちの前にキリストが自らの姿を現したように、哀れなる墓守《はかもり》の前に未来の王政復古の姿を示したのも、その精のはからいによるものです。しかも、未来のルイ十八世の宮廷に入ったすべての高官が集う中とありますれば、その幻想の儀式はいとも荘重なるものとして顕《あらわ》されたと言えましょう」

「けれどね神父様」医師は言った。「理念というものはやはり、根拠の裏打ちがなければね」

「そのとおりでございます」

「そしてその根拠が本物であるためには、事実にもとづいていなければならん」

「わたくしが申すところの根拠も、事実にもとづいております」

「誰か信頼できる筋に聞いた事実なんでしょうかね」

「わたくし自身の身に起きた事実でございます」

「へえ！　じゃあ神父さん、それを話してもらいましょうか」

「ええ、喜んで。わたくしはエーヌ県と現在呼ばれている土地の生まれでございまして、そこは古き王たちの領有地であり、かつてはフランスの島《イル＝ド＝フランス》とも呼ばれていました。その中のヴィレール＝コトレの森に囲まれたフルリーという名の小さな村に、わたくしの父と母は住んでおりました。わたくしが生まれるまでに、両親は男子を三人、女子を二人と、計五人の子をもうけておったのですが、その全員を亡くしてしまっていました。そのような経緯がありましたため、母はわたくしを身ごもったとき、わたくしに七つの年まで白い服を着せ続けることを誓い、父はノートル＝ダム・ド・リエス教会まで巡礼に出ることを決意いたしました。

この二種類の誓約は、田舎では決して珍しいものではございませんし、また、白は聖母の色であり、ノートル＝ダム・ド・リエスもやはり聖母マリアにほかなりませんから、[1]互いに結びつきの深いものでもありました。

不幸なことに、母が身重の中、父に死が訪れました。それでも、敬虔な女性であった母にとって、二つの誓約を厳格に果たそうという決心はまったく揺らぎませんでした。わたくしは生まれるとすぐに頭の天辺から足の爪先まで白を着せられ、母は再び歩けるようになるとすぐに、すでになされた誓いにもとづき、聖地への徒歩巡礼に旅立ったのでございます。

フルリー村からノートル＝ダム・ド・リエスまでは、幸いにして十五から十六リューほどの距離でした。三つの中継地を経て、母は目的地にたどり着くことができ

1　「ノートル＝ダム Notre-Dame」は「我らが貴婦人」、つまり聖母マリアを意味する。

ました。

そこで彼女は自らの祈りを捧げ、司祭から銀のメダルを手に受けました。そのメダルは、わたくしの首につけられることになりました。

二重の誓約の恵みにより、わたくしは幼少期のあらゆる厄難から逃れることができました。そして分別のつく年齢に達しましたとき、自らが受けていた宗教教育の成り行きからか、首もとに下がるメダルの影響からか、わたくしは教会の者として生きていくことに心惹かれていきました。ソワッソンの神学校で学問を修め、一七八〇年に司祭の叙任を受けてそこを出ますと、わたくしはエタンプに助任司祭として派遣されました。

わたくしが身を置くことになったのは、偶然の巡り合わせにより、エタンプの四教会の中でも聖母マリア《ノートル＝ダム》の加護におかれたひとつでありました。

その教会は、ローマ時代から中世へと受け継がれた素晴らしい歴史的建造物のひとつでございました。ロベール豪胆公のもとで建立が始まり、十二世紀にようやく完成したものです。壮麗なステンドグラスは、今日でも残されております。建てられたばかりのころは、柱を覆い上部を飾る彩色や金箔とともに、息をのむほどに美しい調和を織りなしていたにちがいありません。

幼い頃から、わたくしはそうしたものを強く愛しておりました。十世紀から十六世紀までの時間をかけて、信仰が土壌に芽生えさせた花崗岩《かこうがん》の花々――教会はやがてローマの長女たるフランスの地に生い茂る森となり、そして人々の心から信仰が死んだとき、すなわちルターとカルヴァンの毒によって殺されたときに、その豊穣も絶えたのでございます。

子供の折、わたくしはソワッソンのサン＝ジャン旧跡を遊び場としておりました。さまざまな建造物の、石化した花のごとき装飾が見せる気まぐれな曲線を目でたどりながら、喜びを覚えていたのです。それゆえエタンプのノートル＝ダム教会を目にしたとき、偶然によってか、あるいは神慮によってでございましょうか、よく似た場所に恵まれたものと感じ入り、嬉しく思いました。なじみの住みかに戻ったツバメのような、瓜二つの浮巣《うきす》を得たアルキュオネのような思い[2]でございました。

2　ギリシャ神話においてゼウスに海鳥へと姿を変えられた女性で、海上の浮巣で卵をかえすとされている。

その教会で過ごした日々こそ、わたくしにとって最も幸福な時期でした。わたくしをその場所に強く結びつけたのは、純粋なる宗教的感情だったと申すことはできません。否、第一にあったのは、そこでの充足感でございました。その安寧は、徐々に空気の抜かれていく排気器の中から救い出され、空間と自由を取り戻した鳥のそれに比するものと言えます。わたくしにとっての空間とは、教会の門から後陣までのことでした。わたくしにとっての自由とは、暮石の前にひざまずきながら、あるいは円柱にもたれかかりながら、二時間ほどを夢想して過ごすことでした。そうやってわたくしは、いかなるものに思いを巡らせていたのか？　それは断じて神学的な空論などではございません。否、わたくしが夢想の中で思い描いておりましたのは、あの原罪の日から人間を二つに引き裂き続ける善と悪の闘争でした。ステンドグラスに太陽の光が差し込むときには、白い羽の美しき天使たちと、赤ら顔のおぞましき悪魔たちとが、一方は天の炎に照らされながら、一方は地獄の業火に包まれながら、その光の中に浮かび上がるのを見ていたのでございます。言うなれば、ノートル＝ダム教会こそがわたくしの住まう家であり、すなわちわたくしが生き、考え、祈る場所でありました。わたくしにあてがわれた小さな司祭館は仮の宿に過ぎず、すなわちわたくしが食べ、眠る、それだけの場所でしかございませんでした。しばしば、夜中の十二時や一時になるまで愛しいノートル＝ダムを離れずにいるということもありました。

そのことは周知の事実でした。わたくしが司祭館に見つからないとき、いるのは決まってノートル＝ダムだということになっておりました。そこに行けば見つかるものと、皆が知っていました。

信仰の、そして詩魂の神殿にこもっていたわたくしのような者には、世の風聞はほとんど耳に届きませんでした。

しかしながら、そうした風聞の中に、子供か大人かにかかわらず、神に仕えるか世に生きるかにかかわらず、誰もが関心を向けざるをえない騒ぎがひとつございました。エタンプ周辺の地域が、盗賊によって荒らしまわられていたのです。第二のカルトゥーシュやプライエになろう[3]というのか、あるいは彼らと張り合おうというつもりか、件《くだん》の盗賊は不敵にもそうした先駆者たちの後を追うように戦利を重ねておったの

3　それぞれ、十八世紀に名を馳せた盗賊。

でございます。

あらゆるものに矛先を向け、とりわけ教会を標的としていたその悪人は、ラルティファイユという名で呼ばれておりました。

わたくしが賊の所業に特別の注意を払うようになったきっかけのひとつは、その男の伴侶の存在でした。彼女はエタンプの下町に住んでおり、わたくしのもとに通っていた最も熱心な告解者の一人だったのです。この善良で立派な女性にとって、夫が罪悪に陥ったことは自らの悔悟するところとなっており、妻として自らも神の前で責任を負うべきと考えていたため、日々を祈りと懺悔《ざんげ》に捧げながら、その神聖な務めによって夫の背徳が少しでも和らげられるようにと願っていたのでした。

すでに申し上げたとおり、夫のほうは神をも悪魔をも恐れぬ悪党でございまして、己は不出来な社会をまっとうに作り直すべく地に送られた者であり、その力によって富の均衡は取り戻されるだろうと豪語していました。さらに、己はいずれ形をなして現れる宗派の先導者にほかならず、その手でなされた実践、すなわち財産の共有は、やがて信徒らによって宣《の》べ伝えられることになるだろう——とも。

その男はすでに二十回ほども捕らえられ、監獄送りとされていましたが、二日目か三日目の夜には決まったように、空の牢を残して姿を消していました。いかなる手段で脱獄を果たしているのか誰にもわからず、鉄を切る魔法の草を見つけてあるに違いないとも噂されておりました。

このようにして、その男はいくらか不可思議な驚異とともに語られていたのでございます。

わたくしがその男のことを気にかけ始めたのは、恥ずかしながら、男の伴侶が告解に現れ、憂いを打ち明け助言を求めてきてからようやくといった次第でございました。当たり前のことながら、わたくしは彼女に自らの働きかけを尽くして夫を善き道に連れ戻すよう勧めました。しかしながら、この哀れな伴侶による働きかけの効き目はいともはかなきものでありました。そのため彼女としては、もはや祈りをもって主に慈悲を求むるという永遠の切り札にすがるほかなかったのでございます。

時は一七八三年の復活祭が近づいていた折でありました。聖金曜日を控えた木曜の夜のことです。日中、わたくしはあまりに多くの告解に耳を傾けたがゆえに、夜の八時ごろには疲れ果て、告解室で眠り込んでしまっておりました。

聖具室の係の者は、わたくしが眠りこけているのをこれまでも目にしていました。

彼はわたくしの習慣を知っていましたし、わたくしが教会の小扉口の鍵を持っていることも承知していたので、起こそうとさえもしませんでした。その夜のようなことは、すでに百遍もあったことだったのです。

そのようにして深く眠り込んでいる最中、わたくしは己の耳に、ふたつの音が重なるように届いてくるのを感じました。ひとつは銅の槌《つち》が十二時の鐘を響かせる音であり、もうひとつは敷石の上を何者かがすり足で歩く音でございました。

目を開き、告解室から出ていこうとしたそのとき、ステンドグラスから差し込む月の光の中に、ひとりの男が動いているのを目にしました。

その男は一歩進むごとに周りを見つつ、ずいぶんと警戒しながら歩いておりましたので、司祭でもなければ雑用係でも聖歌隊の者でもなく、教会に馴染みのある者でさえなく、何か邪《よこしま》な意図をもって現れた曲者であろうとすぐにわかりました。

夜の来訪者は内陣へと近づいていきました。男がそこに踏み入って立ち止まると、少しあって、火打ち石に鉄を打つ乾いた音が聞こえました。ぱちぱちと火花がきらめき、ひとかけらの火口《ほくち》が燃え上がり、火のともされた木片を介して、祭壇に置かれていた蠟燭《ろうそく》の先端にその揺らめく光が据えられました。

蠟燭のほのかな光で見えましたのは、体軀《たいく》は人並みの、腰に二丁の拳銃と一振りの短刀を差した、人を脅《おびや》かすというよりは嘲笑《あざわら》うような顔つきをした男の姿でありました。男は蠟燭によって照らし出された周囲を探るような目つきで念入りに見渡したあと、その検分の結果にすっかり満足した様子でした。

それから男は、ポケットから鍵の束のようなものを取り出しました。ところがそれは鍵ではなく、むしろその代わりをなすために使われる、解錠鉤《ロシニョール》という名の――あらゆる暗号の鍵を持つと自負していたあの有名なロシニョールにちなんでそう呼ばれていた――道具の束でした。その器具の助けによって、男は聖櫃《せいひつ》を開け、最初に聖体器顕示台（マリー＝アントワネット妃から町に寄贈されたものでした）、つぎに大きな聖体（古《いにしえ》の銀にアンリ二世時代の彫り細工が入った極上の品でした）、そして最後に、金めっきが施された銀製の水差しを二本と、次々に取り出していきました。

聖櫃に収まっていたものはそれですべてでしたから、男は蓋を慎重に閉じ、そのましゃがみこんで、聖遺物箱となっていた祭壇の下部を開きにかかりました。

祭壇の下部には、金とダイアモンドの宝冠を冠《かん》し、宝玉のあしらわれたローブを召した蠟製の聖母が収まっておりました。

聖遺物箱を覆っていたガラスの仕切りを破ることもできたはずですが、盗人は聖櫃と同じく、それを合鍵によって五分ほどで開けてしまいました。聖体顕示台と水差しと聖体器についで、男が聖母のローブと宝冠に手をかけようとしたとき、わたくしはかような盗みが遂げられてなるものかという思いから、告解室を出て祭壇へと向かいました。

扉が開かれた音で、盗人はこちらを振り向きました。わたくしのいるほうへ体を乗り出し、教会内の遠く離れた暗闇の中に視線をめぐらせようとしていました。それでも告解室は蠟燭の明かりが届かぬ位置にありましたから、震える炎に照らされた円の中に入ってようやく、わたくしの姿は実際に男の目に映るところとなりました。

それが人であることを認めると、男は祭壇にもたれかかり、腰から拳銃を引き抜いて、こちらに向けました。

しかしわたくしが着ていた黒い僧服から、彼はただちに、わたくしが害のない一介の神父にすぎないと見てとりました。事実としまして、わたくしの持つ防具は信仰のみであり、わたくしの持つ武器は言葉のみでありました。

銃を向けられながらも、わたくしは祭壇前の階段まで近づいていきました。よしんば引き金が引かれたとしても、不発に終わるか的が外れるかであろうと信じておりました。わたくしはメダルを握りしめながら、聖母の神聖なる愛によって包み込まれているのを感じていたのでございます。

この哀れなる助任司祭の静かな様子に、賊の心も動かされたようでした。

『どうするつもりだ?』平静をよそおった声で、彼はそう言いました。

『ラルティファイユとはあなたのことか?』わたくしは申しました。

『確かめるまでもないさ』と彼は答えました。『もし俺でなかったら、誰がこんな風に一人で教会に潜り込もうだなんて思う?』

『己の悪事にうぬぼれた悲しくも厚顔なる罪人よ』わたくしは申しました。『己のなす戯《ざ》れ事で、自らの肉体のみならず魂をも滅ぼそうとしていることがわからぬのか』

『なあに』彼は言いました。『自分の体なら、自分で何度も救ってきたさ。これからも自分の身は自分で救い抜こうという気概くらいはある。ついでに俺の魂のほうは……』

『どうするつもりか、己の魂のほうは』

『そいつは俺の女房の問題だ。あれは二人ぶんくらいの信心を備えた女だし、自分のと一緒に俺の魂も救ってくれるんじゃないかと思うね』

『まさしく、あなたの伴侶は聖女のような女性に違いない。だからこそ、あなたの犯さんとする罪が成し遂げられたと知れば、彼女は必ずや苦しみのあまり息絶えてしまうことでしょう』

『これはこれは！　あいつがそんなことで死ぬとお思いだと？　俺の哀れな女房が？』

『間違いありません』

『そうかい、それなら俺は男やもめになるってわけか！』男はそう言って大笑いしながら、聖器をつかもうと手を伸ばしました。

わたくしは祭壇までの三段の階段を上り、その手を止めました。

『いいえ』わたくしは彼に言いました。『そうはなりません。なぜなら、あなたがこの冒瀆を果たすことはないからです』

『すると、いったい誰が俺を押さえるのかな？』

『わたくしが押さえます』

『力ずくでか？』

『いいえ、説得によってです。神が自らの使者をこの地に送り込んだのは、暴力を行使させるためではありません。暴力とはあくまで人為に属するものです。行使されるべきは説得であり、それこそが天に属する力なのです。友よ、わたくしは教会のために申しているのではありません。教会は他の聖器を手に入れなおせばよいのですから。これは、己の罪を贖《あがな》うことができないあなた自身のためなのです。友よ、あなたは決してこの冒瀆を遂げてはならない』

『そいつはどうも！　だが、あんたはこれが俺の最初の冒瀆だとでも思っているのか？　お人好しさん』

『いいえ、これがあなたにとって十度目か二十度目か、ひょっとしたら三十度目の冒瀆かもしれないということは知っています。しかし、それがいったい何だというのでしょう？　これまであなたの目は閉じていた、そして今晩あなたの目は見開かれる、それがすべてです。あなたはパウロという男がいたのをご存じですか？　聖ステファノが石打ちの刑に処されたとき、石を投げる者たちの上着を預かってやった男です。まさしく、この男の目は鱗に覆われ、見えなくなっていました。それでも彼が自ら言うように、ある日その目から鱗が落ちたのです。そして彼の目は見えるようになった――それが聖パウロでした。ええそうです、聖パウロ！……偉大なる、輝かしき聖パウロ！……』

『だが教えてくれ、神父さん。聖パウロは首をくくられて死んだんじゃなかったか？』

『そのとおりです』

『それなら、ものが見えるようになって何の意味があったんだ？』

『その意味は、彼が次の確信に至ったことにありました。すなわち、救いとは時に、苦悶の中にこそ見出されるものであると。今では、聖パウロはこの地上であまねく崇められる名を残し、天で永遠の至福を享受しています』

『聖パウロは何歳で見えるようになったんだ？』

『三十五歳のときです』

『俺はもうその年は過ぎてしまった。もう四十歳だ』

『悔い改めるのに遅いということはありません。イエスは十字架の上で、悪しき強盗に言いました。一言祈りの言葉を捧げよ、さすれば我は汝を救わん——と』

『そうかい、でもあんたは、本当は金目の物が惜しいだけなんじゃないのか？』賊はわたくしを見つめながらそう言いました。

『いいえ。わたくしが惜しいのはあなたの魂です。だからわたくしが救います』

『俺の魂！　いやはや、どうも担がれてそうな気がしてね。実際は魂なんぞどうでもいいんだろう』

『わたくしはあなたの魂が惜しい、その証がほしいですか？』わたくしは彼に言いました。

『ああ、証拠を見せてくれよ。ぜひともね』

『今晩あなたが盗もうとした品々は、いかほどの価値があると思いますか？』

『そうだなあ』盗賊は悦に入って、水差し、聖杯、聖体顕示台、聖母マリアのローブを品定めしました。『千エキュだな[4]』

『千エキュですか？』

『本当はその二倍の値打ちはあるんだろうけどな。買い叩かれて手元には三分の一も残らんのさ。あのユダヤ人の悪魔どもはそれくらい吹っかけてきやがる！』

『わたくしの家においでなさい』

『あんたの家に？』

4　一エキュ＝三フラン。

『ええ、わたくしの家である司祭館に。千フランほどの額は持っています。それを前金として差し上げましょう』

『あとの二千フランは？』

『あとの二千フランですか？　ええ、司祭の名においてあなたに約束いたします。わたくしは一度、郷里に戻らせてもらいます。わたくしの母はいくらか資産を持っていますから、その土地を三、四アルパンほど売り、残りの二千フランを作ってきたいと思います。そしてあなたにそれを差し上げます』

『なるほどね。それで俺に会う約束だけを残しておいて、罠にはめようって腹か』

『あなたはそう言いながら、心から疑っているわけではないのでしょう？』わたくしは彼に向かって手を差し出しました。

『ああ、そうだな。疑っているわけじゃない』彼は少し物憂げな様子で言いました。

『だけど、あんたの母親は金持ちだってことだよな？』

『母は貧しい身です』

『それなら、破産することになるだろう』

『破産と引き替えに一個の魂を救ったかもしれないと聞いたなら、母はわたくしのことを祝福してくれると思います。それに、もし母が一文無しとなったら、わたくしのところに来て一緒に暮らせばよいのです。二人が生きていく分くらいはまかなえるでしょう』

『承知した』彼は言いました。『あんたの家に行こう』

『わかりました。ですがお待ちを』

『なんだ？』

『あなたが取った物を聖櫃の中に戻して、鍵を締めなおしなさい。それであなたに幸福がもたらされるはずです』

賊は苦しげに顔をしかめました。迫りくる信仰の力に抗いきれなくなったかのように。彼は聖器を聖櫃の中に収め、これ以上ないほど丁寧にその蓋を閉めました。

『さあ行こうか』男は言いました。

『その前に十字をお切りなさい』わたくしは彼に言いました。

彼は笑い飛ばそうとしましたが、浮かびかけた笑みを自分で打ち消しました。

そして彼は十字を切りました。

『では、参りましょう』わたくしは言いました。

わたくしたちは小扉口から外に出ました。家までは五分とかからぬ距離でした。短い道のりではありましたが、賊はひどく不安げな様子で、始終あたりを見まわしながら、わたくしが何か罠にかけようとしているのではないかと恐れているようでした。

家に着くと、男は扉の近くに立ち止まりました。

『よし、千フランは？』彼は訊きました。

『待っていてください』とわたくしは答えました。

今にも消えようとしていた灯火で、わたくしは蠟燭に明かりをつけました。それから戸棚を開け、袋を取り出しました。

『さあ、あなたのものです』わたくしは彼に言いました。

そしてその袋を手渡しました。

『それで、あとの二千はいつもらえるんだ？』

『六週間後でいかがですか』

『いいだろう。六週間待ってやる』

『どなたに預けておけばいいでしょうか？』

男は少し考えました。

『俺の女房に』と彼は答えました。

『それはいい！』

『でも、その金がどこから来たのかも、俺がどうやって手に入れたのかも、あいつは知らないままってことでいいんだよな？』

『彼女がそれを知ることはありません。彼女も、他の何人《なんぴと》たりとも。そしてあなたとしては、このエタンプのノートル＝ダム教会にも、聖母の加護におかれた他のあらゆる教会に対しても、今後いっさい悪事は企てない。それでいいですね？』

『ああ、二度と繰り返さない』

『誓いますか？』

『ラルティファイユの名にかけて』

『お行きなさい、わが兄弟よ。そしてもう罪を重ねぬよう』

わたくしは彼に別れの挨拶をし、立ち去ってかまわないと手で示しました。

少しの時間、彼はためらっていたようでした。それから扉をそっと開け、去っていきました。

わたくしはひざまずき、その男のために祈りを捧げました。祈りがまだ終わらぬうちに、扉を叩く音が聞こえてきました。『どうぞ』わたくしは振り返らずに言いました。その者はわたくしが祈りの最中であることを知ると、入ってから立ち止まり、わたくしの後ろでそのまま動かずに待っていました。祈禱《きとう》を終えて振り向くと、そこにはラルティファイユの姿がありました。彼は腕に袋を抱え、扉の近くにじっと立っていました。

『いや実はさ』彼は言いました。『この千フランを、あんたに返したいと思う』

『返す?』

『ああ。それから、あとの二千のこともう忘れていい』

『あなたがわたくしに誓ったことは、それでも残ると?』

『当然だ!』

『では、改心したのですか?』

『改心したのかはわからない。そうだともそうじゃないとも言えない。ただ、あんたの金を受け取るわけにはいかない、そう思っただけだ』

そう言って、彼は食器棚の端に袋を置きました。

袋を手放したところで、彼は動きを止め、何か願い事があるような様子を見せました。しかしその願いは、察するところ、なかなか口にしがたいものであるようでした。彼の目だけが、わたくしに問いかけていました。

『何をお望みですか？』わたくしは訊きました。『話してみてください、友よ。あなたがなされたことは善きことです。恥じることなく、なお善きことをなしなさい』

『あんたは、マリアさまを強く信じているんだよな？』彼は尋ねました。

『とても強く』

『マリアさまのとりなしがあれば、どんなに罪深い人間でも死ぬときには救われると思うか？　いやつまり、金のことはもういいから、三千フランの代わりに何か、聖人が残したものとか、ロザリオとか、何かありがたいものをくれないか？　俺が死ぬとき、それに口づけしたいんだ』

わたくしは生まれた日に母から首にかけてもらった――そしてそれ以降片時も離すことのなかった――メダルと金の鎖を外し、それを盗賊に渡しました。

盗賊はメダルに唇をつけ、その場を逃げ去りました。

それからラルティファイユの噂は聞かなくなり、一年が経ちました。おそらく彼はエタンプを離れ、他の土地へ仕事をしに向かったのでありましょう。そうこうして時が過ぎたある日、フルリーの助任司祭である同僚からの手紙を受け取りました。母が重い病にかかり、そばに呼んでいる、とありました。わたくしは暇をいただき、すぐに出発いたしました。

六週間から二カ月、看病と祈りを続け、母は健康を取り戻しました。また離れ離れとなりましたが、わたくしの心は晴れやかで、母も元気でした。そうしてわたくしはエタンプに戻りました。

着いたのは金曜の夜でした。町中がどよめいておりました。聞けば、悪名高き盗人ラルティファイユがオルレアンのほうで捕まり、その町の上座裁判所で有罪を宣告されたとのことでした。彼の悪行の主だった舞台はエタンプでしたから、裁判所は判決によってラルティファイユをエタンプ郡に送致し、その地を彼の絞首刑の場としたのでございます。

処刑はその日の朝に、もう済まされていました。

それが通りで知ったことでした。しかし司祭館に入りますと、わたくしはまた別のことを知らされました。前の晩からその日の朝までの間に――すなわちラルティファイユが刑に処されるべくエタンプに到着した時分から――下町に住む一人の女性が十遍以上もわたくしの帰りを尋ねにやって来たとのことでした。

その執念は驚くことではありませんでした。わたくしは手紙で戻る日を知らせておりましたし、早い帰りを幾度となくせがまれてもいたのでございます。

わたくしが下町で知っている者といえば、やもめになろうとしていたあの嘆かわしい女性以外にはおりませんでした。靴の埃《ほこり》を払い落とすのも後回しにして、わたくしは彼女の家へと向かいました。

司祭館から下町まではほんの一足の距離でした。実のところ、すでに夜の十時の鐘が鳴る時分ではありました。しかしながら、わたくしに会おうという願いがそれほど揺るぎないものであるならば、あの不憫《ふびん》な女性が訪問を疎ましがることはないであろうと考えたのでございます。

そうしてわたくしは町外れへと下り、彼女の家を人に教えてもらいました。皆が彼女のことを聖女として知っており、そのため誰ひとりとして夫の罪を彼女の罪とはせず、また誰ひとりとして夫の恥を彼女の恥とは見ておりませんでした。

わたくしは家の前に着きました。鎧戸が開いており、窓ガラス越しに、ベッドの足もとにひざまずいて祈る不憫な女性の姿が見えました。その震える肩を見て、祈りながら泣いているのだとわかりました。わたくしは扉を叩きました。

彼女は立ち上がり、まっしぐらに駆けつけて扉を開きました。『ああ！　神父様！』彼女は叫びました。『あなた様だろうと思っておりました。扉を叩く音を聞いてすぐに、あなた様に違いないと。ああ！　なんてことでしょう！　お着きになるのが遅うございました。夫は、告解を遂げることなく死んでいきました』

『すると彼は、悪しき心を抱えたまま世を去ったのですか？』

『いえ、決してそのようなことはありません。夫は心の奥底ではキリスト教徒だったに違いありません。でも、夫はあなた様以外の神父様を望もうとせずに、自分が告解するならあなた様の前だけだと、そしてあなた様の前で告解できないなら、あとは聖母様以外の何者にも告解しないと、そう言い放ったのです』

『彼があなたにそう言っていたのですか』

『はい。そう言ったあとに、夫は金の鎖で首に下げていたマリア様のメダルを口につけて、このメダルだけは取り上げないでほしいと何よりも強く求めておりました。このメダルと一緒に埋めてくれたら、悪霊が自分の体に取り憑《とっ》くことは決してないだろうからと』

『彼はそれだけを言い残していったのですか？』

『いいえ。私を置いて処刑台に上るときに、こうも申しておりました。あなた様は今晩戻ってきて、着いたらすぐに私に会いにきてくださるだろうと。それで私はあなた様がいらっしゃるのを待っていたのです』

『彼がそう言っていたのですか？』わたくしは驚いて尋ねました。

『はい。そして夫は、あなた様に最後の願いがあると申しておりました』

『わたくしに？』

『はい、あなた様にと。夫が申しておりましたのは、たとえあなた様が着くのが何時になっても、どうか……ああ神様！　このようなことをお願いする勇気はありません。きっとあなた様に大変な面倒をかけてしまいます』

『言ってください。善良なあなたのおっしゃることです。さあ』

『ああお許しください！　夫は私からあなた様にお願いするよう申していました。裁き《ジュスティス5》の場に来て、自分の死体の下で、自分の魂が浮かばれるように、主の祈りを五回とアヴェ・マリアの祈りを五回唱えてほしいと。私からお願いすればきっと断らないでくださるからと。夫はそう言っていたのです、神父様』

『ええ、彼は正しい。行かないわけにはまいりません』

『ああ！　あなた様はなんて素晴らしい方なのでしょう！』

彼女はわたくしの手を取って、そこに口づけしようとしました。

わたくしはその手をほどきました。

『さあ、善良なあなた』わたくしは彼女に言いました。『どうか心を強く持たれるように！』

『神様が私に強い気持ちを与えてくださいました、神父様。決して自分を哀れむようなことはしません』

『彼は他に何も頼んでいませんでしたか？』

『はい』

『よろしい。魂の安息に必要なのがその願いの果たされることのみであるならば、彼の魂は安息を得るでしょう』

そしてわたくしは出発いたしました。

十時半を過ぎようとしていました。四月が終わろうかという日で、北風がまだ冷たさを残していました。それでも空は美しく、とりわけ絵描きが好むであろう美しさでございました。月が暗闇にたゆたう波の上に揺らめき、水平線にいとも趣のある風情を添えておりました。

わたくしは町の古い外壁に沿ってまわり、パリへとつながる門に着きました。すでに夜の十一時を過ぎており、それがエタンプでまだ開かれていた唯一の門でした。

遠出の目的地は、とある広場にありました。当時と同じく今日でも、その広場は町を見下ろす場所に保たれています。それでも今日では、当時そびえていた絞首台の跡はほとんど残されておりません。ただ、三つに分けて積まれたレンガだけがその場に留まっております。それはかつて三本の柱とその間にわたされた梁《はり》を支え、首吊りの土台をなしていたものでございます。

5 〔原注〕盗人や人殺しを絞首刑に処す場所を、このように呼んでいた。

エタンプからパリに向かう道の左手に、あるいはパリからエタンプに向かうならば右手に、その広場は位置しております。そこへとたどり着くためにはギネット塔のそばを通っていく必要がございました。その砦は町を守る歩哨のように、平野の中にぽつんと置かれております。ルノワール士爵、あなたはギネット塔のことをよくご存じかと思います。かつてルイ十一世が爆破しようとして果たせず、大きくえぐられた跡を残したまま、その塔は瞳のない黒く落ちくぼんだ巨大な目で、そこからでは端しか見えない処刑場を凝視するかのように立っております。日の出ている間はカラスの屋敷となり、日が沈んだ後はミミズクやモリフクロウの宮殿と化します。

彼らの鳴き声やうめき声が響くなかで、わたくしは広場への道を進みました。狭くてでこぼことした歩きづらい道で、岩石にうがたれた穴を通り、茂みの中をくぐり抜けていかねばなりませんでした。

怯《おび》えていたと申すことはできません。神を信じ、その身を捧げる者は、何にも恐れをなしてはならぬものです。ただわたくしの心は、何かに揺さぶられておりました。

この世のもので聞こえてくるのは、下町の風車がかちかちと鳴る単調な音と、フクロウたちの叫びと、茂みの中の鋭い風切り音だけでした。

月が黒い雲の中に入っていき、そのふちを白い房で飾りつけていました。そして月は姿を消しました。

わたくしは心臓の鼓動を感じておりました。己がこれから見ることになるのは、もともと見るつもりだったものではなく、何か予期せぬものとなるように思えました。

それでもわたくしは坂道を登り続けました。

坂道のいずこの地点からか、先ほど申し上げました三本の柱と楢《なら》の木の横梁からなる首吊り台の頭頂部が見え始めました。

その楢の横梁から、罪人を磔《はりつけ》にする鉄の十字架が吊るされておりました。

そこに、ちらちらと漂う影のように、風で中空を揺れ動く痛ましいラルティファイユの死体が見てとれました。

わたくしはふと立ち止まりました。絞首台の全貌が、頭頂部から土台まで視界に入ったときでした。輪郭の定まらぬ何かの塊が、獣のように四本足で動きまわっているのを目にしたのです。

立ち止まってから、わたくしは岩の後ろに屈《かが》み込みました。その獣は犬よりも大きく、狼よりもがっしりとした体躯をしておりました。

突然、獣が後ろ足で立ち上がりました。わたくしはようやく気づきました――それはまさしく、プラトンが『二本足で歩く羽のない動物』と呼んだところのもの、すなわち人間にほかなりませんでした。

敬虔な心で祈りを捧げに来たか、不敬な心で冒瀆を犯しに来たか――。でなければ、このような時間に人間が絞首台にやってくることなどありえますでしょうか？

いずれの場合にしましても、動かずに様子をうかがうことにいたしました。

そのとき、先ほどから雲に隠れていた月が再び顔を見せ、絞首台をまったき光で照らし出しました。わたくしは目をこらしました。

今度は人間の姿がはっきりと見てとれ、その一挙手一投足までとらえることができました。

その男は地面に横たわっていた梯子《はしご》を拾い上げ、柱のひとつに立てかけました。それは、吊り下げられた死体に最も近い柱でした。

そして男は梯子を登っていきました。

男が首を吊られた者のところにたどり着いたとき、その会合は奇怪な様相を呈し始めました。生者と死者が、まるで抱擁するかのようにからみ合いだしたのでございます。

ふいに、身の毛もよだつような悲鳴が上がりました。二つの肉体が激しく揺れ動くのが見えました。絞り出すような叫びが助けを求めだしたかと思うと、その声はまもなく、もごもごと明瞭さを失っていきました。次いで二つの肉体のうちの一方が絞首台の上からふっと落下し、もう一方は縄にぶらさがったまま、手足を激しくばたつかせだしました。

おぞましい器械のもとでいったい何が起きているのか、わたくしには見当をつけることさえかないませんでした。しかしながら、それが人間の所為であれ悪魔のそれであれ、平穏ならぬ何かが起きていることは確かであり、そしてその何かが助けを要し、救いを待つ事態であることもはっきりしておりました。

わたくしは飛び出しました。

わたくしの姿を見るや、ぶらさがった男はいっそう激しく暴れだしました。その下では、絞首台から落ちた人体がひっそりと動かずに横たわっておりました。

わたくしはまず、動きを見せているほうに駆けつけました。大急ぎで梯子の段を登り、持っていたナイフで縄を断ち切りました。ぶらさがっていた男は地面に落ち、わたくしは梯子を飛び降りました。

ぶらさがっていた男は凄まじい痙攣《けいれん》とともに転げまわっておりました。もう一方の人体は、やはりぴくりとも動かぬままでした。

もがき苦しむ輩の首に、縄の輪が食い込み続けているのが見えました。わたくしは男の上に覆いかぶさり、体を押さえ、首を締めつける縄をやっとのことで緩めました。

この処置をとおして、否応なしに男の顔を間近で見ることになりました。驚きをもって見つめざるをえませんでした。その男は、死刑執行人として働いている者にほかなりませんでした。

彼の目玉は飛び出さんばかりにひんむかれ、顔は血の気を失い、顎がずれて外れかかっており、呼吸よりも喘鳴《ぜんめい》に似た気息がぜいぜいと胸の奥から漏れ出ておりました。

それでもしばし経つと、彼は少しずつ肺に空気を取り込みだし、そして空気とともに、息を吹き返しました。

わたくしは彼の体を起こし、大きな石にもたせかけました。ひとしきり待ちますと、意識を取り戻したのか、彼はふいに咳き込みだしました。そして咳き込みながら首を揺り動かした後、ようやくわたくしと目を合わせました。

先ほどのわたくしに負けず劣らず、彼もまた非常に驚いた様子でした。

『おお！　おお！　神父さま！』彼は言いました。『あなた様で？』

『ええ、わたくしです』

『いったい何だってこんなところに？』彼はわたくしに訊きました。

『わたくしも、それをあなたにうかがいたい』

彼は何かを思い返しているようでした。あたりをもう一度見まわして、今度は動かぬ死体の上で目を留めました。

『うわあ！』彼は叫んで起き上がろうとしました。『ここにいちゃ駄目だ！　神父さま、後生だから、さっさとここから離れよう！』

『行きたいのなら、あなたはお行きなさい。わたくしには、遂げねばならぬ務めがあります』

『ここで？』

『ええ、この場において』

『いったい何の務めで？』

『あなたに今日首を吊られて死んでいった、そこの不幸なる者が望んだことです。自らの魂が浮かばれるように、絞首台のもとで主の祈りを五回とアヴェ・マリアの祈りを五回唱えてほしいと』

『あいつの魂が浮かばれるようにって？　いやはや！　神父さま、あれの魂を救おうってんなら、あなたの身が持ちませんや。あれは、人の皮をかぶったサタンさね』

『なんと！　人の皮をかぶったサタンですって？』

『そうに違いない。あいつがさっきおれに何をしたか見なかったんですかい？』

『なんと、彼が何かをしたと？　いったい何をしたというのですか？』

『何って、おれの首を縄でくくりやがったのさ！』

『首を縄でくくった？　しかしわたくしの知る限り、そのむごい所業はむしろ、あなたが彼になしたことでしょう』

『ああ、そうだとも！　おれはあいつを間違いなく絞め殺してやったはずだ。だがとんだ思い違いだったらしい！　それにしても、どうしておれを吊るしたすきに逃げ出そうとしなかったんだろう？』

わたくしは死体のもとに行き、その身を起こしました。死体は固く、冷えきっておりました。

『そうはいっても』わたくしは言いました。『彼は確かに死んでいる』

『死んでいる！』処刑人は繰り返しました。『死んでいるだって！　ああ、ちくしょう！　それならもっとたちが悪い。もう逃げよう、神父さま。さっさと逃げよう』

そう言って彼は立ち上がりました。

『いや駄目だ、絶対駄目だ』彼は言いました。『やっぱり動かないほうがいい。あいつは起き上がっておれの後を追ってくるに決まってる。少なくともあんたは徳の高い人だから、あんたといたほうが安全だ』

『あなた』わたくしは目をまっすぐに見すえて、死刑執行人に言いました。『何か隠しごとがあるのでしょう。先ほどあなたは、このような時間にこのような所へ何をしにやって来たのかとわたくしに尋ねましたね。今度はわたくしが尋ねる番です。あなたこそ、ここで何をしようとしていたのですか？』

『ああ、話すよ、神父さま。あんたには全部正直に話さなきゃいけない、告解室の中だろうと外だろうと。ああ、これは告解じゃないけれど、ちゃんと話すから。でもちょっと待ってくれ……』

彼は後ずさりしました。

『どうしたのですか？』

『今、そいつが動かなかったか？』

『動いていません。安心なさい。この痛ましき者は確かに死んでいます』

『ああ！　確かに死んでいる……確かに死んでいる……わかった、もう気にしない。なんにしても、おれがここに来た理由は正直に話す。もし嘘をついたら、でたらめ言うなとそいつが起きだすかもしれないからな、だから』

『話しなさい』

『あんたにまず伝えなきゃならないのだけれど、この不信心な野郎は、こっちが死ぬ前の告解を勧めても全然聞こうとしなかった。ただ何度も、〈ムール神父はまだ着いてないか？〉って訊いてくるばかりだったよ。それでこっちが〈いやまだだ〉って答えると、溜息をつく。他の神父をあてがおうとしたんだが、答えは同じだった。〈いや、ムール神父だ。……他じゃ駄目なんだ〉って』

『ええ、わたくしもそのことは聞きました』

『ギネット塔のところで、奴は立ち止まって口を開いた。

〈なあ、ムール神父が来るのがそこらに見えないか？〉

〈見えない〉とおれは答えた。そうしてまた道を進んだ。

梯子を登る前に、また立ち止まった。

〈ムール神父は来てないか？〉そう訊いてきた。

〈だから来てない！　さっきからそう言ってるだろ！〉――まったく、同じことを何度も訊いてくる奴ほどいらだたしいものはないと思ったね。

〈行こう〉と奴は言った。

おれは奴の首に縄を通した。梯子に足を乗せてやり、〈登れ〉と命令した。奴は黙って登り始めた。けれど、梯子の三分の二くらいを上がったところで、こう言い出した。

〈待ってくれ。本当にムール神父が来ていないか、自分の目で確かめたいんだ〉

〈やれやれ！　見てみればいいさ〉とおれは言った。〈別に禁止されてることじゃない〉

奴はこれを最後と、人だかりを見渡した。けれどあんたの姿は見えず、溜息をついた。これで決心はついただろうし、あとは背中を押すだけだとおれは思った。でもおれが動きだしたのを見て、また口を開いた。

〈待ってほしい〉と奴は言った。

〈今度は何だ？〉

〈マリア様のメダルに口づけしたい。首にかかってるやつだ〉

〈ああ！ そいつは〉おれは言った。〈たいした心がけだな。ほらよ〉おれは奴の口にメダルを押し当てた。

〈まだ何かあるか？〉とおれは訊いてみた。

〈このメダルと一緒に埋められたい〉

〈ふうん、それはどうかな〉とおれは言った。〈死体の持ち物は全部処刑人のものになるんじゃなかったかな〉

〈知ったことじゃない。俺はこのメダルと一緒に埋められたいんだ〉

〈ああしたいこうしたいと、厚かましい奴だ！〉

〈俺はそうしたいんだ。あんたがどう言おうと〉

そこで、おれの堪忍袋の緒が切れた。もうすっかり準備はできていて、首に縄はかかっていたし、縄の端は鉤《かぎ》に結びつけられていた。

〈悪魔のところに行っちまえ！〉おれはそう言って、奴を突き落とした。

〈マリア様、我を哀……〉

そう、奴が口に出せたのはそこまでだったよ。縄が体と言葉をいちどきに締め上げたってわけだ。あとは、あんたも手順は知ってるだろ、縄を握りながら、奴の肩に足を乗っけて、えっさほいさとやって仕事は終わりさ。文句を言われる筋合いはないよ。請け合ってもいいけれど、苦しまずに死ねたはずだ』

『しかし、今の話はあなたが今晩ここにやって来たことの説明にはならない』

『ああ！　それがいちばん話しづらいところでさ』

『なるほど、では代わりに言おうか。あなたは彼からメダルを剝ぎ取りにやってきた』

『おっと！　ああ、そのとおり。ちょっと魔が差したんだよ。おれは思った――〈そうか、そうか、お前はそうしたいと。そりゃあ言うのは簡単さ。だが夜になったら――おとなしく待っていろ、どうなるか見ていやがれ〉梯子は近くに残してきた。どこにあるかはわかっている。日が暮れてから家を出て、ぶらりと散歩し、いちばん時間のかかる道を選んで、ここに戻った。そして辺りに人が見えなくなり、物音が聞こえなくなった時分に絞首台に近づいて、梯子を立てかけ、登っていき、死体を引き寄せ、そいつからメダルを取り外した。すると……』

『すると?』

『お願いだから、信じてくれよ。首からメダルが離れたそのとき、死体がおれをつかんで、縄の輪っかを首から外し、代わりにおれの首に通した。嘘じゃない! そして奴は、さっきおれに背中を押されたお返しとばかりに、今度はおれの背中を押しやがった。そういう次第だよ』

『まさか! 何かの間違いでしょう』

『おれがぶらさがっているところを見たんじゃないのか、どうなんだい』

『ええ、見ました』

『そうだろう。誓って言うけれど、おれは自分で首を吊ってなんかいない。さあ、これで話せることは全部話した』

わたくしは少し考えました。

『それでメダルは』わたくしは彼に言いました。『メダルはどこですか?』

『さあね、地面を探してごらんよ。そんなに遠くには転がってないはずだ。首を吊られるのがわかったときに、手放しちまった』

立ち上がって、地面に目を走らせました。探索を導くかのように、月の光が上から照らし出しておりました。

わたくしはメダルを拾い上げました。そして不憫なラルティファイユの亡骸のところに行き、それを首にかけなおしてやりました。

メダルが彼の胸もとに触れると、震えに似た何かが死体を走り、痛ましささえ覚える金切り声がその胸の奥から漏れ出ました。

処刑人は飛びのきました。

その金切り声で、わたくしの心に閃くものがありました。わたくしは悪魔祓いについて語られた聖書の一節を思い起こしました――すなわち、憑いた体を離れる際に、悪魔が発する叫びのことを。

処刑人は、木の葉がざわめくように震えていました。

『こちらに来なさい』わたくしは彼に言いました。『何も恐れることはありません』

彼はびくびくと近寄りました。

『何をしようっていうんだ？』

『この亡骸を、元にあった場所に戻すのです』

『そんな馬鹿な、またおれの首を吊らせようってのか』

『危ぶむ必要はありません。わたくしが確言いたします』

『でも、神父さま！　神父さま！』

『来なさい』わたくしは言いました。

彼はもう一歩近寄りました。

『ふうむ』彼はうなりました。『どうも安心できない』

『いいですか、あなたはわかっていない。この屍《しかばね》は己のメダルとともにある限り、恐れるような害をなすことはありません』

『どうして？』

『二度と悪魔に乗りうつられないからです。このメダルは屍を守っていたところを、あなたに剝ぎ取られた。その瞬間、それまで彼を邪悪な側に追い立てながらも善良なる天使によって退けられていた悪霊が、死体の中に入り込んだ。あとはあなたが知っているでしょう、その悪霊の仕業がどのようなものだったかを』

『じゃあ、おれたちが今聞いた叫び声は？』

『獲物を逃したと知って悪霊が発した叫びです』

『ふうん』処刑人は言いました。『まあ、そういうことなのかもしれないな』

『そういうことなのです』

『じゃあ、そいつを元どおりに吊るしてくる』

『そうなさい。裁きは遂げられるべきであり、罰は果たされねばなりません』

哀れな男はまだ尻込みしておりました。

『何も恐れることはありません』わたくしは彼に言いました。『わたくしが万事を請け合います』

『それはいいけれど』処刑人は言いました。『おれから目を離さないでいてくれよ。少しでも声を上げたら、すぐに助けに来てくれ』

『安心なさい。もとよりわたくしの助けなどいりません』

彼は死体に近づき、肩に担いで慎重に持ち上げ、梯子のほうへと運んでいきました。

『心配するなよ、ラルティファイユ』彼は死体に話しかけていました。『お前のメダルを奪い取ろうってんじゃないからな。……ちゃんと見てくれていますかい？　神父さま』

『ええ、友よ。安心なさい』

『おまえのメダルを奪い取ろうってんじゃないからな』死刑執行人はなだめるような調子で繰り返しました。『大丈夫だから、おとなしくしていろよ。お前が望んでたことだからな、ちゃんとそいつと一緒に埋めてもらえるさ。確かに動かないね、神父さま』

『そうでしょう』

『一緒に埋めてもらえるさ。その前に、元の場所に戻してやるからな。神父さまに言われてだけれど。なにしろ、おれにしてみたら……わかるだろう！』

『ええ、ええ』わたくしは頬が緩むのをこらえられませんでした。『わかったから、早くなさい』

『もちろん。——さあ、これでよしだ！』彼はそう言って、鉤に結びつけ直した死体を下ろし、それと同時に地面に飛び降りました。

死体は動きも見せず、静かに中空に揺れておりました。

わたくしはひざまずき、ラルティファイユに頼まれていた祈りを唱えはじめました。

『神父さま』処刑人が言いました。彼はわたくしの近くにひざまずいていました。『もっと大きな声で、ゆっくり祈りを上げてもらってもいいですかい？　そしたらおれも真似して唱えられるってもんで』

『なんと情けない！　祈りの文句を忘れたのか！』

『そもそも覚えたこともないんじゃないかな』

わたくしは五度の主の祈りと、五度のアヴェ・マリアの祈りを唱え、それを処刑人が心を込めて復唱しました。

祈りが終わって、わたくしは立ち上がりました。

『ラルティファイユ』わたくしは死者に向かってつぶやきました。『あなたの魂が救われるよう、わたくしにできることはすべて果たしましたよ。あとのことは、天にいらっしゃる我らの聖母様がとりはからってくださるでしょう』

『アーメン！』隣の者が唱えました。

そのとき一条の月の光が、銀色の滝となって亡骸の上に降り注ぎました。そしてノートル゠ダムから、十二時の鐘の音が鳴り響きました。

『行きましょう』わたくしは死刑執行人に言いました。『もう、ここでいたすべきことはありません』

『神父さま』哀れな男は言いました。『最後にひとつ、お願いを聞いてもらってもいいですかい』

『何でしょうか？』

『実はおれのことを家まで送ってほしくて。やっこさんが入ってこないのを確かめてから戸締まりしないと、安心できそうにありませんで』

『仕方がない人ですね』

わたくしたちは広場を後にしました。隣の者は十歩進むたびに振り返り、死体がきちんとその場に留まっているか確認していました。

なにひとつ、こそりとさえ動きませんでした。

町に戻ってきました。わたくしは男を家まで送り、彼が部屋の明かりをつけるのを見届けました。それから彼は家の扉を閉め、その向こうからわたくしに別れの挨拶をし、どうもありがとう、と礼を言いました。わたくしは身も心も安らぎに満たされながら、家に帰りました。

翌日の朝、眠りから覚めたところに、盗賊の妻が食堂で待っていると知らされました。

彼女の表情は穏やかで、喜びさえ見てとれました。

『神父さま』彼女は言いました。『お礼を申し上げに参りました。昨日の夜、ちょうどノートル＝ダムの十二時の鐘が鳴ったときに、夫が私の前に現れてくれました。夫は申していました。〈夜が明けたら、神父さまのところに行って伝えてくれるかい。あなたと聖母様のおかげで、俺は救われたと〉』」

第11章　髪の腕輪

「さて、我が親愛なる司祭くん」とアリエットは言った。「吾輩《わがはい》は貴兄に最高の敬服の念を抱いておる。そして最高の崇拝の念をカゾット[1]にな。貴兄に憑《つ》いた悪霊のしでかす所業にも、しかと度肝を抜かれてきた。だがしかしである。貴兄はひとつお忘れじゃあなかろうか、この吾輩という格好の例がありながらだ。敢えて言おう――死は生命を殺すものではないのである。死とは人体に起こる変形の一形態に過ぎん。死が殺すのは記憶だ、それだけなのだ。ゆえにもし記憶が不死となれば、各人が自らの魂の遍歴をくまなく思い起こせるようになるだろう。世界の開始から現行の我々に至るまで。それこそが賢者の石の秘義にほかならん。ピタゴラスが発見し、サン＝ジェルマン伯爵とカリオストロ[2]が再発見した秘義なり。そして今、その秘義を有しているのは吾輩なり。それが何を意味しているかと言えばだ、吾輩の肉体はいずれ死を迎える——吾輩はハッキリと覚えているが、それは既に四回、五回と我が身に起きたことなのだ——だがちょっと待て、肉体が死ぬと言っちゃあ語弊があろう。死ぬことのない肉体というものが確かに存在するのだ。そしてその一例が吾輩のそれである」

「アリエット殿」と医師が言った。「今のうちに許可をもらっておきたいことがあるんですがね」

「言ってみたまえ」

「あなたが亡くなって一カ月したら、墓を開けてみてもいいですかね？」

「一カ月後でも二カ月後でも、一年後でも十年後でも、ご所望の時に開けてみてくれたまえよ、医師殿。ただしよくよく用心せねばならん……屍《しかばね》に損傷でも与えようものなら、吾輩の魂魄《こんぱく》を収めた新たな肉体にも禍害が波及するものでね」

「それで、あなたはそのような戯言《たわごと》を信じていると？」

「信じなかったら不誠実というものだ。この目で見たからね」

1　77頁注8参照。
2　51頁注2参照。

「いったい何を見たと……生ける屍のひとつでも？」

「その通り」

「それならアリエット殿、めいめいが自分の物語を語ってきたところですから、どうぞあなたも話してみてくださいよ。万が一、あんたの話が一番信憑性があるということにでもなったら一興でしょうな」

「信憑性があろうがあるまいが、医師殿――今から話すことは確固たる事実にほかならんのだよ。あれは吾輩がストラスブール[3]からロイク[4]の温泉地帯に向かおうという時のことだった。それがどういった旅程になるか知っておるかな、医師殿」

「いいえ。いいから進めてください」

「まあ吾輩はストラスブールからロイクの温泉に向かっていたわけだ。必然のなすところ、バーゼルを経由することになった。そこで駅馬車を降り、貸馬車を雇わねばならん。

人の勧める旅亭たるホテル・ド・ラ・クロンヌに着くと、さっそく馬車と御者について問い合わせ、誰かこの町に吾輩と同じ旅程を行かんとする者がいないものか調べてくれるよう亭主に求めた。つまりはもしそうした者がいるならば、旅程がより安上がりかつ愉快になること間違いなしの相乗りという方策を提案してみてくれたまえと頼んだわけだ。

夕方時分に、亭主が依頼を果たして戻ってきた。見つかったのはバーゼルで小売を商う者の奥方で、この御婦人は己が乳を与えて育ててきた三カ月の赤ん坊を最近亡くしていた。その喪失が患いに至り、医者に処方されたのがロイクの温泉だったそうな。結婚してから一年、それがその若夫婦の初子だったんだ。

宿の亭主の話によれば、その奥方に旦那と離れることを決心させるにあたって周りが払った苦労といったら、それはそれは大層なものだった。御婦人の意に適《かな》うのは自分がバーゼルに残るか夫がロイクに共に来るかのふたつにひとつ、それ以外は断固として問題外だった。だが反面、奥方の心身の状態はロイクの温泉につかることを要求し、夫婦の商売の状況は旦那がバーゼルに留まることを要求していた。かくして御婦人は腹をくくり、吾輩と共に明朝旅立つという。御婦人の女中もこれに同伴すること

3　フランス北東部、ライン川沿いの都市。
4　スイスの町。

になった。

ついでにカトリックの神父――近隣の小さな村の教会で臨時に司祭を務めていた者だった――が一人参じて、馬車の四つ目の席を占めることになった。

明朝の八時ごろ、馬車が宿まで迎えにやって来た。神父はすでに馬車の中におった。次いで吾輩が乗り込んだ後、御婦人と女中のお迎えにあがった。

我々は馬車の中から若夫婦の別れのやりとりを見物していた。アパルトマンの奥でモジモジと始まり、店舗に下りてきても続き、路上に出てからやっとのことで幕引きとなった。まあ御婦人のほうにはすでに何らかの予感があったに違いない、慰めを得られた様子じゃあなかったからね。たかだか五十リューの道のはずが、世界一周の旅路に発つかのごとき有様に見えたものだ。

旦那のほうは奥方に比べたら冷静と言えたが、そうはいってもこれしきの別れにしちゃあやはり度を過ぎた感傷ぶりだった。

ヤレヤレと我々はようやく出発にこぎつけた。

必然のなすところ、吾輩と神父は旅出の御婦人とその女中に最上等の座席を進呈し、すなわち我々は前方席に、彼女らは後部席に座った。

ゾロトゥルンへの街道に乗り、初日はムンディッシュヴィルで宿を取ることになった。我らが女性同伴者は一日ドップリ苦悩と憂慮に浸《つ》かっていた。夕方に復路を行く馬車を目撃した時には、あたしをバーゼルに帰してちょうだい云々と訴えだした。それでも女中の説得が実り、このままの旅路を行くということで理解を得るに至った。明くる出発は朝九時ごろになった。一日は短く、その日のうちにゾロトゥルンは越えられそうになかった。

夕方ごろ、街が視界に入り出した時分に、我らが病身の御婦人がガタガタと身震いし始めた。

『あああ！　車を止めて！』御婦人は言いだした。『誰か追いかけてきてる』

吾輩は車から顔を出してみた。

『何かお取り違えじゃありませんか、マダム』と吾輩は告げた。『道は完璧にスッカラカンですよ』

『それはおかしいわ』と御婦人は言い張った。『確かに馬の蹄の音が聞こえるのに』

まあ吾輩が見逃しているという可能性もないわけじゃあない。そこで馬車からさらにググッと身を乗り出して見やった。

『人っ子一人いやしません、マダム』と吾輩は御婦人に報告した。

御婦人は自分の目で確かめ、同じく道が無人であることを認めた。

『勘違いだったみたい』そう言って、御婦人は車の奥に再び体を引っ込めた。そして己の思考内に引きこもらんとするかのごとく、両目を閉じきった。

明くる日は朝五時に出発した。今度は長い一日となった。その日の宿泊地として御者がベルンに車を進めていたところ、昨夕と同じ時間、すなわち午後五時に、我らが女性同乗者はそれまで沈み込んでいた一種の休眠状態からカッと目を醒《さ》まし、御者に向かってグワと手を伸ばした。

『ちょっと！　車を止めて！』彼女は言った。『今度こそ間違いないわ。誰か追いかけてきてる』

『マダムの思い過ごしでしょう』御者は言葉を返した。『見えるものといえば、さっきすれ違った農夫が三人、のんびりと道を行くところだけです』

『まさか！　だって馬の蹄の音が聞こえてくるわ』

その言葉があまりに確信に満ち満ちたものであったがゆえに、吾輩としては車の背後を見やらざるをえなかった。

昨夕と同じく、道はまったくの無人であった。

『そのまさかでございますな、マダム』と吾輩は告げた。『馬に乗った者など見えやしない』

『何を言っているの、見えやしないだなんて！　わたしにはハッキリと見えるわ――ほら、あそこに人と馬の影が！』

その手が指し示す先に目を向けると、まぎれもなく、一頭の馬とそれにまたがる者の影が見えるではないか。にもかかわらず、いくら探せどその影が帰属するところの実体は見当たらない。

隣の神父にこの奇矯《ききょう》なる事態を確認させたところ、こいつも十字を切りだす始末である。

問題の影はだんだんと薄らいでいき、しだいしだいに判別できぬようになり、しまいには完全に消滅し果てた。

吾輩らはベルンに到着した。

かような兆候は、悲境の女性の目には破滅の啓示と映った。御婦人は事あるごとに引き返したいと連呼したものだが、なんだかんだと旅程は進められた。

精神不安からか病患の自然な進行からか、トゥーンに到着したあたりからいよいよ病人は不調に苦しむようになり、以後の道は駕籠《かご》に寝ながら進むことを余儀なくされた。そのようにして御婦人はカンダー渓谷とゲンミ峠を渡りきった。ロイクに辿り着くころには丹毒を発症し、一カ月以上の間、彼女は視力と聴力を失うことになった。

さらに、御婦人が抱いていた予感はまやかしではなかった。出発して二十リューも行かぬ頃、彼女が家に残した夫は脳炎に冒されていたのである。

病魔の進行はあまりに速く、自身の状態を重く見た夫はその日のうちに使いの者を馬で送り出し、妻に便りを伝えて戻らせようとした。だがラウフェンとブライテンバッハの間で馬が転げ、使者は落馬する際に頭を石に打ちつけた。そしてその者は旅宿から動けなくなり、できることといったら自らを送り出した主人に事故の発生について知らせることのみであった。

かくして代わりの伝令が派遣されることになった。だがしかし、そこには逃れられぬ宿命があったんだろう——新たな使者がオーバーラントとヴァレーを分けるシュヴァルバッハ高原を登っていくべく、カンダー渓谷の端で馬を置き、案内人を雇って進んでいたところ、道半ばにしてアッテルス山から押し寄せる雪崩に呑み込まれ、奈落に沈んだ。案内人だけが奇跡的に助かった。
その間にも、病は凄まじい速度で悪化の一途を辿っていった。患者の頭に氷をあてにゃならんということで、男の髪の毛は——随分と長く伸ばされていたらしいんだが——ゴッソリと剃り落とされることになった。この時を境にして、重篤《じゅうとく》の夫はもう希望を保つのをやめにし、小康の折に己の妻へと手紙を書いた。

愛しいベルタ
僕は死ぬことになるだろう。けれど僕は君とすっかり離れ離れになるつもりはない。切ってもらったばかりの髪の毛を残しておくから、それを腕輪にしてくれないか。それをいつまでも身につけていてくれないか。そうしたら僕は、君とこれからもひとつでいられるような気がするから。

君のフレデリック

5　化膿性の皮膚病の一種。

そして夫はこの手紙を第三の使者に託し、自分が事切れたら直ちにこれを持って出発するよう指示した。

その夕方に夫は死んだ。死の一時間後には配達人が出発し、先人二人よりも幸運であった彼は、五日目の終わりにロイクへと到着した。

だがそこで配達人が目にしたのは、盲《もう》と聾《ろう》に陥った奥方の姿だったわけだ。温泉の効力が発揮され、一カ月ばかりでこの二重苦は解消され始めていた。意を決して運命の報告を行うには、さらにもうひと月ほど待たねばならんかった――もっとも、それは御婦人が見てきたあれこれの幻影が既に予告していたものだったろうがね。彼女はさらなるひと月をそこで過ごし、完全な回復へと至った。かくして三カ月の留守を経て、御婦人はいよいよバーゼルへの帰路につくことになった。

吾輩は吾輩で温泉治療が効を奏し、患っていたリウマチが劇的に改善されたものだから、共に出立する許しを請うたところ、御婦人はこれを喜んで受け入れた。旦那のことを話せる相手が欲しかったんだろう。御仁のことは出発の時にチラと見ただけだが、それでも見知ってはいたわけだからね。

我々はロイクを離れ、五日目の夕方にバーゼルへと戻った。

この悲運の未亡人が家に帰り着いた時の哀切やら痛ましさといったらない。若夫婦はこの世界で二人きりで生きてきたわけだから、旦那が死んだ今となっては、もうすっかり店はたたまれて、商売は振り子の針がピタリと運動を停止するがごとくに凍結していた。病人を診ていた医者やら最期を看取ったあれやこれやの者たちが呼びに出され、臨終の時の再現が行われた。その死はすでに諸人の頭から忘れ去られつつあり、復元はあくまで部分的なものにとどまった。

御婦人はせめてもと、夫が残した遺髪だけは取り戻そうとした。

医者は自らの指示で毛髪を刈り取らせたことだけははっきり覚えていた。床屋は自らの手で病人の頭にあたったことだけはしっかり記憶にあった。だがそれで終わりだった。遺髪は風に飛ばされ散り散りになり、つまりはもう無くなっていた。

御婦人は絶望した。髪を腕輪にしておくれという瀕死の夫が残した最後にして唯一の願いが、これをもって実現不可能になってしまったわけだからね。

嘆きにくれる幾晩かが流れた。闇夜に家の中をさまよい続ける寡婦の姿は、もはや生ける者のそれには見えず、あたかも彼女自身が死霊に成り果てたんじゃないかという有様だった。

ほとんど眠らず、というよりほとんど寝つけずにいた御婦人は、今度は己の右手が麻痺していくのを感じだした。その麻痺が心臓にまで達するかに思われた時、彼女はハッと我に返った。

問題の麻痺は手首から始まったものであり、それはすなわち髪の腕輪がはまることになっていた部位だった。そこに生じていたのはまさしく、鉄の腕輪がきつく締めつけてくるような圧迫感だった。そしてもう一度言うなら、麻痺は今や手首から心臓にまで届かんとしていた。

これはもはや疑う余地なく、遺志を遂げてもらえなんだ死人が口惜しさを表明していたのだね。

残された女性は、墓石の向こうから伝わってくるその無念の意をくみとった。そして彼女は決心したんだ。墓を暴いて、もしも夫の頭が隅から隅まで剃られたのでないならば、その場で髪を採取して最後の願いを成就させてやろうとね。

そういうわけで、己の企てを誰にも知らせることなく、御婦人は墓掘りを探させた。ところがどっこい、夫を埋めた墓掘りはすでに死んでしまっていたんだ。新任の墓掘りはまだ職務について二週間ばかりで、墓がどこにあるかなぞ知らんときた。

こうなっては天の啓示を期待するのみ。それでも、重ねて目にした馬やら使者やらの幻影しかり、手首に感じる腕輪の圧力しかり、奇跡を信じるだけの道理はあったというわけで、御婦人はたった一人で墓地へと乗り込み、草葉が墓石の上にまではびこる中で、同じく草でボウボウとなった盛り土の上に座り、そこで捜索を導いてくれるような新たな霊験の到来を祈った。

墓地の壁には死の舞踏[6]が描かれていた。彼女の目は死神の上ではたと止まり、その嘲笑的であり禍々しくもある図像をジッと見つめた。

その時、死神が痩せ身の腕をもたげだし、骨ばった指の先で、新しく建てられた墓のうちのひとつを指し示したように見えた。

亡夫を思う御婦人はまっしぐらに指さされた墓へと向かっていった。その前まで来た時、今度ははっきりと、死神がもたげていた腕を元の位置に戻すのが見えた気がした。

すぐさま御婦人はその墓に目印をつけ、墓掘りを探しに行き、導きの場へと引き連

6 絵画などのモチーフで、生者を墓に導く骸骨たちの舞踏を表す。

れてきた。

『さあ掘って！　ここに違いないわ！』と御婦人は命じた。

吾輩はその作業を見物していた。この目くるめく椿事《ちんじ》がいかなる結末へと至るものかぜひとも見届けたかったのだ。

墓掘りはセッセと土を掘り下げていった。

棺桶まで辿り着くと、墓掘りは蓋に手をかけた。最初ためらってはいたんだが、亡夫を思う御婦人が断固たる口調で急き立てた。

『開けなさい。これはわたしの夫の棺《ひつぎ》なのよ』

墓掘りもそう信じざるをえなかった。御婦人にみなぎる自信といったら、人を扇動できそうなくらいだったからね。

その時、奇跡のような有様が眼前に現れ出た。吾輩はこの目で見たのだ――死体は確かに夫のそれであったばかりでなく、少々青ざめてはいたが生前と変わらぬ状態で保たれており、さらには絶命の日に剃り落とされていたはずの毛髪が、棺のひび割れを穿つ草の根さながらに生え伸びていた。

哀れなる女性は死体に向かって身をかがめた。それはただただ眠っているかのようであった。彼女はその額に口づけをして、死人の頭からいとも豊かに伸びていた長い毛髪の一房を切り取り、それを腕輪として巻いた。

それ以来、夜間の麻痺症状はピッタリと止んだ。かわりに、御婦人が何か重大な危険に近づきそうになった時は、そのつど腕輪がそっと締まり、優しく抱擁するように包み込みながら、気をつけなくてはいけないよと知らせてくれるようになったそうな。

さあどうだろう、この死人は本当に死んでいたと言えるのか？　その亡骸は本当に亡くなりおおせていたと言えるのか？　吾輩にはそうとは思えないね」

「ねえ」青白い顔の女が口を開いた。その声は非常に奇妙な音色として発せられたために、明かりのない闇夜にたたずむ私たちを一斉に身震いさせた。「それで、その死体がお墓から抜け出してきたとはお聞きになりませんでした？　どなたかがそれに近づいてしまって苦しむことになったというお話などは？」

「うんにゃ」アリエットは言った。「もうその地方は離れちゃったからね」

「おっと」医師が言った。「安い乗りはいけませんよ、アリエット殿。こちらのグレゴリスカ夫人は、スイスはバーゼルに眠るあなたの心やさしい商人を、ポーランドかワラキアか、ハンガリーあたりの吸血鬼に見たててやろうというおつもりなんですから。そういえば、貴女《あなた》はカルパチア山脈に行ってたんでしょう?」医師はにやにやと笑いながら続けた。「ひょっとして、吸血鬼のいくらかでも見てきたんじゃないんですか?」

「お静かに」青白い顔の女性はどこか異様な荘重さとともに述べた。「みなさんがこの場でめいめい物語を披露してこられたのですから、わたしからもひとつお話しさせてくださいませ。ねえお医者さん、あなたもこの話が本当でないとはおっしゃらないと思いますわ――これはわたし自身の身に起きたことなのですから……。聞けばおわかりになることでしょう、わたしの顔がどうしてこんなに青いのかを」

その時、一条の月の光が窓から差し込み、カーテンをすり抜け、彼女の寝そべるソファの上で揺らめいた。青みがかる光に包まれた彼女は、あたかも墓に横たわる黒い大理石の彫像のように見えた。

誰からも、提案に応答する声は上がらなかった。それでも、客間を支配する深い沈黙が、各人の不安を帯びた期待を無言のままに告げていた。

第12章　カルパチア山脈

「わたしはポーランド人です。生まれたのはサンドミエシュで、その土地は言うなれば、数々の伝承がそのまま信仰の決まりごとになっているようなところです。そこでは、福音書と同じくらい――もしかしたらそれにも増して――先祖代々の言い伝えが大切に守られています。わたしの里のお城のなかで、霊の住まわぬものはひとつとしてありません。わたしの里のぼろ家のなかで、守り神の住まわぬものはひとつたりともありません。富める者も貧しき者も、お城においてもぼろ家においても、誰しもがありがたき理《ことわり》と忌まわしき理とを心得ているのです。ときとして、このふたつの理のあいだで争いがはじまり、戦いがおこなわれます。そうしたおりには、世にも不思議な音が廊下から聞こえ、世にも恐ろしいうなり声が古き塔から響きわたり、世にも不気味な揺れが壁のむこうから伝わってきて、だれもかれもがぼろ家なりお城なりから逃げだし、農夫も貴族もわけへだてなく教会に駆けこみ、悪魔たちの責め苦から身を守るかけがえのない盾として、十字架や聖遺物にすがりつくのです。けれどその地には、もっと過酷な、もっと剣呑な、もっと抜き差しならないふたつの理がにらみ合っています——圧政と自由です。

一八二五年に、ロシアとポーランドのあいだで戦いがまきおこりました。それはいくたびも繰り返されてきたもので、ともすれば親族の血が一滴残らず尽きはててしまうような、人民の血が一滴残らず涸れはててしまうような、そうしたたぐいの戦いでした。

わたしの父とふたりの兄は、新たな皇帝《ツァーリ》を敵として立ちあがり、ポーランド独立の旗印のもとで——掲げられては打ち倒され、打ち倒されてはまた掲げられる旗のもとで——戦地に向かいました。

ある日、わたしは下の兄が戦死したのを知りました。また別の日には、長兄が傷を負って絶命したとの知らせが入りました。そして、刻々とこちらに近づいてくる大砲の音をおびえながら聞いて過ごしたある日の終わり、父が百人ばかりの騎兵たちとともに帰ってくるのを見ました。それは、父が指揮していた三千人の隊の成れの果てでした。

父は、わたしたち家族のお城にたてこもり、その瓦礫《がれき》の下に埋もれる覚悟で戻ってきたのでした。

父は自分の身などはほんの少しもかえりみず、ただただひたすらにわたしのことを心に案じていました。自分の身に起こるのは死だけであり、生きて敵兵の手に落ちることは決してないのだから、と。けれどわたしの身については、捕虜となり、名誉をうばわれ、辱めをこうむることが危ぶまれなければなりませんでした。

父は残された百の兵のなかから十人を選《よ》りだし、家令の者を呼びつけて、家のありとあらゆる金貨や宝石をゆだねました。父の記憶では、第二次ポーランド分割のおりに、まだ子供のような年の頃だった母が、カルパチア山脈の山あいにあるサハストルの修道院に逃げのびて難をのがれたとのことでした。そうしたわけから父は、その同じ修道院にわたしのことを送り届けるよう命じました。母をもてなしてくださった修道院ですから、きっと娘のことも劣らぬ手厚さで世話してくれるはずと思われたのでしょうね。

父がわたしに寄せている並々ならぬ愛情にもかかわらず、ゆっくりと別れのときを噛みしめることさえかないませんでした。もう、明日にも目の前にロシア軍が迫ってくるような情勢でしたから、ぐずぐずしている暇はなかったのです。

わたしは急いで乗馬用の服に着がえました。兄たちの狩りにお供するとき、いつも着ていたものでした。わたしのために、厩舎のなかでどれよりも確かな馬に鞍がつけられました。それから父は、持っていたトゥーラの武器工場の名品たる拳銃をわたしの腰もとにすべりこませて、わたしを抱きしめ、出発の令を出しました。

その夜と、あくる日の昼のうちに、ヴィスワ川へと連なっていく名もないような小川のひとつにそって、二十リューほどを進みました。最初にふだんの倍もかかるようなまわり道を行くことで、ロシア軍の包囲網からのがれたのでした。

日の終わりの光のなかに、雪に包まれたカルパチア山脈の頂上がきらめいているのが見えました。

次の日の終わりごろに、山脈のふもとまでたどり着きました。そうしてとうとう三日目の朝には、山あいのひとつに踏みこんでいくことになりました。

わたしどもの地のカルパチア山脈は、文明の手のゆきとどいた皆さまがた西洋の山地とは似ても似つかないものです。自然の果てしなさも、雄々しさも、そこではすべてがどこまでも手つかずのまま、冷然たる姿を現します。嵐のすさぶ頂は、雲に隠れたその裏で、とこしえの雪に包まれています。広い広い森のモミの木は、そろって身をかしげて、海にもひとしい湖のつるりとした鏡面をのぞきこんでいます。そうした湖に、小舟がさざ波を立てたことなどありません。空の青みのように深いその結晶を、釣りびとの網が乱したことなどありません。ときおり人の声がかすかに響いてきて、モルダヴィア[1]の歌が聞こえたかと思うと、野生の獣たちが叫びをあげてそれに応えます。そうして歌と叫びが起こると、静かなところでみずからの存在さえも忘れていた山彦が、ふいのざわめきにあわてて目を覚まします。そのようにして、ひとつ歩みを進めるごとに思いもしない驚きが静けさから飛びだしてくるような、そんな仄暗《ほのぐら》い森の円天井の下を何マイルも何マイルも旅していくと、いつしか驚きは、わたしたちを動揺から感嘆へといざないます。いたるところに危険があり、しかも千の異なる危険が組み合わさっているような地にはちがいありません。それでも、怖さを覚える暇などないほどに、そうした危険はうっとりと心を奪うものなのです。あるときは、氷の

1　現ルーマニア北東部。

割れ目からにわかに滝がわきでて、岩から岩へとはねあがり、いま進んでいる狭い小道に——荒々しい獣とそれを追いたてる狩人たちが行きかって踏みしめられた小道に——ざっとなだれこんできます。またあるときは、年月とともに蝕まれた木々がふっと土を離れて、恐ろしくもけたたましい地響きのような音とともに倒れこんできます。そしてまたあるときは、嵐が起きてあたりを雲で包みこみ、そのぼんやりとしたなかで、燃えさかる蛇のように稲妻が飛びだし、這《は》い伸び、身をくねらせるのが見られるのです。

そのような高い山頂を越え、そのような原生の森を越えましたら、ちょうど山がどこまでも大きなものであったように、ちょうど森がどこまでも広いものであったように、今度はどこまでも果てしのない草原にやってきます。海と変わらず波のようなうねりがあり、荒れ狂う嵐があり、サバンナと変わらず乾ききってでこぼことして、視界の先は終わりない地平線のなかに溶けこんでしまいます。そこでは、心を占めてくるのは怯《おび》えではありません。心に押し寄せてくるのは、悲しみなのです。なにひとつとして気を晴らしてくれるもののない、とりとめのない深い憂いなのです。なぜって、どんなに遠くを見わたしても、土地の形がいっこうに変わってくれないのですから。

同じような坂を二十も登っては下り、人の通った跡を探せど見つからず――そんなふうに手がかりもなく、誰もいない何もない荒涼のなかに身を置いていると、自分が自然のなかに寂しく取り残されたような思いになって、いつしか憂いは嘆きに変わります。つまるところ、前に進むことになんの甲斐があるものかと、それがなにかに行き着かせてくれるのかしらと、思われてくるのです。村もなく、お城もなく、ぼろ家もなく、およそ人の住まうしるしと言えそうなものはひとつとして見かけません。ただところどころで、その物悲しい風景をいっそう侘《わび》しくするかのように、葦《あし》も生えない藪《やぶ》も生えないちょこんとした湖が、死海みたいに谷間の底で眠っていて、その緑色の水面《みなも》で道をさえぎるばかり。そこを飛び立つ何羽かの水鳥たちが、まのびしたような調子外れの鳴き声をあげながら近寄ってくるばかり。通れないならまわり道をしなければなりません。目の前にそびえる丘をよじ登り、また別の谷あいを下りていき、また別の丘をよじ登り――そうしたことが、山々の連なりを踏みつくすまで、少し少しゆるまっていく険しさが尽きはてるまで、延々と続いていくのです。

とは申せ、ひとたびその連なりが絶えて、南のほうへ折れ曲がって行ったなら、そこで風景はあらためて雄々しさを取り戻し、また別の山の連なりが待ち受けていたことを知るのです。さっきよりももっと高くそびえ立ちながら、今度は絵にしたくなるようなおもしろい輪郭で、その中は彩りに満ち満ちていて。すっかりと森に飾られて、あちこちに小川の切りこみが入っていて。水と木かげとともに、ようやく風景に生命が吹きこまれます。庵《いおり》の鐘の音が聞こえてきます。山腹にキャラバンの列がうねっているのが見えます。そしてとうとう、日の終わりの光のなかに、たがいに身を寄せ合う白い鳥の群れのように、どこかの集落の家並みがくっきりと目に飛びこんできます。なにかしらの夜襲から身を守ろうと集まったのでしょうか——というのも、そこでは生命の息吹と一緒に危険までもが舞い戻ってくるのでして、しかもはじめに渡ってきた山とは違って、恐るるはもう熊や狼の群れではありません。戦わなければならない相手は、うようよといるモルダヴィアの山賊の集団なのです。

そうしたあいだにも、わたしたちは行き先に近づいていました。出発してから十日、ここまで大事もなく来ていました。ピオン山の頂きがもう見えていて、巨体ぞろいの家族の中でひとつ突きでたその頭のむこう、南むきの斜面の上に、わたしの目指すサハストルの修道院があります。もう三日もあればたどり着くというところでした。時は七月の終わりでした。昼間は焼けるように暑くて、四時ごろに日の暮れの最初の涼気を吸いこめることがえもいえぬ悦びでした。ニアンゾ[2]の遺跡にそびえる塔をひとつまたひとつと通りすぎたあと、山あいに見えはじめた平野に向かって下りだしました。もうその場からはビストリカ川の流れを目で追うことができて、岸にはヒナゲシの赤色と、カンパニュラの大きな白い花がちりばめられています。崖にそって進んでいった奥に、その川がまだ名もないような一本の急流として走っているのが見えます。道幅は狭く、馬を二頭並べて行くのも難しいほどでした。

わたしたちの案内人は、馬の上で体をななめに傾けて、ダルマチア地方の歌を歌いながら先頭を進んでいました。抑揚がすなおな歌で、その歌詞が不思議におもしろくて、あとから口ずさみながらついていきました。

歌い手はまた詩人でもありました。山に住む者でなければ、あの旋律の荒々しい悲しさ、鬱々とした単調さは、とても醸しだせないように思います。

これがその歌詞です。

2　モルダヴィア地方の古い地名で、現ルーマニア北東部のネアムツ県にあたる。

ここはスタヴィラ　辺鄙《へんぴ》な沼地
溢れ流れて　染み込む赤き血
倒れ伏したる　物言わぬ口
やれ忌まわしき　悪徒の亡骸
奴は奪いし　我らの同胞《はらから》
優しきマリアに　背を向けながら
殺し欺き　家を焼き討ち

賊の心臓　穿《うが》ちし弾丸
喉元深く　刺さりし刀剣《ヤタガン》
さしもの猛者も　生死を跨《また》がん
それから三晩　あな不思議なり
未だ乾かぬ　木陰《こかげ》の血溜まり
己《おの》から流るる　血潮に浸《つ》かり
黒く染まれし　死したオヴィガン

輝き失せぬ　蒼き眼差《まなざ》し
逃げろや逃げろ　災い近し
賊の骸《むくろ》は　邪霊に憑《つ》かれし
人の生き血を　貪《むさぼ》る魔物
恐れ慄《おのの》き　逃げ出す獣
死臭につられて　来てみたものの
これは怪しと　逃げ去る禿鷲《はげわし》

そのとき銃声が響いて、弾丸が空気を切り裂きました。歌が止まって、撃ち抜かれた案内人が崖の底に転がり落ちていきました。彼の乗っていた馬がいななきながら立ち止まり、そのかしこい頭を前に伸ばして、主人が呑みこまれていった奈落の底をのぞきこみました。

やにわに大きな叫びがあがり、わたしたちは山腹に、三十人ほどの盗賊が立ちあがるのを目にしました。隙もなく取り囲まれていました。

こちらもおのおのが武器をつかみました。不意打ちを受けたとはいえ、供《とも》する者はみな歴戦の勇士ですから、ひるむことなく反撃に打って出ました。わたしもみずから銃を手にして先陣を切りながら、この地勢で戦うのは分が悪いと見て、『前へ！』と叫び、馬を蹴って平野のほうに走らせました。

けれど、わたしたちが相手どっていたのは山の民たちで、彼らは奈落にひそむ悪魔のように岩から岩へと飛びうつり、飛び跳ねながらも銃を放ち、自分たちの地の利をくずさぬまま襲いかかってくるのでした。

そのうえ、こちらの動きも先読みされていました。道が広がり山が台地をなす地点で、若い男が馬にまたがる十人ほどの者をひきつれ、待ちかまえていたのです。こちらに気づくと、彼らは馬を早足で駆けさせ、わたしたちの行く手をふさぎました。うしろでは追っ手が山腹を駆けおり、退路を断っていました。どこを向いても逃げ道はありません。

そうしたゆゆしい事態のなかでも、幼いころから戦いの場面を見なれていたわたしの目は、状況をつぶさにとらえていました。

その男たちはみな羊の革に身を包み、ハンガリー人がよくするように、野花で飾りつけた丸い大きな帽子をかぶっていました。さきほど撃っていたトルコの鉄砲をこちらに向けながら、おのおの野卑な叫びをあげています。腰には曲刀と、ひと組の拳銃をさしていました。

その者たちをしたがえる男はというと、まだ年若く二十二歳になるかどうかというところで、顔色は青白く、切れ長の黒い目をし、長く垂れた髪が肩の上で丸くそり返っています。毛皮のついたモルダヴィア風のローブを着て、金糸と絹で縞模様に編まれた帯を腰もとに締めています。手には曲刀が光り、腰には四丁の拳銃が照り映えています。戦いのさなかに彼の口から放たれていた叫びは、およそ人の言語にあたるとは思えない、吠え声みたいな謎めいた響きでしたが、それでもなにかしらの意思を伝達してはいたのでしょう。なぜなら、彼の手下たちはその叫びに応じながら、腹ばいになってこちらの兵の銃撃をよけ、起きあがって応戦し、まだ立っている者を撃ち抜き、傷を負った者をしとめ、戦いをただの殺戮《さつりく》に変えてしまったのですから。

護衛の者はひとりまたひとりと倒れて、もはや三分の二は地に伏していました。今なお立っている四人ばかりが、わたしのまわりに身を寄せ合っていました。得られぬとわかっている慈悲を乞うよりも、思うことはただひとつ――この命に、せめてもの代償を支払わせてやるということのみでした。

すると若き頭目が、これまで以上に強い意思をこめた叫びをあげ、曲刀の切っ先をこちらに突きつけました。それはきっと、この生き残りたちを武器で取り囲み、ひと息で蜂の巣にせよという指令だったのでしょう。モルダヴィアの長身のマスケット銃が、いっせいに構えられました。これでお終いなのだと悟りました。天を仰ぎ、両手を上げ、最後の祈りを唱えながら、わたしは死を待ちました。

そのとき目に映ったのは、上から下りてくるというよりも降ってくるかのように、岩から岩へと飛びうつってくる、ひとりの若い男の姿でした。その男は岩のひとつにとまり、台座に乗った彫像のようにまっすぐ立ち、この場をあまねく見下ろして、戦いの舞台に手をかざしながら、ほんのひとことだけ告げました。

『よせ』

その声に皆がはっと見上げ、一挙に、この新たに現れた頭領にしたがおうという様子になりました。ただ山賊のなかでひとりだけ、銃を肩に構えなおした者がいました。弾が放たれました。

こちらのひとりからうめきがあがり、銃弾がその左腕を貫いていました。

撃たれた兵士は刹那のうちに身をひるがえし、傷を負わせた者に向かって飛びかかろうとしました。けれど、彼の馬が四歩も行かぬうちに、上のほうから光が走ったかと思うと、指図に背いた山賊が地に転げだしました。その頭は銃弾に砕かれていました。

さまざまな思いがふくれあがって、張りつめていた心の糸を切らし、わたしは気を失いました。

我にかえったとき、わたしは草むらに伏しながら、何者かの膝の上に頭を乗せていました。最初に見えたのは、わたしの腰にあてがわれたその人の手だけでした。その手は白く、たくさんの指輪がはめられていました。目の前には、もうひとり男が立っていました。腕組みをし、片方の手に曲刀を抱えてたたずむその男は、わたしたちへの攻撃を指揮していた若いモルダヴィア人でした。

『コスタキ、お前は今すぐ部下どもを引き上げさせろ』わたしを支える男が、フランス語で、威圧するように言いました。『この娘の世話は俺がする』

『なあ兄弟』言いつけられた男のほうは、おさまりがつかない様子で答えました。『なあ兄弟、あんまりオレを怒らせるなよ。オマエには城をくれてやったんだ、森のことはオレに譲っておけよ。城ではオマエが頭でも、ここじゃオレが神なんだ。ここでは、オレが一声かければオマエを無理やり従わせることだってできるんだぜ』

『コスタキ、兄は俺だ。どこであっても俺が頭だ。森だろうと城だろうと、ここであろうがどこであろうがな。おお、この身に流れる血がそうさせるのさ――お前と同じブランコヴェアヌ家の血が、命令することを常としてきた王家の血が――だから俺は命令する』

『命令したいなら自分の家来に好きなだけしろよ、グレゴリスカ。でもオレの兵隊には通じないね』

『お前の兵隊はただの山賊だろう、コスタキ……うちの塔の胸壁にそこの山賊どもを吊るし上げてやろうか？　もし今すぐ従わないならな』

『へえ！　こいつらが簡単に言うことを聞くものか、じゃあ試してみろよ』

そのとき、わたしの頭が膝から離され、石の上にそっと置かれるのを感じました。不安な思いで目をやると、そこにいるのは、さきほど争いのさなかに――妙な言いようでしょうけれど――天から降り立つように現れた、あの若い男にまちがいありませんでした。さっきはその口から言葉が告げられるのを聞くや気を失ってしまったので、ちらとしか見ないままでしたが、とうとうその姿をすっかりと目におさめることになったのです。

その男は、年の頃は二十四歳ばかり、背が高くて、青い大きな目からは並々ならぬ凛々《りり》しさと厳しさが見てとれました。スラブ系の民族のあかしである金色の髪が、大天使ミカエルのそれのように長く肩まで垂れかかって、若々しく瑞々《みずみず》しい頬をふちどっていました。鼻であしらうような笑みで唇の端が持ちあがり、その隙間から、二列に並ぶ真珠のような白い歯が見えました。そのまなざしは、稲妻をにらみつける鷲[3]を思わせました。黒いビロードのチュニックを着ていました。ラファエロのそれのような小さなふちなし帽[4]で頭を包み、その上には鷲の羽根があしらわれています。そして、はりつくようにぴったりとしたパンタロンに、刺繍《ししゅう》の入ったブーツ。腰もとに締められたベルトと、そこにさしこまれた狩猟用のナイフ。肩帯には複銃身式の小さなカービン銃がぶらさがっていて、その腕前の確かさは、山賊のひとりが身をもって

3　鷲はギリシャ神話においてゼウスの化身であることから、雷を制御する鳥とされた。
4　画家ラファエロの自画像に描かれた帽子を示唆している。

味わったところでした。

彼は片方の手をすっと前に伸ばしました。伸ばした手ひとつで、自分の弟を制してしまったかに見えました。そして彼はモルダヴィア語でいくつかの単語を口にしました。その言葉は、山賊たちを強く揺り動かしたようでした。

今度は、年下の頭領が、やはりモルダヴィア語でなにかをまくしたてました。その言葉に脅迫と呪詛が入り混じっていることは察せられました。

ですが、その長く熱を帯びた物言いに対して、兄のほうが返した言葉はほんのひとことでした。

それで、山賊たちがこうべを垂れました。

『ああわかったよ、グレゴリスカ』コスタキはフランス語に戻って言いました。『この女を隠れ家に連れてくのはやめだ。だが、こいつはオレのものだってことに変わりはないからな。こりゃあ上玉だ、オレが捕まえたんだ、オレがもらうぜ』

そう言って、彼はわたしに飛びかかり、腕にさらいました。

『その人は城に連れていって母上に預ける。それまでは一瞬たりとも離さん』とわたしの守護者が言いました。

『オレの馬を持ってこい！』コスタキがモルダヴィア語で叫びました。

その命を受けて、十人の山賊が言われた馬を頭領のもとにあわてて引き連れてきました。

グレゴリスカはさっとまわりを見て、誰も乗っていない馬を見つけるや手綱をつかみ、あぶみに触れもせず飛び乗りました。

わたしを両手に抱えたままにもかかわらず、コスタキは兄とほとんど同じように軽々と鞍にまたがって、早足で駆け出しました。

グレゴリスカの馬も負けじと打ち早されたのでしょう、すぐにコスタキの馬に追いつき、頭に頭を押しつけ、横腹に横腹をぶつけてきました。

それは不思議な光景でした。ふたりの騎手が並びあって飛ぶように駆け、いかめしい様子で物も言わず、見ているふうでもないのにお互いの動きを片時も見逃すことなく、馬に身をまかせながら、木や岩や崖を通る命がけの道を疾走していくのでした。

わたしは頭を横にされていたために、こちらを見つめつづけるグレゴリスカの美しい瞳と目が合っていました。それに気づくと、コスタキはわたしの頭を持ちあげました。それでわたしの目にはもう、この男のむさぼるような黒い不吉なまなざししか見えなくなりました。まぶたを閉じてみても甲斐なきことでした。暗いヴェールの奥に責め苛《さいな》むようなまなざしが浮かびつづけて、胸を深々と貫き、心を突き刺してくるのです。それから不可思議な幻覚が襲ってきました。わたしは自分が、ビュルガーの物語詩《バラード》のなかで馬と騎士の亡霊に運びさられるレノーレになったように思われてきたのです。そうして馬が止まるのを感じたとき、わたしは恐る恐るとしか目を開くことができませんでした。まわりに現れるのはきっと、壊された十字架と口を開けた墓ばかりと思い込んでいたものですから。

目の前に開かれた光景は、それよりもはるかに晴れやかだったと申すことはできません。そこは、十四世紀に建てられたモルダヴィアの城の中庭だったのです」

第13章　ブランコヴェアヌの城

「コスタキが手を放して、わたしは地面にすべり落ちました。彼も続くようにとなりに降り立ちました。彼の動きはとてもすばやいものでしたが、それでもグレゴリスカの後を追うばかりでした。

グレゴリスカがみずから言っていたように、城においては彼こそが主《あるじ》でした。

ふたりの若者が見知らぬ女を連れて帰ったのを見て、使用人たちが走り寄ってきました。コスタキにもグレゴリスカにもひとしく世話を尽くしているように見えて、後者にはより大きな配慮とより深い敬意が向けられていると感じられました。

ふたりの女性がいそいそとやって来ました。グレゴリスカは彼女たちにモルダヴィア語でなにかを命じました。それからこちらを向いて、彼女たちについていくようにと手で示しました。

その思いやりに満ち満ちたまなざしに、わたしはためらわず従いました。五分後、わたしは部屋のなかにいました。飾り気がなく、好みに少しもうるさくない人でさえ住みたがらないような空き間でしたが、そこはたしかに、お城の中で最も美しい一室でもありました。

それは大きな真四角の部屋で、緑色の綾織が張られた長椅子のようなものがぽつんと置かれていました。昼は腰掛けになり、夜は寝床として使えるものです。あとは、ゆったりとした楢《なら》の木の肘掛け椅子が五つ六つと、とても大きな戸棚がひとつ、そして部屋のひとすみに、教会にあるような大きくて美しい祈禱《きとう》席にそっくりの、天蓋《てんがい》つきの椅子が置かれているだけでした。

窓のカーテンやベッドの幕などは、望むべくもありませんでした。

この部屋に上がってくる階段の脇には、ブランコヴェアヌ家に名を残す者たちの彫像が三つ、本来の寸法よりもずっと大きな姿でそびえ立っていました。

少しあって、部屋に荷物があげられ、そのなかにはわたしが旅に運んでいたかばんもありました。侍女たちがいろいろと世話をしてくれました。さきの出来事で乱れた身なりを直しながらも、乗馬用の服だけは着たままにしておきました。ほかになにを身につけるよりも、そのほうがこの家の主人たちの服装に合わせられるというものでしょう。

　そのようなささやかな身づくろいが済むと、まもなく、扉がそっと叩かれるのが聞こえてきました。

『どうぞ』わたしは意識もせずにフランス語で応えました。みなさんもご存じと思いますけれど、フランス語はわたしたちポーランド人にとって母国語のようなものですから。

　入ってきたのはグレゴリスカでした。

『貴女《あなた》がフランス語を話せてよかったよ、マダム』

『ええ、こちらもです、ムッシュー』わたしは言いました。『フランス語を話せて幸いでした。その偶然のおかげで、あなたの慈悲深いとりなしをうかがい知ることができたのですから。この言葉をとおして、あなたはご自分の弟君のたくらみからわたしを守ってくださった。この言葉をとおして、わたしはあなたに心からのお礼をお伝えしとうございます』

『それはどうも、マダム。ああいった状況に置かれた女性は放っておけない、ただそれだけのことだ。山で狩りをしていたら、どうも違和感のある発砲音が立て続けに聞こえた。それで銃による戦闘だろうと思い、軍事用語で言うところの〈砲火を冒して突進〉と出たわけだ。天のはからいでもあったのか、なんとか間に合った。だが教えてくれるか、マダム。貴女のように身分のありそうな女性が、どんな因果で我々の山に踏み込んでいたのか？』

『わたしはポーランドの者です、ムッシュー』わたしは答えました。『ふたりの兄はロシアとの戦争で命を落としました。敵から城を守ろうとする父を残して参りましたが、今では父も兄たちのもとへ行っていることでしょう。わたしはその父の指示で、殺戮《さつりく》から逃れ、サハストルの修道院に身を隠そうと旅路を進んでいたところでした。母も年若いころに同じような境遇におかれて、その修道院で無事に難を免がれたことがあったのです』

『貴女もロシア人どもの敵か。それは何よりだ』若き男は言いました。『その肩書きは、この城においては貴女を守る強力な護符になってくれる。俺たちは今、来るべき戦いのために勢力を集めようと躍起になっているところだ。さて、貴女が誰なのかわかったところで、俺たちのことも理解してもらうことにしよう。マダム、ブランコヴェアヌの名は貴女も知らないものではないだろう?』

わたしはうなずきました。

『俺の母親はこの名における最後の大公女で、ピョートル一世の下劣な取り巻きたるカンテミール家連中のせいで殺された、あの名高い宗主[1]の最後の子孫だ。母親の最初の結婚相手が俺の父セルバン・ウェヴァディで、同じく大公の身分だったが、そこまで知られた血筋の生まれでもなかった。

父親はウィーン育ちだった。あの人はそこで文明の利というやつをまざまざと思い知っていた。だから俺のこともヨーロッパ人として育てようと決めたわけだ。俺たちは二人で、フランス、イタリア、スペイン、ドイツとまわることになった。

母親は——(今からの話が、息子がするようなものじゃないということはわかっているつもりだ。だが、貴女が救われるためには、俺たち家族のことをよく把握しておいてもらう必要がある。こんなことを打ち明けなければならない理由も、いずれ理解できるだろう)——俺の母親は、父がその旅行で家を空けて間もないうちに、そして

1　ワラキア公国(現ルーマニア南部)の君主コンスタンティン・ブランコヴェアヌのこと。

俺自身がまだほんの幼いうちに、不義の関係を結んでいた。相手は〈徒党《パルチザン》〉の頭領、つまりは――』グレゴリスカはそう言って、少しだけ笑いました。『つまりはこの国の言葉が意味するところで、貴女を襲ったような連中の親玉とな。その男はジオルダキ・コプロリとかいう名の伯爵で、半分はギリシャ人、半分はモルダヴィアの血を引いていた。そいつと罪深い仲に陥った母親は、父に手紙を寄こしてすべてを伝え、離婚を求めてきた。その要求のおまけに、自分はブランコヴェアヌ家の人間として自国への愛着を日に日に失っていくような男の妻でありたくないとの釈明までつけてだ。この手の要求は、他からは異様に見えるかもしれないが、俺たちの国ではどこまでもありふれた、どこまでも自然なものなんだ。だが空しいことに、父のほうとしては、その要求に同意を示す必要さえなかった。俺の父親は、長い間苦しんでいた動脈瘤で、手紙が届くよりもひと足早くあの世に行ってしまっていたのさ。だから、その手紙を受け取ったのは俺だった。

俺としてはどうしてみようもなかった。ただ、母君の幸福を心よりお祈りしますと書いて送る以外にはな。その祈りとともに、あなたの夫はもうこの世にいないのだから、と俺は手紙にしたためた。

同じ手紙で、俺はこのまま旅行を続ける許可を求めた。そして許可は出された。

俺はフランスかドイツに定住しようと決心を固めていた。俺を疎ましく思っているであろう男、俺のほうでも愛することのできない男、どのつまり母親の再婚相手には、顔を合わせようとも思わなかった。だがそうこうしているうちに、突如として、ジオルダキ・コプロリ伯爵が暗殺されたという知らせを受け取ることになった。伝えられたところでは、それは俺の父親が生前に抱えていた騎兵《コサック》たちのやったことだった。

俺は急いで戻ることにした。俺は母親を愛していたし、母が孤独を感じているであろうことも、こういう時には誰か近くに親身になれる人間が必要だということも、理解しているつもりだったからだ。たとえ俺に優しい愛情を向けてくれたことは一度もなかったにしても、それでも俺はあの人の息子だ。朝、帰りを待たれていたわけでもなかったにせよ、俺は家族の城に戻り着いた。

そこで見たのは、一人の見知らぬ男児だった。俺は最初、そいつをどこかのよそ者だと思った。次いで、俺の弟だと知ることになった。

それがコスタキだった。密通者の息子、そして母の二度目の結婚によって正式に認められた子供だった。コスタキは、貴女も目にしたあの御しがたい獣は、自分の情動を唯一の法とし、母親の他はこの世に何も崇めるべきものを知らない。俺に対する従い方は、虎のそれと同じだ。力の下で飼い慣らされたかに見えて、俺をいつか食い殺してやろうという淡い期待を糧に、いつまでもいつまでも吠え続けていやがるのさ。この城の内側では――このブランコヴェアヌ家の、そしてウェヴァディ家の屋敷では――まだ俺が主だ。だが、ひとたびこの城壁の外に出さえすれば、ひとたび野原に踏み出しさえすれば、奴は森と山の野生児に戻り、すべてを鋼鉄の意志の下にひれ伏させようとする。何故あいつが今日に限って譲歩したのか、何故あいつの手下どもが大人しく退いたのか、俺には皆目わからん。古いよしみからか、それとも何か尊重の念でも残っていたのか。どうあれ、俺にはもう一度こんな博打に打って出るつもりはない。ここにいろ。この部屋から、この中庭から、とにかくこの城の壁から出るな。それさえ守ればすべてを保証してやれる。だがこの城の外に一歩でも踏み出せば、俺にはもう何も保証できない。この命を差し出して貴女をかばうことぐらいはできるとしてもな』

『それでは、父の願いどおりにサハストルの修道院を目指すことは、もうかなわないというのですか？』

『やってみればいい。試してみるなら命令をくれ。俺がついていくさ。だが、俺は道の途中に残されることになるだろうし、そして貴女は……貴女もたどり着けはしないだろう』

『じゃあ、いったいどうしたら？』

『ここに残って待つことだ。事の動きを見て、機を窺《うかが》うんだ。山賊どもの巣に堕ちたと想像してみろ。そうなれば、難を逃れようにも武器は自分の勇気のみ、身を守ろうにも盾は自分の平常心だけだ。俺の母親は、コスタキを偏愛しているとはいえ、あれが最愛の息子であるとはいえ、それでも善良さと高潔さは持ち合わせている。しかもあの人はブランコヴェアヌの女性、要するに、本物の女王だ。会っておくといい——母はコスタキの荒くれた情動から貴女を守ってくれるはずだ。あの人の庇護の下に入っておけ。貴女は美しいし、きっと気に入ってもらえるだろう。そもそも——』彼はそう言って、言葉に余る思いを含んだまなざしでわたしを見つめました。『貴女を目にして、いったい誰が心を寄せずにいられるだろうか？　今から食堂に来てくれ、そこで母が俺たちを待っている。不安も疑念も見せるな。会話にはポーランド語で答えろ。ここでその言語がわかる者は一人もいない。貴女の発言は俺が母親に通訳する。

心配はいらない、俺が言うのは言うべきことだけだ。何より、いま俺が貴女に明かした内容には一言たりとも触れてはいけない。俺たちの口裏合わせが勘づかれないように。そして、貴女はまだ知らないでいてくれ——この家で最も物堅い人間の隠している計略と胸中を。さあ、行こう』

わたしは彼のあとについて階段を下りていきました。壁から突きでた鉄の手燭《てしょく》の上で、松脂《まつやに》を燃やしたたいまつが煌々《こうこう》と照っていました。

その明かりが、わたしのために特別にしつらえられたものであるということは、すぐにわかりました。

わたしたちは食堂に着きました。

グレゴリスカがその扉を開いて、モルダヴィア語でひとこと——あとで、よその女という意味だと知ることになる一語を——告げると、まもなくして、背の高いひとりの女性がこちらに歩みでてきました。

それがブランコヴェアヌ大公女でした。

彼女の髪は白く、顔のまわりで編まれていました。頭を覆う黒豹《ひょう》の頭巾の上に冠《かん》羽《う》がついていて、それはまさしく大公家の生まれをしるしづけるものでした。頭巾と同じような毛皮があしらわれたトルコ風の布地のドレスの上に、金糸で織られたチュニックのようなものを着ていて、その胸のあたりには宝石がちりばめられていました。彼女は手にロザリオを持ち、その琥珀の珠《たま》を指に挟んでせわしなくくるくるとすべらせていました。

彼女のとなりには、壮麗で威厳あふれるマジャール風の衣装に身を包んだコスタキがいました。そのような格好をしていると、彼はいっそう薄気味悪く見えました。それは緑色をしたビロードのローブで、袖が広く、膝までかかるような長さのものでした。そして赤いカシミアのパンタロンに、金の刺繡《ししゅう》で飾られたモロッコ革の部屋履き《バブーシュ》。頭にはなにもかぶっておらず、黒みが過ぎて青い艶《つや》の出た長い髪の毛が首もとにかかっていました。その首はむきだしになっていて、絹の肌着の白く透けた生地がのぞいているだけでした。

彼はこちらにぎこちなく挨拶して、モルダヴィア語でいくつかの言葉を発しましたが、わたしにはあいかわらず意味がつかめませんでした。

『フランス語で言えばいい』とグレゴリスカが言いました。『御婦人はポーランド人で、フランス語がわかる』

それでコスタキはフランス語でなにか口にしはじめたのですが、モルダヴィア語で言われたときとほとんど変わらず、わけのわからないものに聞こえました。そのとき、母親がゆっくりと手をさしだし、言葉をさえぎりました。その仕草はあきらかに、客人を迎え入れるのは自分なのだということを息子たちにわからせるためのものでした。それから、彼女はモルダヴィア語で歓迎の辞を述べはじめました。その表情をたよりに、言葉の意味は難なく察せられました。彼女はわたしを食卓のほうへとうながし、自分に近い席を勧めてから、屋敷全体を示すように手を広げました。自分の家のようにおくつろぎなさい、というふうに。そうして、つつしみ深くも威厳にあふれた物腰で最初に席につくと、十字を切って祈りをはじめました。

それから、めいめいが礼法に決められた並びどおりに席につきました。グレゴリスカがとなりでした。よそ者であるわたしは結果として貴賓席に座ることになり、おのずと設けられた迎賓席が、コスタキにあてられました。そのとなりに、彼の母スメランドは座っていました。

それが大公女の名前でした。

グレゴリスカも衣装を変えていました。弟と同じようなマジャール風のチュニックでした。ただそのチュニックのビロードは深い紅色で、下には青いカシミアのパンタロンをはいています。首には目もあやな飾りが下がっていて、それは皇帝《スルタン》マフムトから贈られた勲章《ニシャン》でした。

他の食客たちも、おのおの仲間うちや召使いたちのあいだでの身分をもとにあてがわれた席順で、同じテーブルに座って食事をとりました。

心が重苦しくなるような夕食の会でした。コスタキは、自分の兄が気づかってわたしにフランス語で話しかけているのにもかかわらず、ただの一度も言葉を向けてきません。その母は母で、自らわたしにひと品ひと品よそってくださりながら、決してそのたたずまいから荘厳さを絶やさぬままです。グレゴリスカの言っていたことは正しいと思いました――彼女はたしかに、本物の女王でした。

食事が済むと、グレゴリスカが母親のところに歩みでました。彼はモルダヴィア語で、わたしをひとりにさせる必要があるということ、このような心乱れる一日のあとではどれほど休息を要するかということを、母親に説きました。彼女はうなずいてそれを聞き入れると、わたしのほうに手を伸ばしました。そうして、自分の娘にするみたいにわたしの額に口をつけると、どうか我が城にて良い夜を、とおっしゃいました。

グレゴリスカはまちがっていませんでした。ひとりになる時間を、わたしは狂おしいほどに求めていたのです。大公女にお礼を申し上げると、彼女は扉のところまでわたしを見送りに出ました。そこには、さきほども部屋まで案内してくれたふたりの侍女が待っていました。

わたしは大公女にお辞儀をして、そのふたりの息子にも同じようにしてから、一時間前にあとにした部屋に戻りました。

長椅子が寝床のかたちになっていました。部屋のなかで変わっていたのは、ただそれだけでした。

わたしは侍女たちにお礼を言って、着替えはひとりですると身ぶりで伝えました。御入用の向きはなんなりと、と敬意の念を示してから、彼女たちはすぐにさがっていきました。

広い広い部屋のなかに、わたしはひとり残りました。うつろう明かりは部屋のすみまでは届かず、わたしは光で照らしだされたところだけをあてもなく見つめていました。蠟燭《ろうそく》のほのかなゆらめきと、カーテンのない窓をすりぬけてくる月明かりとのあいだに、不思議な光のたわむれによる争いが見えるようでした。

わたしが入ってきた階段に面する扉のほかに、もうふたつ、この部屋に通じる扉がありました。けれど、そのふたつの扉にはしっかりとした差し錠がついていて、内側から鍵をかけることができたので、不安を払うには充分でした。

わたしはさきほど入ってきた扉を見にいきました。その扉にも、ほかのふたつと同じように、危険を防ぐ利器がとりつけられていました。

窓を開くと、そこは絶壁になっていました。

グレゴリスカはよく考えたすえにこの部屋を選んでくれたのだということが、身にしみてわかりました。

そうして寝椅子に戻ったとき、枕もとの台に、小さく折られた紙を見つけました。開くと、ポーランド語でこう書かれていました。

『安心して休んでくれ。この城の内側にいる限り、何も恐れる必要はない。

グレゴリスカ』

わたしは与えられた言葉にしたがおうと思いました。そして疲れが不安を押しやり、横になって眠りに落ちました」

第14章　ふたりの兄弟

「わたしはその日から城のなかに住むことになり、そしてそのときから、これよりお話しする悲劇は始まりました。

ふたりの兄弟は、わたしに思いを寄せるようになっていました。その態度には、めいめいの性格の違いが見え隠れするようでした。

コスタキのほうは、翌日からすぐに愛を伝えてきました。お前はオレのものだ、誰だろうと他の男に取られるくらいなら、オレがお前を殺してやる——そう言って迫ってくるのです。

グレゴリスカは、言葉ではなにも言ってきません。でも、いたわりと思いやりでわたしを包んでくれました。わたしを喜ばせようと、かがやかしい教養の力を惜しみなくふるい、ヨーロッパの最も高貴な宮廷で過ごした少年のころの思い出を余すところなく語ってくれました。ああ、なんてことでしょう！　わけもないことだったのです――彼の声を最初に耳にしたときから、その響きがわたしの魂にやさしく触れるのを感じていたのですから。彼の瞳を最初に目にした時から、そのまなざしがわたしの心に深く染みこむのを感じていたのですから。

三カ月がたつころにはもう、コスタキの求愛は百回も重ねられ、わたしは彼を忌み嫌わずにいられませんでした。三カ月がたってもまだ、グレゴリスカはほんのひとことの愛の言葉も口にせず、そしてわたしは、もしも彼が求めてきたなら、すべてを彼にささげてしまいそうな思いを抱いていました。

コスタキは散策に出るのをやめていました。彼は城から離れないようになりました。しばらくのあいだ首領の座を手放すことにしたようで、その代理をまかされた者がおりおり言いつけをもらいに出入りしていました。

スメランドもまた、熱心な親愛の念を向けてくれていたのですが、その表れ方はわたしを怯《おび》えさせました。彼女がコスタキの側に寄り添っていることはあきらかで、わたしをとりこもうとする意志はコスタキ自身よりも強いように思えました。ただ、彼女はポーランド語もフランス語もわかりませんし、わたしもモルダヴィア語がわからなかったので、息子のための無理じいを直《じか》に述べたててくることはありません。それでも、三つの言葉をならべたフランス語の文をひとつだけ覚えたらしく、それをわたしの額に口づけするたびに繰り返してくるのです――『コスタキは・へドウィグを・愛《あ》し《な》て《た》いる』と。

ある日のこと、わたしを苦しみの極みにまで追いつめるような、恐ろしい知らせが届きました。戦いを生き残った四人の護衛はすでに解放されていて、ポーランドに戻るべく出発していました。そのうちのひとりが三カ月のあいだに戻ってきて、父のことを知らせてくれる約束になっていました。

その朝、彼らのひとりが約束のとおりにふたたび姿を見せました。わたしたちのお城は落とされ、燃やされ、打ち壊され、父はそれを守ろうとして殺されていました。わたしはいよいよ、この世に身寄りのない者になったのでした。

コスタキはいっそう強く迫ってくるようになり、スメランドはいっそう優しく接してきました。けれどこのときばかりは、父の喪にかこつけて逃れました。コスタキは、孤独なときほど支えが必要なんだと言って引きませんでした。彼の母親は、彼と同じことを、彼と一緒になって、ひょっとしたら彼よりも強く、言いつのってきました。

グレゴリスカはといえば――彼は一度、モルダヴィア人が自分の思いを悟られたくないときに発揮する自制の力について、わたしに話してくれたことがありました。彼こそはまさしく、その生きた例そのものでした。

男の人に愛されていると心から信じられるときがあるとしたら、彼からの愛ほどそう思えたものはありません。それでも、その確信にどんな証拠があるのかと訊かれても、きっと答えることはできなかったでしょう。この城のなかで、誰ひとりとして、彼がわたしの手に触れるところを、彼がわたしの目を追うところを、見たことがある者はいなかったのです。ただ、嫉妬心の導きだけが、コスタキにその競い合いを感じとらせていました。ただ、恋心の導きだけが、わたしにその愛を感じとらせてくれていたのと同じように。

けれど正直に言ってしまうなら、グレゴリスカのそうした自制は、わたしを不安にさせました。強く信じていたとはいっても、それだけでは足りずに、言葉で確かめさせてほしかったのです。そのようなとき、ある晩、部屋に戻ると、扉がそっと叩かれるのが聞こえました。それはさきにお話しした、内側で閉まるふたつの扉のうちのひとつでした。扉の叩き方から、呼んでいるのは危険な人ではないものと察しました。

わたしは近づいて、どなたかを尋ねました。

『グレゴリスカだ』相手は答えました。その声の響きから、まちがいの恐れはなさそうでした。

『どうなさったの？』わたしはふるえながら訊きました。

『もし貴女《あなた》が俺のことを信じてくれるなら』とグレゴリスカは言いました。『もし貴女が俺のことを誠実な男だと思ってくれるなら、俺の頼みを聞き入れてほしい』

『どうかおっしゃって』

『部屋の明かりを消してくれ。もう寝たと思わせるように。そして三十分経ったら、この扉を開けてほしい』

『三十分後に戻っていらして』わたしは、そうとだけ答えました。

明かりを消して、ただ待ちました。

胸が荒々しく打ち弾んでいました。重いなにかが起きようとしていることだけがわかりました。

三十分がたちました。さっきよりももっとやさしく、扉が叩かれるのが聞こえました。差し錠は合間のうちに外してありましたから、あとは扉を開くだけでした。

グレゴリスカが入ってくると、わたしは言葉を待つことなく、彼のうしろの扉を閉めて、錠をかけました。

静かに、という仕草を見せると、彼は少しのあいだなにも言わず、身動きもせずにいました。そうして、さしせまった危険の気配がないことを確かめてから、彼はわたしを広い部屋の中心にうながしました。わたしが身ぶるいのあまり立っていられないのを見てとると、椅子を持ってきてくれました。

わたしはその椅子に座りました。というよりも、ほとんど倒れこんでしまいました。『ああ、神様』わたしは言いました。『――いったいどうしたのですか？　どうしてこんな用心を？』

『なぜなら俺の命は――まあそれだけなら大したことじゃない――おそらくは貴女の命までもが、これからする話にかかっているからだ』

わたしは怯えあがりながら、彼の手を握りました。彼はその手を唇に持っていき、そのような大胆なふるまいを謝るかのようにこちらを見つめました。わたしは目をふせました。それが許しのしるしでした。

『貴女を愛している』彼の美しい声は、歌のように聞こえました。『俺を愛しているか?』

『はい』とわたしは答えました。

『俺の妻になってくれるか?』

『はい』

彼は額に手をやって、幸福を確かめるように深く息をつきました。

『それなら、俺についてくることも厭《いと》わないか?』

『どこなりとついていきます』

『貴女もわかっているだろう』彼は続けました。『ここから逃げ出すことなしに、俺たちに幸せなどない』

『ええ、そう思います』わたしは声をあげました。『ここから逃げましょう!』

『しっ』彼はびくっとして言いました。『静かに』

『ごめんなさい』

わたしはふるえをおさえられず、彼の近くに身を寄せました。

『俺が今まで何をしていたか』彼は言いました。『なぜここまで長い間、貴女に愛を打ち明けずにいたか。それは、貴女の愛を確かめた後、俺たちが結ばれることにいかなる邪魔も入らないようにしておくためだった。ヘドウィグ、俺には財産がある。途方もない財産と言っていい。だがその財産は、モルダヴィアの領主としてのものだ。土地、家畜、農奴、そういうたぐいの豊かさだ。そこで、俺はハンゴー[1]修道院に土地と家畜と農村を売り、百万フランに換えてきた。三十万相当の宝石、十万相当の金、残りはウィーンの為替手形にさせた。百万もあれば充分だろうか？』

わたしは彼の手を握って言いました。

『あなたの愛があれば、ほかにはなにもいりません。グレゴリスカ、わかるでしょう？』

『そうか。なら、よく聞いてくれ。明日、俺はハンゴー修道院に出向き、修道院長と最後の手はずを済ませる。彼が馬を手配してくれる。夜の九時に、馬はこの城から百歩ほどの場所で待機している。夕食後、貴女は今日と同じようにここへ上がる。今日と同じように、部屋の明かりを消す。今日と同じように、俺がやって来る。だが明日

1　モルダヴィア地方の地名であるハング（現ネアムツ県内、287ページの注2参照）のことと思われる。

は、出る時は一人じゃない。貴女がついてきて、二人で馬を見つけ、またがって駆け出し、そして明後日の太陽が昇る頃には三十リューの彼方だ』

『ああ、どうして今日が明後日ではないのでしょう！』

『おお、愛しきヘドウィグ！』

グレゴリスカはわたしをひしと胸に抱きしめ、二人の唇は重なりました。

ああ、彼はたしかに言っていました――わたしが部屋に入れたのは、まさしく誠実な人でした。でも、きっと彼はわかってくれたでしょう。たとえこの身はささげていなくても、わたしの心はもう彼のものなのだと。

その夜は、ほんのいっときも眠れずに過ぎていきました。

グレゴリスカと一緒に逃げるところを思い描いていました。想像のなかで、彼が連れ去ってくれるところを――あのときコスタキにされたように！　でも今度は、あの死を思わせるひどく恐ろしい疾走は、甘いような夢見るような抱擁に変わって、駆け抜ける速さもうっとりと恍惚《こうこつ》を増すものとなるのでした。もとより、速さというのはそれ自体のなかに恍惚を秘めているものでしょうから。

朝がやってきました。

わたしは部屋から下りていきました。

コスタキの挨拶の仕方に、なにかふだんに増してどす黒いものが感じられるような気がしました。彼の笑みはもはや皮肉めいてさえおらず、ただただ心を怯えさせるものでした。

スメランドのほうは、いつもと変わらないふうに見えました。

朝食の最中に、グレゴリスカは馬を出しておくよう言いつけました。コスタキはその注文を気にもかけていないような様子でした。

十一時ごろ、グレゴリスカは皆に出かけの挨拶をして、戻るのは夜になると告げ、昼食で自分を待たぬよう母親に願いでました。それから彼はわたしのほうに向きなおり、暇《いとま》を詫びました。

彼は出ていきました。弟は、部屋から去る彼のうしろ姿をじっと目で追いつづけていました。その目からあふれでる憎悪の光に、わたしは怖気《おぞけ》だちました。

それからの日中は——みなさんもお察しくださるでしょう——いてもたってもいられない不安のなかで過ぎていきました。自分たちの計画のことは、誰にも漏らしていませんでした。神様にならお話しする気になれたかもしれませんが、祈りのなかでさえもそのことは押し殺しました。それなのに、わたしたちの心づもりがもう周りの者すべてに知られてしまっているような、ひとりひとりの見つめてくる目に心の奥底までしのびこまれ見透かされているような、そんな気がしていたのです。

昼食は、拷問のようでした。コスタキは陰にこもってむっつりと黙り、ほとんど口を開こうとしませんでした。このとき、彼は母親に二度か三度モルダヴィア語で言葉を発しただけでしたが、そのたびごとに、彼の声の響きはわたしをふるえあがらせるのでした。

立ちあがって部屋に戻ろうとすると、スメランドがいつものように口づけをしてきて、そして口づけをしながら、この一週間のあいだ一度もその口から聞かれていなかった、あの一文を告げるのでした。

『コスタキは・ヘドウィグ《あなた》を・愛している』

その一文は、呪いの言葉のようにつきまといました。部屋に戻ってからも、運命の声が耳にささやいてくるように感じました——コスタキは・ヘドウィグ《わたし》を・愛している！

けれど、コスタキの寄せる愛《ラムール》は——とグレゴリスカが言っていました——死《ラ・モール》を招くものにほかなりませんでした。

夜の七時ごろ、日が沈みはじめたそのとき、わたしは中庭を通っていくコスタキの姿を目にしました。彼がさっと振り向いてこちらを見上げたので、飛びのいて身を隠しました。

なにか気がかりでした。というのも、窓からのぞいて目で追ったかぎり、彼は馬小屋に向かっているように見えたからです。わたしは危険と知りつつも扉の錠をはずし、となりの部屋に入りこみました。そこからは、彼の動きをつぶさに見てとることができました。

行き先はたしかに馬小屋でした。彼はひとりで愛用の馬を外に出し、みずからの手で鞍をつけました。そこには、どこまでもささいな点にさえどこまでも重きをおく者の入念さがありました。最初にわたしの前に姿を現したときと同じ服装でした。ただ、武器として持っているのは曲刀のみのようでした。

馬に鞍を置き終わると、彼はもう一度、わたしの部屋の窓のほうに目をやりました。そうしてわたしの姿を見ぬまま、鞍に飛び乗り、兄が出ていったのと同じ門を――つまり兄が戻ってくるであろう門を――開けさせ、早足でハンゴー修道院の方角へと駆け去っていきました。

胸が、ひどく恐ろしく締めつけられました。コスタキは兄を待ち伏せるつもりなのだと、運命の前触れが告げていました。

わたしは窓辺に残り、いつまでもその道を見つめつづけていました。道はお城から四半リューのところで曲がり角となり、そこから先は森の端で隠れています。そのうちに夜の闇がおりてきて、刻一刻と厚くなっていき、とうとう道を覆いつくしました。

わたしはまだその場にとどまっていました。

いよいよ不安がつのり、その極まりそのものが力となって、きっと下の階に行けば兄と弟両方のことが少しでも早くわかるものと、心を決めて下りていきました。

最初に目に入ったのはスメランドでした。表情の落ち着きからして、なんの気がかりも覚えていないようでした。彼女はふだんどおりの夕食を申しつけ、ふたりの兄弟の分の食器もいつもの席に置かれていました。

誰にも訊けずにいました。それに、誰に尋ねればよかったのでしょう？　わたしの話せる言語はふたつだけで、この城にそのどちらかでもわかる者は、コスタキとグレゴリスカのほかに誰ひとりいないのですから。

ほんの小さな物音にさえ、体がふるえました。

夕食の席がはじまるのはいつも、九時と決まっていました。わたしが下りてきたのは八時半でした。大時計をじっと見つめながら、その文字盤の上を一歩一歩踏みしめるような分針の動きを目で追いつづけました。

旅ゆく針が、最後の十五分の敷居をまたぎました。四十五分の鐘が鳴りました。その震えが重苦しく物悲しく伝わってから、時計の針はまた押し黙って歩みはじめました。そしてふたたび、羅針盤の磁針のようにひたむきにゆっくりと、頂点へにじり寄っていきました。

あと数分で九時になろうというとき、馬の早足が中庭から聞こえたような気がしました。スメランドの耳にも届いたのでしょう、彼女は窓のほうへと顔を向けました。けれど、夜のとばりはあまりに厚く、なにも見てとることはできませんでした。

ああ！　もしも彼女がそのときこちらを見ていたなら、わたしの胸中は難なく見抜かれていたことでしょう！

聞こえてきた馬の足音は、一頭だけのものでした。それは、わかりきっていたことです――戻ってくる乗り手がどちらかひとりきりであるということは、はじめから承知の上だったのです。

でも、いったいどちらが？

控えの間から足音が響いてきました。そのゆっくりとした足音は、わたしの心臓をも押し潰してしまいそうでした。

扉が開き、暗がりのなかに人影が浮かびあがりました。

その人影は、扉の奥で少し立ち止まっていました。わたしの心臓が動きを止めました。

影が近づいてきて、光の輪のなかに入ったとき、わたしは呼吸を取り戻しました。

そこにいるのは、グレゴリスカでした。

もう一瞬でも責め苦が続いていたら、わたしの心臓は張り裂けてしまっていたにちがいありません。

そこにいるのは、たしかにグレゴリスカでした。けれど、その顔は青白く、死人のようでした。ひと目見ただけで、なにか恐ろしいことが起きたにちがいないとわかりました。

『お前かい、コスタキ？』スメランドが問いかけました。

『いえ、母君』グレゴリスカが鈍い声で答えました。

『ああ、貴方だったのですか』と彼女は言いました。『それで、貴方はいつから母のことを待たせられるようになったのですか?』

『母君』振り子時計をちらと見てから、グレゴリスカは言いました。『九時には遅れていません』

まさしくそのとき、九時の鐘が鳴りました。

『そのようですね』スメランドは言いました。『あなたの弟はどちらにいるのかしら?』

わたしはふと思いました。その問いは、神がカインに投げかけたものと同じであると。[2]

グレゴリスカは、なにも答えませんでした。

『コスタキを見た者はいないのですか?』そうスメランドは尋ねました。

ひとりのヴァタール、つまり執事が、まわりの者から話を集めました。

2　旧約聖書において、カインが弟アベルを殺害した後に神から投げかけられた問い。

『七時ごろに』彼は言いました。『伯爵殿は厩舎へと赴きになり、御自身で馬に鞍を置かれてから、ハンゴー方面の道に御出発になられたそうでございます』

そのとき、わたしはグレゴリスカと目が合いました。夢か現《うつつ》かわかりませんが、彼の額に、ひとしずくの血がしたたっているように見えました。

わたしはそっと自分の額に指をやり、その染みがあるかに見える場所を示しました。

グレゴリスカはそれをくみとり、ハンカチを出して額をぬぐいました。

『ええ、ええ』スメランドがつぶやきました。『おおかた、熊か狼でも見つけたのではないかしら。あの子はそういうものを追いたてるのが好きですからね。子供が母親を待たせる理由にはなるでしょう。それで、貴方はあの子をどこに置いてきたのですか、グレゴリスカ?　教えてくださいな』

『母君』グレゴリスカは張りつめたような、それでもしっかりとした声で答えました。『弟とは一緒に出たわけではありません』

『いいでしょう』スメランドは言いました。『食事を出して頂戴。皆様お掛けになって。門は閉めておきなさい。外にいるものは、外で夜を明かせばよいのです』

最初のふたつの申しつけは、すぐにそのまま守られました。スメランドが自分の席につき、グレゴリスカはその右に、わたしは左に座りました。

それから召使いたちが三つ目の申しつけを果たすために、つまり城の門を閉めきるために、外へと出ていきました。

ほどなく、中庭のほうから大きな騒ぎが聞こえてきて、家来のひとりがあわてふためきながら食堂に入ってきました。

『大公女殿下、コスタキ伯爵殿の御馬《みま》が、いま中庭に戻って参りました。それが、戻ってきたのは馬のみで、しかも血まみれになっておりまして……』

『まあ！』スメランドは青くなり、鬼気迫る様子で立ちあがりました。『いつかの晩に、あの子の父親の馬が帰ってきた時と同じではありませんか』

わたしはグレゴリスカのほうに目をやりました。その顔はもう青白くはなく、鉛のような鈍色になっていました。

そう、かつての晩に、コプロリ伯爵の馬は血まみれになって城の中庭に戻り、その一時間後、召使いたちが傷だらけになった死体を見つけて運び帰ることになったのでした。

スメランドは家来のひとりの手からたいまつを受け取り、前に進みでて、扉を開け放ち、中庭へと下りていきました。

馬はすっかり怯えあがっていて、三、四人の召使いらが総がかりになってようやく押さえこみ、なだめつけようとしていました。

スメランドは荒馬の前に歩みでて、血に染まった鞍を見ました。そして彼女は、切り傷がひとつ、馬の眉間《みけん》の上にあるのを目にしました。

『コスタキは真向かいから討たれている』と彼女は言いました。『決闘、敵は一人。皆の者、あの子を探しなさい。下手人を探すのはその後です』

馬が戻ってきたのはハンゴー方面の門だったため、召使いたちは一斉にその門から駆け出ていきました。彼らのたいまつが野原をさまよい、森深くに入っていくのが見えました。見た目にはあたかも、夏の日にニースやピサの平原にともる蛍たちのようでした。

スメランドは、まるで探しあてるまで長くはかからないと知っているかのように、門に立ったまま待ちました。

痛ましい母親の目には、涙ひとつ浮かんでいませんでした。ただ、彼女の胸の底から、絶望のうなりが伝わってくるかのようでした。

グレゴリスカは彼女のうしろに立ち、わたしはグレゴリスカのとなりにいました。さきほど食堂を離れるとき、彼は一瞬わたしに腕を貸そうとしましたが、やはりそれはできかねたようでした。

十五分ほどたって、道の曲がり角にたいまつが戻ってくるのが見えました。ひとつ、ふたつと連なっていき、やがてすべてのたいまつが現れました。ただこのとき、たいまつは野原に散らばるのではなく、中心になにかを囲むように集まっていました。

中心にあるものは、まもなく見てとれました。それは駕籠《かご》であり、そしてその上に横たわる人間の体でした。

葬列はゆっくりと、それでもだんだんと、こちらに近づいてきました。そして十分後、行進は門までたどり着きました。死せる息子を待っていた生ける母親の姿に気づくと、亡骸を運んできた者たちは、はっと我にかえって帽子をとり、それから言葉もなく中庭に入っていきました。

スメランドは彼らに続いて歩みだし、わたしたちはスメランドの後に続きました。そのようにして皆が大広間に行き、そこに遺体が置かれました。

スメランドは、このうえなく荘厳な身ぶりでもって、その場にいた者たちを一歩退がらせると、亡骸に歩み寄り、その前にひざまずき、顔を覆い隠していた髪の毛をそっと払いよけて、いまだ涙に濡れぬ目で長いあいだ見つめつづけていました。それから、モルダヴィア風のローブの胸もとを開けてやり、血に汚れたシャツのボタンを外しました。

傷口は胸の右側にありました。見たところ、両刃の直刀によるものでした。その日の昼、グレゴリスカの腰脇に、カービン銃の銃剣を兼ねる狩猟刀がささっていたことを思い出しました。

わたしは彼の腰脇を見ました。でもその武器は、もうそこにはありませんでした。スメランドは水を求め、そこにみずからのハンカチをひたして、傷口を洗いました。すると、真新しい血がにじみ出て、また傷を染めるのでした。

その光景はわたしの目に、むごたらしくも気高いものとして映しだされていました。広い広い部屋、松脂《まつやに》のたいまつからただよう煙、居並ぶすさんだ表情、残忍にかがやく目、風変わりな衣装、まだぬくもりを残した亡骸の血、それを見て息子の死から経過した時間を計る母親、深い深い沈黙、そこにただ響く、コスタキに仕えていた山賊たちのすすり泣き——そうしたすべてが、繰り返して言うなら、むごたらしくも気高いものとして見えたのでした。

そうしてスメランドは、息子の額に唇を寄せると、とうとう立ちあがり、ほどけてしまった長く白いあみさげ髪をうしろにはねのけ、口を開きました。

『グレゴリスカ！』

グレゴリスカは身ぶるいし、頭をふって、放心からかえりました。

『はい、母君』と彼は答えました。

『こちらにいらっしゃい、息子よ。話があります』

グレゴリスカはその言葉にしたがいながらもふるえていました。それでも彼は、その言葉にしたがったのでした。

彼が亡骸に近づいていくにつれ、その傷口からいっそうあふれるように、いっそう赤々と、血が流れだしました。スメランドがもうそちらのほうを見ていなかったのは幸いなことです。もしも彼女がその告発の血を目にしていたなら、もはや下手人が誰かをつきとめる必要などなくなっていたでしょうから。

『グレゴリスカ』と彼女は言いました。『コスタキとお前が好ましい仲になかったことは、よく承知しているつもりです。お前は父の血ゆえにウェヴァディの者であり、コスタキは父の血ゆえにコプロリの者である、そのこともよく理解しています。しかしながら、お前たちは母の血ゆえに、どちらもブランコヴェアヌの者なのです。お前のほうは西側の都市の男であり、あの子のほうは東側の山地の童である、それはよくわかっています。しかしながら元に帰れば、お前たちはどちらもひとつの母胎から生まれ出た兄弟なのです。そうでしょう、グレゴリスカ。ぜひ訊きたいものです——果たして誓いの言葉が立てられることもなしに、私たちはこの子を父のもとへと送り届けていいものでしょうか。さあ、もし貴方に——貴方という男に——断罪を任せたならば、私は一人の女として安心して涙を流せるようになるでしょうか』
『我が弟の下手人の名をお示しください、大公女殿下。その時は御命令ください。もしお望みとあらば、一時間の内に息の根を止めて参ると誓います』
『ならば誓いなさい、グレゴリスカ。背けば私の呪いが下るものと肝に銘じて誓いなさい。我が子よ、わかりましたね？　誓いを立てるのです。下手人を亡き者にし、その住みかを石の一欠片《かけら》も残さぬように消し去ると。母親も、子供も、兄弟も、妻も、ないしは恋人も、貴方の手で滅ぼし去ると。誓いなさい、そして誓う限り、その聖なる誓いに背いた場合は神の怒りを身に受けなさい。その聖なる誓いに背いた場合は、凶禍に、友からの怨恨に、母からの呪いに身を捧げなさい！』

グレゴリスカは手を伸ばし、死体の上にかざして言いました。

『下手人を亡き者にすると誓います』

わたしと死者だけが本当の意味を知るその異様な誓いがなされたとき、おぞましい奇跡が起きるのを目にしたような気がしました。屍《しかばね》の目が開き、それまで見たこともないほどの生気をたたえた視線をこちらに向けたのです。まるでその一対の光が形をなしたかのように、焼けた刃が心に突き刺さるのを感じました。

それは堪《こら》えようとして堪えられるものではありませんでした。そうして気が遠のいていきました」

第15章　ハンゴー修道院

「目が覚めたとき、わたしはいつもの部屋で、ベッドの上に寝かされていました。ふたりの侍女のうちのひとりが、看病についてくれていました。彼女は息子の遺体についているとのことでした。

グレゴリスカはどこにいるのか、わたしは尋ねました。彼女は息子の遺体についているとのことでした。

グレゴリスカはどこにいるのか、わたしは尋ねました。彼はハンゴー修道院に行っている、とのことでした。

逃亡のことは、もはや考えるまでもなくなっていました。コスタキはもう死んでしまったではありませんか？

結婚のことは、もはや考えるまでもなくなっていました。弟殺しの人と結ばれることなどできるでしょうか？

それからの三日三晩は、得体の知れない夢のなかで過ぎていきました。あの死んだ顔に、生き生きと輝いたあの目が、寝ても覚めても浮かんでくるのです。ひどく恐ろしい幻でした。

その三日めに、コスタキの埋葬の儀がもたれることになっていました。

この日の朝、スメランドのところから未亡人用の喪服一式が届けられました。わたしはそれに着替え、下りていきました。

屋敷のなかは人気《ひとけ》が絶えてしまったかのようでした。だれもかれもが礼拝室に行っていました。

わたしもつどいの場に向かいました。敷居をまたいで入ろうとしたとき、スメランドが――三日ぶりに見る姿です――むこうから敷居の外に出てきました。

彼女の姿はあたかも、愁《うれ》いをかたどった彫像のようでした。そして彫像のように重々しい動きで、わたしの額に冷えきった唇を寄せ、もはや墓のむこうから聞こえてくるような声で、いつもの言葉を告げてきました。

『コスタキは・あなたを・愛している』

その言葉がどんなにわたしの心をざわめかせたことか、きっとおわかりいただけないでしょう。過ぎたことではなく今なお続くものとして、愛していたではなく愛しているとして告げられた、その愛の訴え――生けるこの身を黄泉から求めるその愛は、怖気《おぞけ》だつような念となって、わたしの心に刻み込まれたのです。

そのとき、本当に自分があの世の者の妻になってしまったかのような、もうこの世の人の婚約者ではなくなってしまったかのような、不思議な思いに襲われました。蛇が鳥を射すくめてとりこむと言われているように、その棺桶は有無を言わさず、苦しげに、わたしを彼のもとにひきずりこもうとしていました。わたしはきょろきょろとグレゴリスカを探しました。

見つけた彼は、青白い顔で、柱によりかかっていました。その目は天を仰いでいました。こちらに気づいているのかどうかさえもわかりかねました。

ハンゴー修道院の修道士たちが、亡骸のまわりを囲み、ギリシャ式の聖歌を歌っていました。ときに妙《たえ》なる和声が響き、あとはおおむね色合いのない調べでした。わたしも、合わせて祈りをささげようとしました。それなのに、祈りの言葉が口もとで絶えてしまい、心があわてふためいてしまい、そのうちに、いま参列しているのは聖職者の集まりではなくて、悪魔たちの会合ではないのかしらと思えてくるのでした。

遺体が持ちあげられようというときも、あとになおうとはしたのですが、体が言うことを聞きませんでした。足もとからくずおれてしまうように感じて、わたしは扉にしなだれかかりました。

そのときスメランドがこちらにやってきて、グレゴリスカを目で呼びました。グレゴリスカもそれを受けて近くに来ました。そしてスメランドは、わたしにモルダヴィア語でなにかを告げました。

『これから母が話すことを、俺が一言一句貴女《あなた》に伝える。そういう指示だ』とグレゴリスカが言いました。

そうしてスメランドはあらためて話しはじめました。彼女の言葉が終わると、グレゴリスカが言いました。『母はこう述べている』

〈息子の死を嘆いてくれているのですね、ヘドウィグ。貴女はあの子を愛している、そうでしょう？　貴女の涙と貴女の愛に、私は感謝しています。コスタキは貴女を妻として迎えるはずだった、そう思えば、これより貴女は私の娘も同然です。これより貴女には、母と家族と安住の地があるのです。さあ、死者を偲《しの》んでありたけの涙を流しましょう、それが済んだら、私も貴女も去ってしまった者に恥じない姿に戻りましょう……私は母として、貴女は妻として！　ごきげんよう、もう部屋にお帰りなさい。私は、あの子を終《つい》の住みかまで見送ります。戻った後は、自らの愁いとともに籠ることにいたします。これに打ち勝つまで、貴女の前に出ることはないでしょう。御安心なさい、私は必ず悲しみの根を断ち切ります。悲しみに命を絶ち切られるつもりはないのですから〉

グレゴリスカが伝えたこのスメランドの言葉に、わたしは返事をすることもできず、ただ言葉にならないうめきを漏らすばかりでした。

わたしは部屋に上がり、葬列は外に進みだしました。その列が道の曲がり角に消えていくのが見えました。ハンゴー修道院は城から直線で半リューほどのところです。ただ、土地のつくりが行く手をはばんでまわり道をしいるため、しまいには二時間近い道のりになるのでした。

十一月のおりでした。肌寒く、日の短くなっていくときです。夕方の五時にはもう、あたりはすっかり暗闇につつまれていました。

七時ごろ、たいまつの群れがまた見えだしました。こちらに帰ってくる葬列の火でした。亡骸は、父親と同じ墓のなかに眠ることになっていました。すべては済まされたのでした。

もうお伝えしたように、皆を喪に沈めたあの運命の出来事から、とりわけ閉じられていた屍《しかばね》の目がかっと開いて見すえてきたときから、わたしは得体の知れない憑《つ》き物にとらわれつづけていました。そしてこの夜は、日中の動揺に打ちのめされて、いっそう鬱々とした思いに沈んでいました。お城の時計の鐘の音が鳴るたびに耳に響いて、時間が過ぎ去るごとに、コスタキが死んだとされる時刻に近づくごとに、胸の苦しみが増していくのでした。

そうして、九時十五分前の鐘が鳴り響きました。

そのとき、不思議な感覚が襲ってきました。身ぶるいするような恐怖が駆けめぐり、体じゅうを凍りつかせました。その恐怖とともに、今度は抑えきれない眠気のようなものがおしよせてきて、意識がどんよりと鈍っていきました。胸が苦しくなり、目の前がぼやけました。手を伸ばして、あとずさりしながら、ベッドの上に倒れこみました。

かすかに残る意識のなかで、扉に近づいてくる足音らしきものが聞こえました。扉が開いた気がしました。それから、もうなにも見えず、なにも聞こえなくなりました。

感じたのはただ、突然首すじに走った鋭い痛みだけでした。

それを最後に、残る意識も失われました。

ふたたび目が覚めたのは真夜中でした。ランプの火が消えずに残っていました。起きあがろうとしても体に力が入らず、二度も試してようやく弱りきった体を奮い立たせました。目が覚めたところで、眠気のなかで感じた痛みが首すじによみがえってきました。わたしは体をひきずり、壁にもたれかかりながら、なんとか鏡のところまで行き、のぞきこみました。

針で刺されたような小さな斑点が、首すじの動脈の上に浮かんでいました。眠っているうちに虫かなにかに食われたのだろうと考えることにしました。ただただ体が弱ってくずおれそうでしたから、あとは横になって眠りにつきました。

次の日は、いつものように目が覚めました。そしていつものように、目を開けてすぐに起きあがろうとしました。ですが、わたしの体は途方もない気だるさに沈んでいました。そんなふうに力が入らないのは過去にただ一度だけ――瀉血《しやけつ》[1]を受けた翌日以来のことでした。

鏡に近づいてみると、自分の顔がなんと青白くなっていることか――。

その日は、物悲しく重苦しく過ぎていきました。妙な具合は続きました。動く先々で体を休めねばならず、ほんの少しの身ごなしでも億劫《おっくう》に感じられました。

夜になり、部屋にランプが運ばれました。侍女たちは――わたしがその身ぶりをきちんとくみとれていたらですが――おそばについていましょうかと申しでてくれました。大丈夫、とわたしはお礼を言い、彼女たちは出ていきました。

前の夜と同じ時刻に、同じ症状がはじまりました。起きあがって助けを呼ぼうとしても、扉までたどり着くことさえできませんでした。ぼんやりと、九時十五分前を伝える鐘の音色が聞こえてきました。足音が響き、扉が開きました。なにも見えず、なにも聞こえなくなりました。前の晩と同じように、わたしはベッドまで行って倒れこみました。

前の晩と同じように、同じ場所に、突き刺すような痛みを感じました。

前の晩と同じように、真夜中に目が覚めました。ただ目覚めたとき、前の晩よりももっと弱りはて、もっと青白い顔になっていました。

1　西洋医学における古い療法のひとつで、一定量の血を抜くこと。

そして、その翌日もまた、恐ろしい責め苦はしつこく繰り返されたのです。とうとう決心して、どれほど体が動かなくとも、スメランドのところに下りていこうと思いました。そのとき、侍女のひとりが部屋に入ってきて、グレゴリスカの名を告げました。

グレゴリスカはその侍女のうしろにいました。彼を出迎えようと立ちあがりましたが、またすぐ椅子に倒れこんでしまいました。彼はそれを見てあっと声をあげ、こちらに駆け寄ろうとしました。けれど、手を伸ばしてそれを止めるだけの力はまだ残されていました。

『なにかあったのですか?』わたしは彼に尋ねました。

『口惜しいが』と彼は言いました。『貴女に別れを伝えに来た。貴女からの愛なしで、貴女なしで、この世界に留まることなど俺には耐えられない。だから世を逃れて、ハンゴー修道院に隠棲《いんせい》しようと思う。それを貴女に伝えに来た』

『もう、あなたと一緒にはいられなくなってしまった』わたしは言いました。『グレゴリスカ、それでもわたしの愛はあなたとともにあります。ああ、なんてことでしょう! わたしは今でもあなたを愛しているのです。千切れるように辛いのは、今ではこの愛がまるで罪深いものであるかのようになってしまったことなのです』

『それなら――たとえ離れても、貴女が俺のために祈ってくれているものと信じていいだろうか、ヘドウィグ』

『はい。ただ、きっと、長いあいだは祈りつづけられないでしょう』わたしはそう言って、少しだけ笑ってみせました。

『どういうことだ？――なぜこれほど青白い顔に？』

『実は……。神がわたしを哀れみになって――ええ、きっとそうです――おそばに呼ぼうとしているのでしょう』

　グレゴリスカはこちらに近づいて、わたしの手をつかみ――それをふりほどけるほどの力は残されていませんでした――わたしの目をまっすぐに見つめました。

『この青白さは普通のものじゃない。ヘドウィグ、何があった？』

『もしお話ししたら、グレゴリスカ、あなたはわたしが狂ったと思うにちがいありません』

『そんなことはない、言ってくれ。ヘドウィグ、頼むから言ってくれ。俺たちがいるのは他とはまったく異なる国で、他とはまったく異なる家だ。さあ言ってくれ、何もかも話してくれ、頼む』

それで、わたしは彼にすべてを話しました。コスタキが死んだとされる時刻に起こる、あの不思議な眩暈《めまい》のこと。あの恐怖、あの眠気、あの凍りつくような寒気、ベッドへと誘うあの虚脱、いつのまにか聞こえてくるあの足音、いつのまにか開いているあの扉、そしてあの鋭い痛み、それに続いて日に日にひどくなっていく、顔の青白さと体の力なさ。

グレゴリスカにとって、わたしの話は狂気の前触れに聞こえるものと思っていました。ところがおずおずと話し終えてみると、彼はむしろこの話になにか深く思い入るところがあるようでした。

わたしが黙ったあとも、少しのあいだ、彼はひとり考え込んでいました。

『それで』彼は口を開きました。『眠りに落ちるのは毎晩同じく九時十五分前なのか?』

『ええ、どうしてもこらえられない眠気が襲ってきて』

『それで、あの扉が開くのを見たように思えると』

『ええ、錠をさしても変わらずに』

『それで、鋭い痛みを首すじに感じると』

『ええ、傷の跡はほとんど残らないのですが』

『見ても構わないか？』彼は言いました。

わたしは首を横にかしげて見せました。

彼はその小さな斑点を念入りに調べました。

『ヘドウィグ』彼は少ししてから言いました。『俺のことを信じているか？』

『そんなこと、訊くまでもありません』とわたしは答えました。

『俺の言うことが信じられるか？』

『聖書の言葉と同じくらい信じています』

『そうか。ヘドウィグ、これは誓って言う。貴女の命はあと一週間ともたない。今から俺が言うことを、今日にも果たすことを受け入れない限り』

『では、もし受け入れたら？』

『もし受け入れたなら、その時は助かるかもしれない』

『かもしれない？』

彼は口をつぐみました。

『たとえどうなってしまったとしても』わたしは続けました。『グレゴリスカ、あなたがしろと言ったことにしたがいます』

『わかった。聞いてくれ』彼は言いました。『何よりもまず、怯《おび》えずに聞いてくれ。貴女の国には、ハンガリーやこのルーマニアと変わらぬ言い伝えがひとつあるはずだ』

体に身ぶるいが走りました。どの言い伝えのことかは、すぐに思い当たりました。

『そう』彼は言いました。『俺が何を言おうとしているか、もうわかっただろう』

『ええ』わたしは答えました。『ポーランドで、その恐ろしい運命に見舞われた人たちを見てきました』

『吸血鬼のことだな』

『ええ。幼いころ、父の領地だった村で、二週間で四十人もが理由のわからないまま死んでしまうということがありました。墓を掘り返してみると、そのうちの十七の死体が、吸血鬼の言い伝えどおりの有様で見つかりました。つまり、瑞々《みずみず》しさと赤みを保って、生きている者と変わらぬ姿で――。ほかの死体は、それにとり殺された人たちでした』

『それで、その土地を救うために何がなされた？』

『死体の心臓に杭を打ちこんで、それから焼きました』

『ああ、普通はそうすることになっている。だが俺たちの場合、それで話は済まない。貴女を亡霊から救おうとするなら、まずそいつが何者なのかを知る必要がある。ああ、俺が天に誓って暴いてやるさ。それでもしも避けられないなら、正面切って俺が戦う。何があってもな』

『ああ！　グレゴリスカ！』わたしはおののいて叫びました。

『俺は〈何があっても〉と言った。その言葉に変わりはない。だがこの忌まわしい事態に始末をつけるためには、貴女に俺の指図を呑んでもらわなければならない』

『おっしゃってください』

『七時に身支度をして、礼拝室に下りてきてくれ。下りるときは一人だ。たとえ体が弱っていても、無理を押して来てくれ――ヘドウィグ、頼む。そこで、夜の結婚式を挙げよう。同意してくれ、愛しの人よ。貴女を守るためには、貴女に付き添う権利を神と人の前で承認されなければならない。それからここに戻り、後は決着を見るだけだ』

『おお、グレゴリスカ！』わたしは叫びました。『もしも相手があのひとだったら――あなたが殺されてしまうわ！』

『怖がらなくていい。ヘドウィグ、愛しの人よ、ただ同意してくれ』

『わかるでしょう、グレゴリスカ。あなたが望むことなら、わたしはどんなことでもします』

『では、今宵に』

『はい。あなたの望むままになさってください。わたしは、力を尽くしてあなたを支えます。では、またあとで』

彼は出ていきました。十五分ほどして、馬に乗った者が修道院への道を駆けていくのが見えました――たしかに彼の姿でした。

それが見えなくなってすぐに、わたしはがっくりとひざまずきました。そして祈りました。信仰を失ったみなさんの国ではもう見られないような仕方で祈りました。神と聖者とにわたしのすべての思いをささげながら、七時を待ちました。ふたたび立ちあがったのは、その時刻の鐘が鳴ってからでした。

体は死にゆく者のように弱りきり、顔は死んでしまった者のように青白くなっていました。わたしは頭に大きな黒いヴェールをまとって、壁にもたれながら階段を下りていき、誰にも会うことなく礼拝室にたどり着きました。

グレゴリスカは、ハンゴーの修道院長であるバジル神父と一緒に待っていました。彼は腰に剣をさしていました。それは、かつてヴィルアルドゥアンやフランドル伯ボードゥアンとともにコンスタンチノープルを征服した十字軍戦士の遺物たる聖剣でした。

『ヘドウィグ』彼はその剣を手でぱしりと叩きました。『神の守護の下で、この剣が貴女の命に害なす魔力を断ち切ってくれる。さあ、ひるまなくていい。こちらに来てくれ。俺の告解を受けて、こちらの神聖なる人が今から俺たちの宣誓を聴き納めてくれる』

儀式が始まりました。これほどまでにささやかで、これほどまでに厳かな婚姻の儀は、ほかには決して見られないことでしょう。神父を手伝う者は誰もおらず、彼がみずからの手でわたしたちの頭に婚礼の冠を置いてくださいました。ふたりして喪服に身を包んで、わたしたちは蠟燭《ろうそく》を手に、祭壇のまわりを一周しました。それから修道院長は神聖なる文言を述べて、あとにこう続けました。

『さあお行きなさい、御子たちよ。人類の敵に立ち向かう力と勇気を、神があなた方に授けられんことを。あなた方には、純潔と正義という武器が備わっています。悪魔に打ち勝つのです。お行きなさい。そして、祝福あれ』

わたしたちは聖書に口づけし、礼拝室を出ました。

そのとき初めて、わたしはグレゴリスカの腕を借りました。その雄々しい腕に触れると、その気高い心を感じると、血の流れに命が取り戻されていくような気がしました。必ず打ち勝てると信じていました——グレゴリスカがそばにいてくれるのだから。そうして、わたしたちは部屋に戻りました。

八時半の鐘が鳴りました。

『ヘドウィグ』グレゴリスカが言いました。『もう時間がない。いつものように眠りについてくれ。そうすれば、眠っている間にすべては終わる。それとも、そのままの格好で何もかも見届けたいか？』

『あなたと一緒なら、なにも怖くないわ。起きたまま、すべてを見届けさせて』

グレゴリスカは、まだ聖水に湿った祝福のツゲの枝を胸から取り出して、こちらに手渡しました。

『それなら、この枝を持っていてくれ』彼は言いました。『ベッドに横になって、マリアへの祈りを念じながら待っていていてほしい。大丈夫、神が俺たちについていていてくれるさ。枝を落とさないように、何より気をつけて。それがあれば、地獄の悪魔も抑えられるだろうから。俺のことは呼ばずに、声を出さないように。ただ祈って、信じて、待っていてくれ』

わたしはベッドに横になって、胸の上で手を組み、祝福の枝を握りしめました。グレゴリスカは、部屋のすみに前のとおり置かれていた、天蓋《てんがい》つきの椅子のうしろに身を隠しました。

わたしは一分一分、時が進むのを数えていました。きっとグレゴリスカも同じだったと思います。

四十五分の鐘が鳴りました。

鐘の音がまだ鳴り響いているうちに、あのいつもの虚脱が、あのいつもの恐怖が、あのいつもの凍りつくような寒気が感じられはじめました。けれど、ふと聖なる枝を唇に押しあててみると、その最初の感覚は消え去りました。

それからあの足音が、一歩一歩踏みしめるように階段に響きわたり、扉に近づいてくるのが聞こえてきました。

音もなくゆっくりと、不思議な力で押されたように、扉が開きました。そのとき……」

そのとき、喉の奥で押し殺されたかのように、語る女性の声は中断した。

「そのとき」と彼女は再び声を絞り出した。「わたしが目にしたのは、駕籠《かご》に乗っていたときと変わらず青白いままの、コスタキの姿でした。黒く長い髪が肩の上で乱れ、そこから血がしたたりおちていました。服装もあのときのままでした。ただ、胸のところが開かれ、そこから血に濡れた傷口をのぞかせていました。

どう見ても、命ある者とは思えません。どう見ても、屍としか思えません。その体も、その服装も、その足どりも……ただその目だけが、その恐ろしい両目だけが、あまりにも生き生きと輝いていたのです。

その姿を見て——不思議なことですが——怯えが増すどころか、勇気が湧きあがってくるのを感じました。おかれた状況を理解し、地獄の悪魔から身を守れるようにと、神が力を送ってくれたのだと思います。亡霊がベッドへ一歩踏みだしたとき、わたしは意を決してその鉛色の目をにらみ返し、それに向かって聖なる枝をふりかざしました。

悪霊はこちらに近づこうとしましたが、より強い力がそれを押しとどめていました。『おお！』悪霊は動きを止めてつぶやきました。『眠っちゃいないということか。どうやら、全部気づかれたらしいな』

彼はモルダヴィア語で話していました。それなのになぜか、わたしのわかる言葉で言われたかのように聞こえてきたのです。

わたしと亡霊は、そうして向かい合い、互いに目を離さずにいました。そのときわたしの視界のなかに、グレゴリスカが、皆殺しの天使[2]さながらに手に剣をたずさえて、木の椅子のうしろから飛び出してきました。彼は左手で十字を切り、ゆっくりと前に進みでて、剣の切っ先を亡霊に向けました。亡霊も自分の兄の姿を見て、恐ろしい大笑いをあげながら、自らの刀を抜きました。ところが、その刀が聖なる剣に触れるやいなや、亡霊の腕は力を失ってだらりと落ちました。

コスタキは怨《うら》みと嘆きに満ちた溜息を吐きだしました。

2　神の使いとして人々を滅ぼす天使。

『どうするつもりだ？』彼は兄に言いました。

『いざ絶対神の名のもとに！』グレゴリスカは言いました。『今から俺が言うことに答えろ』

『言ってみろよ』亡霊は歯ぎしりしながら応じました。

『いいや』

『あのとき、俺がお前を待ち伏せしていたのか？』

『いいや』

『あのとき、俺がお前に襲いかかったのか？』

『いいや』

『あのとき、俺がお前を刺したのか？』

『お前から俺の剣に飛び込んできた、それだけだ。ゆえに、神の目にも人の目にも、俺に兄弟殺しの罪はない。ゆえに、お前に与えられし使命は、天からではなく地獄からのものだ。ゆえに、お前が墓から抜け出てきたのは裁きの聖霊としてではない、呪われた悪霊としてだ。そして今、自身の墓に帰れ』

『ああ――この女を連れてな！』コスタキは叫んで、わたしを捕えようと最後の力をふりしぼりました。

『一人で帰れ』グレゴリスカは言いました。『この人は渡さない』

そう口にして、グレゴリスカは聖なる刃の切っ先を開かれた傷口にとどかせました。

まるで炎の剣に触れたかのように、コスタキはぎゃっと叫びをあげました。そして左手を胸にあてながら、一歩退きました。

同じく、その動きに合わせるように、グレゴリスカは一歩前に出ました。死者の目を見すえたまま、弟の胸に剣を向けたまま、ゆっくりと、恐ろしくも気高い一歩を踏みだしました。それはドン・ジュアンと騎士団長の一場面を思わせるもの[3]でした。聖剣のもとで、神の戦士の抗えぬ意志のもとで、あとずさる悪霊。言葉もなく一歩一歩にじり寄る戦士。どちらも喘ぐように息をし、どちらも鉛のような顔色になりながら、生ける者が死せる者を目の前に追いつめ、かつての住みかであったこの城をあきらめさせようと、これからの住みかである墓へ落としこめようと、迫っていくのでした。

3　モリエールの戯曲などで知られる「ドン・ジュアン」伝説において、死んだ騎士団長が石像の姿で墓から動き出し、自らの命を奪ったドン・ジュアンのもとに再び現れたとされている。

ああ、それは本当に、本当に、胸が潰れるような光景でした。

それでも、天からの目に見えない不思議な力に突き動かされて、自分でなにをしているのかもわからずに、わたしは立ちあがって彼らのあとを追っていました。ぎらぎらと光るコスタキの瞳にただ照らされながら、わたしたちは階段を下りていきました。そのまま回廊を過ぎ、中庭を過ぎました。そのまま、同じようにそろった足どりで、門の敷居を越えました。悪霊はあとずさりし、グレゴリスカは腕を前に伸ばし、わたしはそのうしろをついていきながら。

そんな風変わりな行進は、一時間ほども続きました。それは死者を墓に連れ戻すための道のりでした。ただ、いつもの道をたどるかわりに、コスタキとグレゴリスカは土地をまっすぐに切り開いて進んでいきました。道をさえぎるものは気にかけずに——。ほとんどなにもかもが、たちはだかることをやめていたのです。足もとの地面は平らになり、川の急流は涸れはて、木々は退き、岩は遠くに離れていきました。その奇跡は、彼らにだけでなくわたしにも起きていたことでした。それでも空は、黒い喪のヴェールに覆いつくされたままでした。月と星々は姿を隠し、闇夜のなかでかがやいて見えるものといえばただ、吸血鬼の燃えるような瞳だけでした。

そのようにしてハンゴーにたどり着き、そのようにして、墓場の柵となっていたイチゴノキの垣根をくぐり抜けました。入るとすぐに、父親の眠るとなりに置かれたコスタキの墓が、暗がりのなかでもはっきりと見てとれました。そこにあると知っていたわけではありません。なのに、そうだとわかったのです。

その夜は、あらゆることが手に取るようにわかっていたのです。

口を開けた墓穴のふちで、グレゴリスカは立ち止まりました。

『コスタキ』と彼は言いました。『まだお前にとって、すべてが終わったわけじゃない。天の声は、悔い改めれば赦《ゆる》しが得られると言っている。墓の中に眠ると誓うか？　二度と外に這《は》い出てこないと誓うか？　地獄に捧げた信仰を、以後は神に捧げると誓うか？』

『嫌だね』とコスタキは答えました。

『悔い改めろ』グレゴリスカは命じました。

『嫌だね』

『最後だ、コスタキ』

『嫌だね』

『そうか。ならばサタンに助けを求めるがいい。俺が神にそうするようにな。そしてもう一度試してみるとしよう。どちらに勝利が訪れるかを！』

ふたつの叫びが同時に響き渡り、鉄の刃が火花を散らしてぶつかり合いました。その一分ばかりの戦いは、わたしには一世紀も続いたように思えました。コスタキが倒れこみ、わたしの目の前で、とどめの剣が振りあげられました。剣は倒れた体に突き立てられ、踏み荒らされたばかりの土の上に、その体を串刺しにしました。

およそ人のものとは思えない断末魔の叫びが、あたりを震わせました。

わたしは走り寄りました。

立ちすくんでいたグレゴリスカが、ぐらりとよろめきました。

すぐに駆けつけて、彼を腕で抱きかかえました。

『どこか痛めたの？』わたしはおろおろと訊きました。

『そうじゃない』彼は言いました。『この手の決闘では、傷ついて死ぬわけじゃない。愛しいヘドウィグ――俺は戦うときから死ぬと決まっていたんだ。死神と戦った者は、自らが死に取り込まれる定めなのさ』

『あなた、ねえあなた』わたしは叫びました。『逃げて、早くここから離れて。そうしたら助かるかもしれないじゃない』

『助からんさ』と彼は言いました。『ここを俺の墓としてくれ、ヘドウィグ。もう時間がない。少しだけでいい、あいつの血が染み込んだ土をすくって、首の嚙まれた跡に擦り込め。それが、あいつの忌まわしい情愛を未来にわたって退ける唯一の手段だ』

ふるえながらうなずきました。身をかがめて血に濡れた土を集めました。しゃがんだこの目に、地面に串刺しになった死体が映りました。聖なる剣が心臓を貫き、黒々とした血が傷口からあふれでていました。まるで、今ようやく命が途絶えたかのように。

ひとすくいの土と血をこねあわせて、そのおぞましい魔除けの泥を傷口に塗りました。

『聞いてくれ、ヘドウィグ、愛しき人よ』力尽きそうな声で、グレゴリスカは言いました。『俺の最後の指図だ。一刻も早くこの国から離れろ。距離だけが、君を守る壁となってくれる。後のことは——俺が死んだ後のことは——もうバジル神父に伝えてある。彼が何とかしてくれる。ヘドウィグ！　最後に、一度だけでいい、口づけをしてくれないか。ヘドウィグ！　俺が死ぬ前に』

そう言い残して、グレゴリスカは弟のすぐそばにくずおれました。

もしかしたら、ひとつなにかが違っていたら、あの墓場のまんなかで、口を開けたあの墓穴のそばで、となりあって横たわるふたつの死体を前にして、わたしは狂ってしまっていたかもしれません。ですが、さきほどと同じように、神が力を与えてくれていたのでしょう——かの導きによって、目撃者としてばかりでなく当事者として身を置いてきたこれらの出来事の顚末に、わたしの心が耐えられるようにと。

あたりを見まわして、なにか救いを求めようとしたそのとき、修道院の扉が開くのが見えました。バジル神父に連れられた修道士たちが、二列になって、火のともったたいまつを手に、死者のための祈りを唱えながら、歩みでてきました。

バジル神父は城から修道院に帰ってきたばかりでした。なにが起きるかを見通していた彼は、その足で修道院の皆をひきつれ、墓場に赴いたのでした。

彼は、息絶えたふたりと、生き残ったわたしとを見てとりました。

コスタキの顔は、末期《まつご》の悶絶にゆがんだまま固まっていました。

グレゴリスカの表情はそれにくらべて穏やかで、微笑みを浮かべているようにさえ見えました。

彼自身の言葉を守って、グレゴリスカは弟のとなりに埋められました。地獄に堕ちた者を見張る、神の使いとして。

スメランドは、新たに起きた不幸を知って、そこにたちあっていたわたしから話を聞くことを望みました。彼女はハンゴー修道院にやってきて、その恐ろしい夜に起きたことのすべてを、わたしの口から知りました。

わたしが事細かに伝えた物語は、およそ不可思議で信じがたいものであるはずでした。けれど彼女は、グレゴリスカがわたしの話を聞いてくれたときと同じように、驚きもせず、恐れもせず、それに耳をすましていました。

『ヘドウィグ』少しの沈黙のあと、彼女は言いました。『このお話がどれほど奇妙なものであったとしても、貴女が言ったことは純然たる真実であると承知しています。ブランコヴェアヌの血は呪われています。その呪いは、三代、四代と続くものです。かつて、一族の者が一人の神官を手にかけたことがあった——そうした由縁《ゆえん》です。しかしながら、この呪いにもようやく終わりが訪れました。婚姻を結んでいたとはいえ、貴女は純潔のままなのですから。私を最後に、この血は途絶えることになります。息子が残した百万フランは、貴女が受け取りなさい。私がいなくなる時、慈善の寄付を果たした後は、貴女に残りの財産をゆだねます。さあ、結ばれた人が言い残したとおりになさい。神がこの恐ろしい怪奇の成就を免れさせてくれる地へと、一刻も早く向かうのです。私が息子たちの死を嘆くのに、誰かがそばにいる必要はありません。どうか、ごきげんよう――もう、私のことは気にかけないように。私のこれからの運命は、私にではなく神に任せられたものなのですから』

そして彼女はいつものように、わたしの額に口づけをし、その場を立ち去りました。きっと、ブランコヴェアヌの城に閉じこもるために。

一週間後、わたしはフランスに旅立ちました。グレゴリスカが見こんでいたとおり、それからの夜は恐ろしい亡霊につきまとわれることもなくなりました。健康も取り戻したいま、あの出来事で残されたものといえば、吸血鬼の口づけを受けた何人《なんぴと》も墓までぬぐいさることのできない、この死人のような顔の青白さだけとなりました」

婦人は黙り、夜十二時の鐘が鳴った。敢えて言うなら、我々の中の最も勇敢な者でさえ、この大時計の音色に身震いせざるをえなかった。

もう引き下がる時間だった。私たちはルドリュ氏に暇《いとま》を告げた。

一年後、この素晴らしい男は世を去ってしまった。

その死の後、今ようやく、あの心優しい市民に、あの慎み深い賢人に、何よりもあの誠実な男に、ひとつの恩を返す時が来てくれた。私はこの機会を、心の底から望んでいたのだ。

あれ以来、フォントネ＝オ＝ローズには一度も立ち寄っていない。

それでもあの日の思い出は、私の生に深く刻み込まれ、たった一晩の間に積み重ねられたあの数々の物語は、私の記憶に深い跡を残した。自らが覚えた感興を他の人達にも伝えたいという思いから、私は十八年間さまざまな土地を――すなわちスイス、ドイツ、イタリア、スペイン、シチリア、ギリシャ、イギリスと――旅してまわり、さまざまな人が私に語り蘇らせてくれた、ありとあらゆるその種の言い伝えを集め、そして今、私はこの紡ぎ上げた作品集を、親しみある読者たちのもとへ送り届けたいと思う――『千霊一霊』という題のもとに。

解説

前山　悠

ルイス・キャロルの『不思議の国のアリス』や、アントワーヌ・ド・サン＝テグジュペリの『ちいさな王子』（『星の王子さま』）など、著者の名前よりも代表作のタイトルのほうが有名になるという場合はままあるが、アレクサンドル・デュマの名もまた、全世界的ベストセラーかつロングセラー小説『三銃士』、ないしは『モンテ・クリスト伯』（通称『巌窟王』）の作者と言ったほうが想起されやすいかもしれない。

そうした象徴的、代名詞的な作品の陰に追いやられてしまっている感はあるにせよ、デュマは他にも五百を超える作品を世に送り出した桁外れに多産な作家であり、また、それら数々の小説・戯曲の筋書きに負けず劣らず、自らも劇的な、波乱に満ちた生涯を送った男だった。

作家の生涯

アレクサンドル・デュマは一八〇二年、パリ近郊の町ヴィレール＝コトレに生まれた。父親は、フランス人貴族と黒人奴隷の女性とを両親に持つフランス革命期の英雄的将軍で、敵軍から「黒い悪魔」や「皆殺しの天使」といった仰々しい形容とともに恐れられる豪傑だった。この父と、ヴィレール＝コトレのホテル経営者の娘との間に生まれたデュマは、黒人の血を四分の一と、異国的な容貌と、並外れて強靭な生命力とを受け継いでいた。

父親はデュマが四歳の年に世を去った。エジプト遠征からの帰国時にイタリアで捕虜となり、そこで毒を盛られたことが原因だった。彼と共にフランスの将軍を務め、やがて皇帝の座まで登りつめたナポレオンは、残されたデュマ母子への遺族年金の給付を却下した。生前、デュマの父は、大義の見られない侵略戦争へ軍隊を送り続けるナポレオンに批判的な態度を示しており、それが不当にも災いした結果だとされている。

一家は困窮し、子供に十全な教育環境を整えられる状況になかった。母が読み書きを教え、近所の神父が開いていた私塾（日本で言うところの寺子屋）でラテン語と古典文学を習った。それが、デュマが生涯に受けた教育のすべてだった。デュマ少年の勉強の出来はまったく芳しくなかったが、本は大量に読んだ。六歳の時点ですでに、聖書や各種神話、そして『千夜一夜物語』などを読破していたという。

作家となる志は、十八歳の年に宿る。たまたま観たシェイクスピアの『ハムレット』の翻案劇に、魅了されたのだった。

劇作家になることを夢見て、デュマはパリに出る。父の旧友の紹介でオルレアン公爵家の秘書室に職を得て、事務として働きながら、読書と観劇と創作に励む日々が続く。やがてデュマの劇作の才は、ロマン主義文学運動の先導者たるシャルル・ノディエに見出された。ノディエのサロンに招かれるようになったデュマは、そこでラマルチーヌ、ユゴー、ヴィニー、ミュッセなど、のちのロマン派を担う面々に仲間入りする。

その後、ほどなくして成功は訪れた。一八二九年、二十七歳の時、散文劇『アンリ三世とその宮廷』が国立劇場コメディ・フランセーズでの上演を果たし、大盛況となった。続いて上演された『クリスチーヌ』、『アントニー』により、デュマは劇作家としての地位と名声をもはや揺るぎないものとした。

成功とともに放蕩が始まり、それはデュマの生涯を最後まで特徴づける悪癖となる。パリに出てきて間もない頃から、彼はラベーという名の女性とねんごろになり、子供までできていた。演劇の世界で名を馳せていく中で、デュマはこの母子を顧みず、幾多の女優と見境なく関係を結び、時には人妻にさえ手を出した。一八四〇年には女優のイダ・フェリエと結婚したが、夫婦生活は双方の不倫により数カ月で破綻した。

愛人と同様、隠し子の数も正確にはわかっていない。ただ、前述のラベーとの間に生まれていた男児は、人々からデュマ・フィス（息子デュマの意）と呼ばれ、のちに小説『椿姫』の作者となり、父とともに十九世紀のフランス文学史に名を残すことになった。この息子との区別のために、父の方は以後、デュマ・ペール（父デュマの意）とも呼ばれるようになる。

劇作家としての地位を固めたデュマ・ペールは、やがて息子に先駆け、小説家としても大成功を収めた。空前のヒット作『三銃士』、ならびに『モンテ・クリスト伯』は、どちらも一八四四年に新聞連載小説として発表が開始された。当時、各新聞社は定期購読者を増やすためにこぞって連載小説を取り入れ始めていたのだが、デュマの両作は爆発的に当たった。ついで出された単行本も、記録的に売れた。自然、デュマのもとには仕事の依頼が殺到することになる。彼は常態的に複数の新聞での連載を並行してこなし、しかも質を落とすことなく、『王妃マルゴ』、『二十年後』(『三銃士』の続編)、『ジョゼフ・バルサモ』などの傑作小説を矢継ぎ早に世に送り続けた。

その超人的な仕事ぶりは、事実、ひとりの人間の力でなしえたものではなかった。デュマは陰で何人もの執筆協力者を抱えており、特にオーギュスト・マケという元歴史教師は、彼に歴史小説の原案のみならず、しばしば原稿の下書きまでも提供していたとされている。事情に通じた者たちは、デュマを剽窃者、搾取者として非難した。なかでもウジェーヌ・ド・ミルクールという作家は、『小説製造会社アレクサンドル・デュマ』なる中傷本まで出し、デュマは下請けの物書きらに書かせた小説に署名をしているだけだとまで流布した。デュマはただちにこのミルクールを名誉毀損で告訴し、勝訴したが、実際のところ、彼のどの作品に誰がどの程度協力したかについては、今日もなお判明しきっていない。ただ、我々の手にする「アレクサンドル・デュマ」名義での諸小説が、必ずしもデュマひとりの功績に帰せられるわけではないということは確かである。

いずれにしても、デュマは劇作に続いて小説のジャンルでも名声を極めたのだし、その成功は彼に莫大な収入をもたらした。そして彼は常に収入を上回る浪費をした。美食と美女に金をつぎ込み続ける一方で、一八四七年には自身の劇場「歴史劇場」を創設し、さらには破格の大豪邸「モンテ・クリスト城」を建設した。新居祝いでは、六百人を招いて贅の限りをつくした大狂宴を行ったという伝説が残されている。

のちの転落は、ゆるやかには訪れなかった。当初大盛況だった歴史劇場は、一八四八年に勃発した二月革命の混乱により、客足が完全に止まった。同時期、別居状態の続いていた妻イダが、財産分与・持参金の返還・生活費の支払いを求める訴訟を起こし、裁判所はデュマに全面敗訴の判決を下した。借金の取り立てが相次ぎ、豪邸「モンテ・クリスト城」は差し押さえられた。そのような状況下でもデュマの名誉欲は衰えず、同一八四八年四月には議員選挙に立候補し、労働者たちに支持を訴え、ただの自慢話の垂れ流しと大差ない選挙アピールによって反感を買い、惨敗を喫した。一八五〇年、再建の努力空しく歴史劇場は倒産し、裁判所から破産宣告が下った。翌年、ルイ＝ナポレオンがクーデターを起こして独裁体制を築き、多くの反対者が国外に逃れたのと時期を同じくして、デュマはブリュッセルへと渡った。他の者とは異なり、それは政治的な信条のみにもとづく亡命ではなく、破産にともなう身柄の拘束から避難するための逃亡であった。

デュマはどれほど惨めな状況にあっても、あるいは惨めな状況であるからこそ、英雄的な生き方しか望むことのできない人間だった。逃亡先のブリュッセルでは、自身の境遇も忘れ、政治亡命者たちの世話に励み、いつしかルイ＝ナポレオンへの反対闘争を鼓舞する先導者となっていた。債務の整理が済み、パリに戻ってからも、「ムスクテール（銃士）」紙、「モンテ・クリスト」紙など、自身の過去の栄光にあやかった新聞を次々と創刊し、専制政治と戦った。一八六〇年には大型帆船「エンマ号」を購入してシチリア島へと渡り、友人のジュゼッペ・ガリバルディが指揮するイタリア統一運動を強力に支援した。デュマという作家は確かに、自らがフィクションに描いた雄々しきヒーローたちを、実人生において演じる者だった。

晩年もなお、デュマは派手な女性遍歴を重ね続けた。だが、いよいよ病に倒れた彼の世話を買って出たのは、昔の愛人との間にできていた子供たちだった。最後はデュマ・フィスが引き取り、父の面倒を見た。そして一八七〇年、六十八歳で、デュマは息子たちに看取られながら、その劇的な人生の幕を閉じた。

デュマが生涯に出した作品のジャンルは、戯曲と小説のみにとどまらない。彼には放蕩だけでなく放浪の癖まであり、頻繁に遠出の旅行をしたが、それゆえに数多くの紀行文を生み出すことになった。また、かねての美食趣味が高じ、最晩年には『料理大辞典』まで手がけた。他、自らの生涯を語った『回想録』なども含め、作品の総数は五百を超えるとされている。ただ、あまりに華々しい成功を収めた『三銃士』や『モンテ・クリスト伯』、あるいは同様に目を引く作家自身の人生の物語の陰で、今日では忘れ去られてしまった作品も多い。

本作『千霊一霊物語』は、まぎれもなくそのようにして埋もれたデュマ作品のひとつである。そしてもちろん訳者としては、「隠れた名作」として再び手に取られることを願う作品である。

「枠物語」の幻想文学・生首の科学

『千霊一霊物語』（原題 *Les Mille et Un Fantômes*）という題名は明らかに、イスラム世界の大説話集『千夜一夜物語』（仏語題 *Les Mille et Une Nuits*）にならっている。両作品の構造上の類似もまた明白であり、登場人物シェヘラザードが数々の物語を王に話して聞かせるという『千夜一夜物語』の形式は、『千霊一霊物語』において、幾人かの登場人物がめいめい物語を披露するという形で引き継がれている。こうした構造は「枠物語」と呼ばれているもので、『千夜一夜』の場合は、シェヘラザードと王のやりとりが外枠の物語をなし、その枠内で幾多の説話が展開される。『千霊一霊』においては、青年デュマの体験が外枠の物語となり、その枠内に他の登場人物たちによる語りが挿入されていく。かくして物語の内部に物語が埋め込まれ、ときにそれは多層化する。第8章「猫、執達吏、そして骸骨」では、デュマの語りの中で始まったロベール医師の語りが、さらにスコットランドの判事の語りを内包する。第10章「ラルティファイユ」でも同じく、デュマの語りの中のムール神父の語りの中の死刑執行人の語りというように、入れ子構造は深化していく。そして、このような幻惑的な作品構造の中で連ねられていくのが、やはりシェヘラザードの向こうを張った、めくるめく幻想的な物語の数々ということになる。

魔神や妖怪をふんだんに揃えた『千夜一夜』を幼少期の愛読書とし、青年期にも亡霊や魔女の現れるシェイクスピア劇に心酔したデュマにとって、本作で扱われる悪魔や吸血鬼や死後の生といった問題は、年来関心の絶えないテーマであったのだろうと思われる。彼のそうした嗜好はまた、時代の傾向とも合致していた。十九世紀前半のフランスはロマン派の時代であり、文学においても思想においても感性と想像力の解放が称揚され、必然的に、幻想的なるものへの関心が高められた。ドイツからE・T・A・ホフマンの神秘的・怪奇的な作品が伝わり、一時期デュマの師のような役割を果たしていたシャルル・ノディエは、それら幻想文学の熱烈な擁護者かつ実践者だった。

　デュマの『千霊一霊物語』をそうした幻想文学の系譜に位置づけることは可能だろうし、複数の怪奇譚で構成される本作品は、このジャンルにおける一種の短編集として読める。ただし、それらの怪奇譚を作中人物たちに語らせる「枠物語」形式は、単なる不可思議な小話の盛合せとは異なる事態を呈する。つまりこの奇譚集では、めいめいの物語の外枠において人物間の議論が生じるのであり、そしてその論題は、これら幻想的な物事を科学的に説明しうるか否か、あるいは説明すべきか否かという点である。科学の信奉者たるロベール医師は、切り落とされた首が言葉を発することなど人体構造上ありえないと主張し、よしんばそのような現象を目にした者がいたとしても、それは知覚器官の不調から生じた錯覚に過ぎないと断ずる。幻想文学における宿命として、こうした夢のない見解は分が悪い。他の登場人物たちは自らの体験談を持ち出し、錯覚では片づけられない「活動する死骸」の目撃例を次々に提示することで、ロベール医師をやりこめていく。ムール神父とアリエットの二人は、自らの驚異的な体験をそれぞれの神秘的持論にしたがって説明づけてはいるものの、科学的な解釈は一切度外視している。ルノワール士爵とグレゴリスカ夫人は、もとよりいかなる理論的説明も放棄し、起きたことをあったままに語ることに徹する。したがってこの小説の主要人物の大半は、「この世には科学に還元しえず、またする必要もない事柄がある」という見解に立っている（これは幻想文学における模範的な態度と言える）。そうした多勢についているように見えて、実は科学的探求心も捨てきれていないのが、元医師にして現市長のルドリュ氏である。彼は「理性とは愚かなもの」だと言う。彼はギロチンに切られた首が動き出し喋り出すという信じがたい現象を見たことがある。しかし彼は、それが科学的にありうることだと主張する。つまり彼だけは、ロベール医師の科学的な信念に対し、同じく科学に依拠して反駁《はんばく》するのである。

斬首後の頭部に生命は残るか？　この問いは事実、革命期のフランスにギロチンが新たな処刑法として導入された直後から、医学的な論争を巻き起こした。紛糾の発端は、本書の第5章「シャルロット・コルデーの頬打ち」で語られているとおりである。一七九三年、シャルロット・コルデーがこの新開発の斬首装置にかけられた際、執行人助手のフランソワ・ルグロという男が、彼女の生首を観衆の前で掲げ、その頬を平手で打った。観衆たちの証言によれば、頭部は打たれた側のみならず両方の頬を赤らめ、また憤怒の表情さえも浮かべたという。一七九五年には、ドイツの医師サミュエル・トーマス・フォン・ゼーメリンクが声明を出した。曰く、頭部は胴体から切り離されてもしばらく自我を保ち、理論上、人工の肺を取りつければ再び喋り出すことができる。さらにフランスの医師ジャン＝ジョゼフ・シュー（作家ウジェーヌ・シューの父）は、頭部のみならず、離れた胴体にも感覚は維持されると主張した。かくして各地で調査が重ねられた。ルドリュ氏はオブラートに包んでいるが、生首の脊椎《せきつい》に銅線を差し込み、電流を流して反応を見るといった実験が実際に行われていた。そうした生首実験の経緯については、ダニエル・ジェルールド『ギロチン』（金澤智訳）に詳しい。ある博士は生首の目と唇が動いたと言い、別の博士はいかなる異変も見られなかったと報告した。賛否両論ある中で、実験は実に一九五六年まで継続された。その年、ピエドリエーヴル医師とフルニエ医師は、自身らの調査の結果を医学会で発表し、「すべての生命機能は首を切られても生き続ける」と言明している。

その是非はともあれ、「生ける生首」という伝説が長きにわたって信じられ、しかも一定の科学的論拠に支えられてきたということは確かである。そしてデュマは、その伝説と論拠をまるごと自らの小説に取り入れた。結果、『千霊一霊物語』において、首切りをめぐる科学談義は、他の純粋に超自然的な現象の説話と奇妙ながらも不和なく共存し、ここに幻想的なるものと科学的なるものの交響が起こるのである。

擬似歴史小説

現実離れした驚異的な物事を語るとはいえ、幻想文学の作者は大体の場合、自らの作品ができるかぎり真実味を持って読まれるための努力を払う。この点で、『千霊一霊物語』は最も確実な手段を取っているように思える。つまり、すべては実際に起きたこととして語られ、デュマ自身が一八三一年九月一日に見聞きした話の報告として提示されている。

一方で、作家はその真実味を自ら打ち消す文言を最初と最後に書いている。書簡形式の序文においては、「想像の世界に物語を探し求めることをどうか許してください」と断り、末尾の後日談においては、この作品を書くうえで各地の言い伝えを集めた旨を伝えているのである。

そのようにわざわざ虚構性をほのめかす意図は測りかねるし、どのように想像の産物が織り込まれているかはなお把握しかねる。が、それでも確かに言えるのは、シャルロット・コルデーの処刑にまつわる物語しかり、この小説の奇譚はことごとく歴史的事実を背景に描き出されているということである。それらを語る登場人物たちもまた同様で、王に仕えた物理学者コミュスを父とするルドリュという名のフォントネ＝オ＝ローズ市長は確かに実在したし、サン＝ドニの王墓冒瀆《ぼうとく》に立ち会ったルノワール士爵はフランス記念物博物館の館長として著名であり、あるいは最も非現実的な人物に思えるアリエットさえも、まぎれもなくエッテイラというペンネームのもとに著された異様な書物とともに、歴史に（ささやかに）その名を残している。そしてもちろん、青年劇作家デュマも彼ら史実の人物に仲間入りする。

こうした歴史的な枠組みに立脚した『千霊一霊物語』は、幻想小説であると同時に、擬似的な歴史小説としても読めるだろう。『三銃士』、『モンテ・クリスト伯』を含め、様々な歴史物で名を馳せた作家の面目躍如である。デュマが史実から物語を錬成するうえで、特にその二大作品が書かれるうえでは、元歴史教師オーギュスト・マケの貢献が大きかったとされ、着想のみならず下書き原稿までもがこの忠実な協力者によって提供されたと言われているが、いずれにしてもデュマは、そうした素材を派手な筋書きで心沸かせる読み物として完成させるのが抜群にうまかった。劇作家として文筆生活を歩みだした彼は、恋愛や陰謀や決闘といったまさしく劇的な要素を盛り込み際立たせる術を熟知していた。そして『千霊一霊物語』においても[1]、その才は遺憾なく発揮されていると言えるだろう。怪奇現象というのは確かにそれ自体刺激の強い劇的要素であるし、実際それぞれの奇譚のクライマックスにあたりもするのだが、そこに至るまでの筋書きの魅力は、ひとえに史実を操るデュマの「話術」がなせる業である。あるいはもちろん、この作品における彼は自らが聞いた諸奇譚の報告者でしかないと信じるのなら（そう信じる権利は常にある）、巧みな話術の功績は物語る登場人物たちにも帰せられるべきだということになるのだが。

ひとつひとつの物語が鮮やかな筋の展開を見せるとともに、それぞれに異なる時代と地域を扱うことで、この小説は全体としても躍動的な構成になっている。読者は物語の中で、フランスのいくつもの土地のみならず、スコットランド、スイス、東欧を巡る。時代について時系列順に整理するなら、時期の明示されないロベール医師とアリエットの話は除いて、まずムール神父の物語が一七八〇年から一七八四年の出来事にあたり、ついでルドリュ氏の物語が一七九三年、ルノワール士爵の物語が同じく一七九三年からその翌年、グレゴリスカ夫人の物語が一八二五年に起きたこととして位置づけられ、これらすべてが、青年デュマがジャックマン事件に立ち会った日、つまり一八三一年九月一日にルドリュ氏宅で語られたということになっている。そしてその十八年後にあたる、一八四九年に、作家はこの小説を書き上げ、同年の状況と心境を伝える序文を付した。したがって作品全体としては、およそ十八世紀の後期から十九世紀の中葉までを前後しつつ点々と描き出していることになる。

そのようにして『千霊一霊物語』が包括する歴史区分は、フランスにおいて社会そのものがめまぐるしく変転した時期でもある。おおまかに言っても、一七八九年の大

1　当作では、作家ポール・ラクロワ（第4章で「愛書家ジャコブ」として言及される）が原案に協力したと考えられており、デュマとのやり取りを示す書簡がフランス国立アルスナル図書館に保存されている。

革命を経ての王政の打倒と共和政の施行、一八〇四年からのナポレオンによる帝政、一八一四年からのルイ十八世・シャルル十世による復古王政、一八三〇年の七月革命を経てのルイ＝フィリップによるいわゆる七月王政、そして一八四八年の二月革命を経てのルイ＝ナポレオンによる第二共和政。小説の序文を書く一八四九年のデュマは、その後ルイ＝ナポレオンがクーデターを通して強行的に皇帝に即位することをまだ知らないが、それでもすでに彼の政治方針に対して皮肉めいた言葉を残している。そうした政治的見解の示唆は小説の登場人物たちにも見られ、特にルドリュ氏とルノワール士爵は過去の革命派の蛮行に嫌悪感を隠さない。つまり、この小説は歴史を語りながらある種の政治的態度をも示しているのであり、なによりデュマの序文は、歴史を語る動機それ自体が大革命以後の社会への失望に起因していることをうかがわせる。したがって、この小説を読み解くうえで作家の政治理念を考慮するのは避けられないということになる。

貴族を愛する共和主義者

大革命によって実現した市民社会への反感と、それ以前の（彼がまだ生まれぬ頃の）王政期への憧憬を示すデュマの序文は、否応なしに、この作家を何か保守的な論者かのように思わせる。その印象は小説の論調とも矛盾しない。この小説は概して、貴族に優しく平民に厳しい。後者はしばしばあさましく、愚かな悪意を持った存在、よく言っても滑稽な存在として現れる。石切夫に関する克明な描写が第1章で展開されるが、その語り口は過酷な労働者に対して同情的であるどころか、むしろ彼らを異質な、得体の知れない、恐怖の対象として描き出す。市民社会の異分子を排除する労働者《サン・キュロット》・急進共和派の警邏隊《けいらたい》や死刑執行人は、物語のわかりやすい悪玉である。そしてルイ十六世やマリー＝アントワネットは、そうした暴虐の哀切な犠牲者として回顧される。

かくたる論調から想像される王党派の作家像は、しかし実際のデュマとは異なるものであるらしい。いくつかの伝記は、彼をむしろ根っからの共和主義者として記述している。一八三〇年の七月革命の際に、デュマは自ら銃を担いで民衆たちの蜂起に参加した。彼は共和主義的な政治雑誌・新聞を次々と経営した。一八四八年には、議員選挙に共和派として立候補し、労働者たちに賛同を訴えた。もしかしたら一八四九年の時点では、民衆への多少の逆恨みは生じていたのかもしれない。つまり彼は選挙に空しく惨敗したのだし、自らが創立した劇場は、二月革命の影響で観客が集まらなくなったことにより倒産しようとしていた。それでもデュマは、政治体制としては一貫して共和制を支持していたのである。

こうした共和主義者としての姿と、市民社会を嘆く作者としての姿の間に、果たして齟齬《そご》があると言えるだろうか。その一見しての二面性は、小説内でルドリュ氏が見せる微妙な政治的立ち位置を思わせる。ダントンから「存在しうる限り最高の共和主義者の一人」と称される彼は、大革命後の共和制に最も懐疑的な人物でもある。史実としても、日に何十人もの貴族が貴族という理由だけで斬首されていた。ギロチンによる処刑は貴族制に対する復讐の儀式となり、民衆の間で大流行りの見世物であり続けた。たとえ政治制度としては共和制を支持していたとしても、その名の下での下卑た粛清に賛同するか否かは別の話だろう。それは、たとえ政治的には貴族制に反対であれ、貴族的な風雅を——あるいは貴族の誰かを——愛することが禁じられるわけではないのと同じである。

そうしたルドリュ氏の姿をデュマに重ね合わせるならば、彼もまたこの小説において、政治的理念とは別の範疇で、貴族的なるものを愛した。序文の言葉を借りるなら、その愛とはつまり、今はなき「雅びなるもの」への憧憬であり、そしてデュマの賭けは、この失われた風雅を、「息絶えた社会を、いなくなった人間たちを、葉巻ではなく竜涎香《りゅうぜんこう》の香りを嗅いでいた者たちを、拳ではなく剣を交えていた者たちを」、物語の中に蘇らせることだった。そのようにして再び生命を吹き込まれ、『千霊一霊物語』に立ち現れる過去の社会と人間たちは、まぎれもなく、この小説における別種の亡霊にほかならない。

小説の最後で伝えられるように、愛すべきルドリュ氏もまた、執筆時にはすでに世を去っていた人間に含まれる。史実に照らせば、死んでしまっていたのは彼一人ではない（アリエットだけは、別の肉体に乗り移って生き永らえているのかもしれないが）。つまりは彼らもやはり、デュマの筆で蘇った死者たちなのであり、そしてかつての社交でなされていたように、ひとつのサロンに集まって心ゆくまでおしゃべりをし、雅びにして幻妖なる物語をたっぷりと我々に聞かせてくれるのである。

過去の風雅への憧憬に幻想の物語が接合するというのは、この作品当時のフランスにおいて不自然なことではない。十九世紀中葉は、科学万能と実証主義の信奉へと移行する過渡期にあり、超自然的な伝承がまさしく過去のもの、要するに古い迷信として追いやられようとする時勢にあった。そのため幻妖なるものは、合理性を追求する時流から取り残された古き風雅の一部でありえた。

この作品の物語は、今日の我々にとって遠い昔の話に感じられるかもしれないが、それを書くデュマにとってさえも、すでに時の隔たりを覚える内容だった。そうした二重の隔世の感は、まさしくデュマが序文に書いたものでもある。つまり、十九世紀のデュマがその風雅を名残惜しむ十八世紀のダルジャンソン侯爵は、すでにランブイエ侯爵夫人の十七世紀の風雅を名残惜しんでいた。

したがって『千霊一霊物語』は、失われた古き価値を語るとともに、信じられていた価値は時代を追って常に失われ続けるという事態をも提示している。あらゆる世代がそのようにして、新しく得たものと引き換えに、過去の精神を絶えず喪失していくのだということ——それはおそらく、全く異なる時代と文化に生きる我々にとっても、そして未来の世においてさえも、普遍的な問題提起となりうるだろう。

参考文献

ガイ・エンドア、『パリの王様――大アレクサンドル・デュマ物語』、河盛好蔵訳、東京創元社、一九六〇年。

アンドレ・モーロワ、『アレクサンドル・デュマ』、菊池映二訳、筑摩書房、一九七一年。

辻昶、稲垣直樹、『アレクサンドル＝デュマ』、清水書院、一九九六年。

ダニエル・ジェルールド、『ギロチン』、金澤智訳、青弓社、一九九七年。

デュマ年譜

一八〇二年
七月二四日、アレクサンドル・デュマ、ヴィレール＝コトレで生まれる。父親は将軍トマ＝アレクサンドル・デュマ＝ダヴィ・ド・ラ・パイユトリ、母親はホテル経営者の娘マリー＝ルイーズ＝エリザベート。父はフランス人貴族と黒人奴隷の女性からの生まれであり、デュマは黒人の血を四分の一ひいていた。

一八〇六年　四歳
父の死去（享年四四）。敵軍の捕虜となった際に毒を盛られ、帰国後も回復しなかったことが原因。生前のナポレオンとの不和が災いし、残された家族に年金は交付されなかった。デュマ母子の困窮が続くことになる。

一八一一年　九歳
グレゴワールという神父の私塾に通い、ラテン語と古典文学を主とした教育を受ける。デュマ少年は勉強嫌いだったが、読書は大いにした。

一八一二年　一〇歳
このころ射撃を覚え、狩猟への熱中が

始まる。

一八一七年　一五歳

母の勧めにより、ムネッソンという公証人のもとで見習いとして働き始める。

一八二〇年　一八歳

劇作家ジャン゠フランソワ・デュシスの翻案による『ハムレット』を観て、シェイクスピア劇に心酔。劇作を志す。

一八二三年　二一歳

劇作家になることを夢見つつ、パリに出て仕事を探す。父の旧友であるフォワ将軍の紹介で、オルレアン公（のちの国王ルイ゠フィリップ）の秘書室に職を得る。

メロドラマ『吸血鬼』を観劇し、その作者の一人たるシャルル・ノディエと劇場で知り合う。

アパートの隣人マリー゠カトリーヌ゠ロール・ラベーと恋愛関係になり、同棲する。

一八二四年　二二歳

恋人ラベーと別居。母をパリに呼び寄せ、一緒に住み始める。

七月、ラベーが男児を産む（デュマは一八三一年まで認知しなかった）。子供はデュマ・フィス（息子デュマ）と呼ばれ、のちに小説『椿姫』の作者となる。

一八二五年　二三歳

友人との共作による軽喜劇『狩猟と恋愛』、アンビギュ・コミック座で上演。

一八二八年　二六歳

五幕韻文劇『クリスチーヌ』がコメディ・フランセーズ上演作品審査委員会に受理されるが、結局上演には至らなかった。

この戯曲を絶賛していたシャルル・ノディエのサロンに招かれ、ラマルチーヌ、ユゴー、ヴィニー、ミュッセなど、のちのロマン派を代表する面々と知り合う。

オルレアン公秘書室で劇作への熱中を見咎められ、勤務停止を命じられる。

一八二九年　二七歳

五幕散文劇『アンリ三世とその宮廷』がコメディ・フランセーズで上演され、大成功を得る。

一八三〇年　二八歳

『クリスチーヌ』、大幅な修正を経て、オデオン座で上演。

七月革命での民衆蜂起に参加。

一八三一年　二九歳

三月五日、前年から恋愛関係にあった女優ベル・クレルサメールとの間に、娘マリー＝アレクサンドリーヌが生まれる。ベルの要求で直後に認知（それに合わせて、七歳になろうとしていたデュマ・フィスも認知する）。

五幕散文劇『アントニー』、ポルト＝サン＝マルタン座で初演。大成功を収め、劇作家としての名声を確固たるものにする。

一八三二年　三〇歳

『ネールの塔』など、ロマン派劇の発

表を続ける。

一八三八年　三六歳

母マリー＝ルイーズの死去（享年六九）。オーギュスト・マケとの共同執筆が始まる。

一八四〇年　三八歳

かねて付き合いのあった女優イダ・フェリエと結婚。双方の不倫により、結婚生活は数カ月で破綻する。小説の執筆に力を入れ始め、この年だけで『武術師範』など五作品を刊行。また、『フィレンツェでの一年』、『ライン川流域紀行』などの旅行記も発表。

一八四四年　四二歳

三月から七月まで、『三銃士』を「シエークル」紙に連載（同年、ボードリ社から刊行）。フランス全土で爆発的な人気を博し、当時流行していた新聞連載小説の第一人者となる。

八月から一八四六年一月まで、『モンテ・クリスト伯』を「デバ」紙に連載（同年から一八四六年にかけてペチョン社から刊行）。

一二月から翌年四月まで、『王妃マルゴ』を「プレス」紙に連載（一八四五年、ガルニエ社から刊行）。

一八四五年　四三歳

一月から八月まで、『二十年後』を「シエークル」紙に連載（同年、ボードリ社から刊行）。

五月から翌年一月まで、『赤い館の騎士』を「デモクラシー・パシフィック」紙に連載（同年、カドー社から刊行）。

八月から翌年二月まで、『モンソローの奥方』を「コンスチチュショネル」紙に連載（一八四六年、ペチョン社から刊行）。

ウジェーヌ・ド・ミルクールによる中傷本『小説製造会社アレクサンドル・デュマ』刊行。デュマの成功の陰にはオーギュスト・マケを始めとする協力者たちの存在があり、デュマ本人は彼らの手で生産された小説に署名をしているだけだと非難。デュマはミルクールに対して名誉毀損の訴訟を起こし、勝訴。

一八四六年　四四歳

六月から九月まで、および翌年九月から一八四八年一月まで、『ジョゼフ・バルサモ――ある医師の回想録』を「プレス」紙に連載（一八四六年から一八四八年にかけてカドー社から刊行）。

一八四七年　四五歳

パリ北部に「歴史劇場」を創設。小説『三銃士』、『モンテ・クリスト伯』、『王妃マルゴ』、『赤い館の騎士』などを翻案して上演するとともに、過去の自身の戯曲を再演。

パリ郊外に大豪邸「モンテ・クリスト城」を建設させ、六百人を招いて新居祝いを行う。

五月から一〇月まで、『王妃マルゴ』、『モンソローの奥方』とともに三部作をなす『四十五人隊』を「コンスチチュショネル」紙に連載（同年から翌年にかけてカドー社から刊行）。

一〇月から一八五〇年一月まで、『三銃士』、『二十年後』とともに『ダルタニャン物語』三部作をなす『ブラジュロンヌ子爵』を「シエークル」紙に連載（一八四八年から一八五〇年にかけてミシェル・レヴィ社から刊行）。

一八四八年　四六歳

月刊誌『月』を創刊（一八五〇年廃刊）。二月革命後、「歴史劇場」の経営が悪化し始める。多額の借金を抱え、「モンテ・クリスト城」の差し押さえを受ける。

四月、憲法制定議会議員選挙に立候補し、惨敗。続く補欠選挙にも各地で立候補するが、すべて落選。

一八四九年　四七歳

二月から翌年一月まで、『王妃の首飾り』を「プレス」紙に連載（同年から翌年にかけてカドー社から刊行）。

五月から一〇月まで、『千霊一霊物語』を「コンスチチュショネル」紙に連載（同年、カドー社から刊行）。

一八五〇年　四八歳

一二月から翌年六月まで、『アンジュ・ピトゥ』を「プレス」紙に連載（一八五三年、カドー社から刊行）。

「歴史劇場」倒産。破産宣告を受ける。

一八五一年　四九歳

一二月、ルイ＝ナポレオンによるクー

デター後、ブリュッセルに亡命。同じくパリを逃れて来たユゴーと再会し、共に政治亡命者たちのリーダー役となる（ただし、デュマ自身の亡命の主な理由は破産によるものだった）。『回想録』を「プレス」紙に掲載（以後、断続的に一八五三年まで連載）。

一八五三年　五一歳
債権者らとの合意が成立し、パリに帰還。新聞「ムスケテール（銃士）」創刊。同紙で『回想録』の続編を連載（一八五五年まで）。『ジョゼフ・バルサモ』、『王妃の首飾り』、『アンジュ・ピトゥ』とともに『ある医師の回想録』四部作をなす『シャルニー伯爵夫人』を刊行（同年から一八五五年にかけてカドー社）。

一八五七年　五五歳
「ムスケテール（銃士）」紙廃刊。後を受けて、「モンテ・クリスト」紙創刊（一八六〇年廃刊。一八六二年に再刊されるが、同年内にまたしても廃刊）。亡命前までの執筆協力者オーギュスト・マケから、未払い報酬請求の訴訟を起こされる。翌年判決が下り、共作による小説一八作品の印税のうち二五パーセントがマケに支払われること、ただし著作権はデュマに存することが決まった。

一八五九年　五七歳
別居状態が続いていた妻イダの死去

（享年四七）。

一八六〇年 五八歳

大型帆船を購入し、昨年から同棲していた一九歳の女優志望の女性エミリー・コルディエとイタリアへ向かう。エミリーは現地で妊娠し、ひとりパリに戻って女児ミカエラ＝クレリー＝ジョゼファ＝エリザベートを出産。その後結婚を拒否されたエミリーは、父親の認知を認めなかった。

イタリアに残ったデュマは、イタリア統一運動の指導者ガリバルディと会い、武器の調達や新聞（「インディペンデンテ」紙）の創刊などを通して、運動に協力。その後、数回の帰国を除き、一八六四年四月までイタリアに滞在。

一八六六年 六四歳

一一月、「ムスクテール（銃士）」紙再刊（翌年四月廃刊）。

一八六八年 六六歳

二月、「ダルタニャン」紙創刊（同年七月廃刊）。

デュマ・フィスの母マリー＝カトリーヌの死去（享年七四）。

一八六九年 六七歳

『料理大辞典』の執筆を開始（未完）。

春頃から体調を崩す。

一八七〇年 六八歳

九月、普仏戦争勃発による混乱の中、病の悪化したデュマを娘マリー＝アレクサンドリーヌがデュマ・フィスの別荘に連れていく。

一二月五日、子供たちに看取られ、デュマ死去。遺体は一旦ヌーヴィルの墓地に埋葬され、その後普仏戦争の終了を待ってから、故人の遺志にもとづき、一八七二年に生まれ故郷ヴィレール＝コトレの父母の墓の隣に移される。

参考文献

辻昶、稲垣直樹、『アレクサンドル＝デュマ』、清水書院、一九九六年。

« Chronologie de la vie et des œuvres d'Alexandre Dumas », in *Les Trois mousquetaires - Vingt ans après*, édition de Gilbert Sigaux, Paris, Gallimard, coll. Bibliothèque de la Pléiade, 1962.

訳者あとがき

本書は、アレクサンドル・デュマの一八四九年の小説、*Les Mille et Un Fantômes* の全訳です。原典となる底本には、Slatkine Reprints社の一九八〇年版およびGallimard社の二〇〇六年版（folio classique版）の二冊を用いました。既訳としては、本書第9章「サン＝ドニの王墓」にあたる部分のみ、長島良三編『フランス怪奇小説集』（偕成社、一九八八年）に堀内一郎訳「サン・ドニの墓」で収められています（ただし、「翻案」に近いものと言えるかもしれません）。

日本においては、フランス文学史書はおろか、デュマの専門書でもまともに言及されない代物ですから、まず題名の訳から苦悩することになりました。あれこれ候補を考えた挙句に、結局は原題と同じく、『千夜一夜物語』（*Les Mille et Une Nuits*）をもじるということで落ち着きました。素直に、「夜 nuit」と「霊 fantôme」を置き換えた次第です。

「解説」で述べたとおり、『千霊一霊物語』は一種の怪奇短編集としても読めますが、めいめいの物語は小説内の登場人物たちによって語られるという構造になっています。このちょっとした形式上の仕掛けが、今回の翻訳における最大の制約と化しました。各物語が別々の人物によって語られていると明示されている以上、それぞれに異なる口調で、つまりは異なる文体で、訳し分けられてしかるべきだと思われたのです。登場人物ごとに台詞の口調を分別する処置はいかなる翻訳でもなされますが、それを物語の地の文のレベルでも行うということです。事実、デュマの原文においても、必ずしもあからさまではないにせよ、やはり物語ごとに語り口のほのかな違いが感じられます。それを可能な限り忠実に反映させたいという思いから、当拙訳でも、あらかじめ語り手の人数分の文体を用意してから作業に臨みました。それぞれのキャラクターにマッチした出来となっていることを祈るのみです。

苦労話はほどほどにしまして、訳注では言及を避けたいくつかの箇所について補足できればと思います。それらはすべて、一見して作者のミスと思われた箇所です。例えば、第2章において、ジャックマンは自らの妻の生首が石膏嚢《せっこうのう》の中に入っていると証言します。ところが章の最後で発見されるのは、石膏嚢の上に乗った頭部です。

デュマは大変な速書きだったとされているので、こうした錯誤も起こりうるだろうとは思いました。ただ、物語の論理として、そもそも「石膏嚢の中」と言っていたのはデュマではなくジャックマンであり、後者の動揺から生じた記憶違いや言い間違いが示されているという可能性も（わずかながら）残ります。また、幻想文学の論理として、「生首が自ら石膏嚢の中から這《は》い出た」という可能性を考慮して悪いことがあるでしょうか。いずれにしても、方針上、原文の記述は恣意的に改変しないことにしていましたので、こうした齟齬《そご》はそのまま残しました。

同じ理由から、史実と明白に食い違った記述についても、そのまま訳出してあります。第10章で、ムール神父はエタンプのノートル＝ダム教会が建立されたのはロベール豪胆公の治世下と言っていますが、史実上はロベール敬虔王によるものです。また、第5章でルドリュ氏がハラーの『物理原論』とヴァイカードの『哲学の技法』なる書物から引用していますが、それぞれ現実には、『人体生理学原論』および『哲学的医師』というタイトルで知られています。こうした矛盾に本文で注を付すという選択肢もあったのですが、登場人物たちが真剣に話しているそばから横槍を入れるのもためらわれましたので、彼らの話の邪魔にならないこの場で断らせていただきます。

訳者としての役割をひととおり終えた今、読者として個人的に、妙に心に残る謎がふたつあります。ひとつは、第4章で噂されながら結局登場にいたらなかった人物、愛書家ジャコブのことです。もし彼がいつもどおりルドリュ氏宅での会食に参じていたなら、どのような人物として描かれ、どのような物語を披露していたのでしょうか。バルザックの『ゴリオ爺さん』でも、物語内で始終話題にのぼりながら実際には一度たりとも姿を現さないニュッシンゲン男爵（バルザックののちの作品『ニュッシンゲン銀行』では主役を演じますが）という人物がいますし、サミュエル・ベケットの『ゴドーを待ちながら』も、皆が待ちわびるゴドーはやはり顔を見せぬまま幕を閉じます。このような、言わば「登場しない登場人物」というのは、どこか隠し立てされた秘密のように、想像力に訴えかけてくるものがあります。

もうひとつの謎は、まぎれもなく意図的に隠匿された秘密です。同じく第4章で言及され、ルドリュ氏が隠し通した「秘密の部屋」には、いったい何が眠っていたのでしょうか？　答えは決して明示されませんが、推察の手がかりは物語の中に見つかるような気がしています。印象では、デュマという作家は物語の筋に不必要な情報については相当に筆を抑える——言い換えれば、一見瑣末な情報もことごとく後の展開に活かしてくる――計算高い書き手ですから、こうした小さな謎も、潜在的にであれ物語に滋味を与えているものと思いなしているところです。

最後になりますが、このたびの翻訳の実現に際しましては、光文社翻訳編集部の小都一郎様、今野哲男様、学習院大学の中条省平教授に大変お世話になりました。また、不肖の弟子の数々の質問に答えてくださった学習院大学のティエリ・マレ教授にも、この場を借りて心からの感謝を申し上げます。

kobunsha classics
光文社古典新訳文庫

千霊一霊物語《せんれいいちれいものがたり》

著者　アレクサンドル・デュマ
訳者　前山《まえやま》悠《ゆう》

2019年５月20日　初版第１刷発行

発行者　田邉浩司
印刷　新藤慶昌堂
製本　ナショナル製本

発行所　株式会社光文社
〒112-8011東京都文京区音羽1-16-6
電話　03（5395）8162（編集部）
03（5395）8116（書籍販売部）
03（5395）8125（業務部）
www.kobunsha.com

落丁本・乱丁本は業務部へご連絡くだされば、お取り替えいたします。
ISBN978-4-334-75400-6 Printed in Japan

いま、息をしている言葉で、もういちど古典を

長い年月をかけて世界中で読み継がれてきたのが古典です。奥の深い味わいある作品ばかりがそろっており、この「古典の森」に分け入ることは人生のもっとも大きな喜びであることに異論のある人はいないはずです。しかしながら、こんなに豊饒で魅力に満ちた古典を、なぜわたしたちはこれほどまで疎んじてきたのでしょうか。

ひとつには古臭い教養主義からの逃走だったのかもしれません。真面目に文学や思想を論じることは、ある種の権威化であるという思いから、その呪縛から逃れるために、教養そのものを否定しすぎてしまったのではないでしょうか。

いま、時代は大きな転換期を迎えています。まれに見るスピードで歴史が動いていくのを多くの人々が実感していると思います。

こんな時わたしたちを支え、導いてくれるものが古典なのです。「いま、息をしている言葉で」——光文社の古典新訳文庫は、さまよえる現代人の心の奥底まで届くような言葉で、古典を現代に蘇らせることを意図して創刊されました。気取らず、自由に、心の赴くままに、気軽に手に取って楽しめる古典作品を、新訳という光のもとに読者に届けていくこと。それがこの文庫の使命だとわたしたちは考えています。

このシリーズについてのご意見、ご感想、ご要望をハガキ、手紙、メール等で翻訳編集部までお寄せください。今後の企画の参考にさせていただきます。

メール　info@kotensinyaku.jp

光文社古典新訳文庫　好評既刊

椿姫
デュマ・フィス
永田 千奈 訳

真実の愛に目覚めた高級娼婦マルグリット。アルマンを愛するがゆえにくだした決断とは……。オペラ、バレエ、映画といまも愛され続けるフランス恋愛小説、不朽の名作！

赤と黒（上・下）
スタンダール
野崎 歓 訳

ナポレオン失脚後のフランス。貧しい家に育った青年ジュリヤン・ソレルは、金持ちへの反発と野心から、その美貌を武器に貴族のレナール夫人を誘惑するが…。

ロレンザッチョ
ミュッセ
渡辺 守章 訳

メディチ家の暴君アレクサンドルとその腹心で主君の暗殺を企てるロレンゾ。二人の若者の間に交錯する権力とエロス。16世紀フィレンツェで実際に起きた暗殺事件を描くミュッセの代表作。

ゴリオ爺さん
バルザック
中村 佳子 訳

出世の野心溢れる学生ラスティニャックが、場末の安下宿と華やかな社交界とで目撃するパリ社会の真実とは？ 画期的な新訳で贈るバルザックの代表作。（解説・宮下志朗）

二都物語（上・下）
ディケンズ
池 央耿 訳

シドニー・カートンは愛する人の幸せのため、ある決断をする……。フランス革命下のパリとロンドンを舞台に愛と信念を貫く男女を描く。世界で発行部数2億を超えたディケンズ文学の真骨頂。